दस प्रतिनिधि कहानियाँ

विजयदान देथा

किताबघर प्रकाशन
नयी दिल्ली

दस प्रतिनिधि कहानियाँ सीरीज़

10 प्रतिनिधि कहानियाँ

विजयदान देथा

ISBN—81-7016-783-3

प्रकाशक

किताबघर प्रकाशन

4855-56/24, अंसारी रोड, दरियागंज

नयी दिल्ली-110002

संस्करण

2011

मूल्य

दो सौ रुपये

मुद्रक

बी०के० ऑफसेट

नवीन शाहदरा, दिल्ली-110032

DUS PRATINIDHI KAHANIYAN (Hindi)

by Vijay Dan Detha

Price : Rs. 200.00

लोक राग और लोक आग से कथा-रस पैदा करने वाला कहानीकार : विजयदान देथा

कुमार कृष्ण

गर्मी-सर्दी, आँधी-तूफान की परवाह किए बगैर जिस तरह बीज की रखवाली में बिजूका पूरा जीवन बिता देता है, ठीक उसी तरह विजयदान देथा भी जोधपुर की रेत पर मानवीय संवेदना के बीज बचाने में दिन-रात खड़े हैं। पराजय-बोध से अप्रभावित इस आदमी को पूरा विश्वास है–'आशा अमरधन' है।

विजयदान देथा हिंदी के उन कहानीकारों में से हैं जो लोककथाओं से प्रमथ्यू की तरह कहानी की एक छोटी-सी चिनगारी चुराते हैं और फिर उसे समकालीन जीवन की विसंगतियों, अंतर्विरोधों, लोक राग और लोक आग में तपाकर एक ऐसी बेमिसाल कहानी के रूप में प्रस्तुत करते हैं कि पाठक ठगा-सा रह जाता है। मैंने जब पहली बार इस कहानीकार की कहानियों को पढ़ा तो मैं आश्चर्यान्वित हो गया। एक लंबे समय के बाद मुझे हिंदी-कहानी में एक अद्भुत मंत्रमुग्धता का अहसास हुआ था। मैंने किसी विदेशी कहानीकार के साक्षात्कार में बहुत समय पहले पढ़ा था कि जादू कहानी का मौलिक गुण होता है। विजयदान देथा को पढ़ने के बाद मुझे लगा कि जिस कहानी में कोई सरप्राइज नहीं, जिज्ञासा नहीं, कोई सरगर्मी, सन्नाई, औत्सुक्य, अपनापन और कहानीपन नहीं, उसे पाठक भला क्यों पढ़ेगा ? हिंदी-कहानी में मैं जिस कहानीपन और कथा-रस की तलाश कर रहा था वह मुझे आज मिल गया था। इन कहानियों की सबसे बड़ी बात यह थी कि इनमें आदि सें अंत तक पाठक को बाँधने का मात्र जादू ही नहीं था अपितु इनमें आज के खतरनाक समय में हमारी ठूँठ होती संवेदनाओं को सींचने की, जीवन-संघर्ष और जिजीविषा के द्वंद्व से उत्पन्न बेशुमार प्रश्नों से टकराने की अद्भुत जिंदादिली, ऊर्जा, ओज और एनर्जी थी।

सच कहूँ तो विजयदान देथा की कहानियाँ लोक राग, लोक आग, लोक रंग,

लोक गंध का खूबसूरत अजायबघर हैं। यहाँ लोक जंग और लोक जागरण के तमाम खाँटी अस्त्र-शस्त्र मौजूद हैं। ऊपर से देखने पर देथा की कहानियाँ दादी-नानी की कहानियाँ लगती हैं, जिनमें राजा-रानी हैं, पशु-पक्षी हैं, किंतु ये कहानियाँ राजा-रानी, पशु-पक्षियों की कहानियाँ होकर भी समकालीन मनुष्य की बड़ी चिंताओं की कहानियाँ हैं। विजयदान देथा अपने लोक राग को व्यापक जीवन-संदर्भों से जोड़ते हुए जिस खास अंदाज में ट्विस्ट देकर कहानी में रूपांतरित करते हैं, उससे वे कहानियाँ हमारे दिल और दिमाग में एक गहरी पैठ बनाती हैं। अमृता प्रीतम के शब्दों में कहें तो 'विजयदान देथा लोक कहानियों की सूरत में कहानी बयान करते हैं और बीच में कहीं एक स्तर पर वह ऐसी बात कह जाते हैं कि कहानी का सारा आयाम बदल जाता है। वह एकदम आज की कहानी हो जाती है। यह उनके पास बहुत खूबसूरत क्राफ्ट है और यह सिर्फ क्राफ्ट ही नहीं है, इसके पीछे एक पूरी विचारधारा है, जो पुरानी बात कहते हुए भी कहानी को शाश्वत कर देती है।'

जिस तरह एक कुशल गायक लंबे रियाज से अपनी आवाज साधता है ठीक उसी तरह देथा ने भी लोक जीवन के विभिन्न लोक छंदों का लंबा रियाज करने के उपरांत अपनी कहानियों के द्वारा लोक नाद उत्पन्न किया है—मानवीय रागात्मकता का नाद। उनकी सभी कहानियाँ ग्रामीण रागात्मक बोध की 'परिणति' (इस कहानी पर फिल्म भी बनी है) हैं, चाहे वह 'लजवन्ती' हो या 'इस्तीफा', 'आशा अमरधन' हो या 'जंजाल' या फिर 'दूजौ कबीर' हो या अगस्त, 2004 के 'नया ज्ञानोदय' में प्रकाशित 'भगवान की मौत' कहानी। विजयदान देथा की ये कहानियाँ रेगिस्तान में खड़े उस पेड़ की तरह हैं जिसके साथ सिखर दोपहर में हम अपनी पीठ टेक सकते हैं। हम छुपा सकते हैं पूरी तरह उसके नीचे अपने आप को। ये कहानियाँ इस बात की ऐविडेंस हैं कि मनुष्य और कहानी का जो रिश्ता हजारों सालों से चला आ रहा है, वह आज भी जिंदा है। मनुष्य के दुःख-दर्द, जीवन-संघर्ष और जिजीविषा का यदि कोई इतिहास लिखना चाहे तो देथा की कहानियाँ शिलालेखों के रूप में काम आएँगी। हमारा भूत, वर्तमान और भविष्य देथा ने अपनी कहानियों में लिख दिया है।

आज का समय संचार, आविष्कार और बाजार का समय है। यह समय विज्ञान और टेक्नोलॉजी का है; लेकिन हमें यह नहीं भूलना चाहिए कि विज्ञान और टेक्नोलॉजी की न तो कोई विचारधारा होती है और न ही संवेदना। ऐसे समय में रचना ही दृष्टि प्रदान करती है और मनुष्य की ठूँठ होती संवेदना को सींचती

है। विजयदान देथा इस विज्ञान और टेक्नोलॉजी के नाम पर नव साम्राज्यवादी विकसित देशों के द्वारा पूरी दुनिया के विनाश की साजिश को साफ-साफ देखते हैं। 'लजवन्ती' कहानी-संग्रह की भूमिका में वह लिखते हैं–'आजकल पशुता के धुआँधार विस्तार का कोई पार नहीं। यह विज्ञान, विकास और तकनीक का अभिशप्त पहलू है, जिससे बचने का उपाय शायद ही कोई वैज्ञानिक, कोई साहित्यकार या कोई राजनेता कर सके।' सन् 2000 में भारतीय ज्ञानपीठ से प्रकाशित अपने कहानी-संग्रह 'उजाले के मुसाहिब' में वह यह कहते हुए भी नहीं चूकते कि 'यदि मनुष्य का चरित्र दिन-ब-दिन भ्रष्ट हो रहा है, यदि लाल व नीली बत्तियों वाली जीपों की संख्या लगातार बढ़ रही है तो यह परिवर्तन, यह विकास और यह आसुरी सभ्यता सब बेमानी है। मनुष्य के उदात्त गुणों की कीमत पर ये तमाम पैशाचिक उपलब्धियाँ निरर्थक हैं और आज हम उसी अधःपतन का जश्न मना रहे हैं। आतंक के प्रति समर्पित हो रहे हैं। इस सहस्राब्दी के मुहाने पहुँचकर हमें अपने आप से सिर्फ यही प्रश्न करना है कि हमें फिर से सिकंदर, नेपोलियन, नीरो, चंगीजखाँ, अहमदशाह अब्दाली, हिटलर, मुसोलिनी और ईदी अमीन की आवश्यकता है या गौतम बुद्ध, महावीर, ईसामसीह, संत फ्रांसिस, रामकृष्ण परमहंस, विवेकानंद, महात्मा गाँधी, रवीन्द्रनाथ ठाकुर या मदर टेरेसा की ? यदि सहस्राब्दी की यही रफ्तार रही तो फिर से इन्हीं तानाशाहों का, इन्हीं शैतानों का, मृत्यु के इन्हीं सौदागरों का आविर्भाव होगा, जिनके स्वागत की हम जोश-खरोश के साथ तैयारी कर रहे हैं। उनके अभिवंदन में बावरे हो रहे हैं। क्या इस सहस्राब्दी के उन्माद में आगामी विध्वंस की आहट तो नहीं छिपी है ?···इतिहास अपनी क्रूरतम मंशाओं को किस रूप में वापस दोहराता है ? आज से करीब चार सौ शताब्दी पूर्व भारत को लीलने वाली ईस्ट इंडिया कंपनी अब विश्व व्यापार संगठन का छद्म रूप धरकर समूची दुनिया को लील जाने की भयंकर मंत्रणा कर रही है और वह भी मानवता के नाम पर, व्यावसायिक दुरभिसंधियों का जाल रचकर ! और हम किस मुगालते में सहस्राब्दी का त्योहार मनाने जा रहे हैं ? अब यह कतई जरूरी नहीं है कि सतरहवीं सदी के उनमान स्वर्णलोलुप पश्चिमी देशों का विभिन्न प्रदेशों पर भौगोलिक कब्जा हो। वे हमें आजाद रखकर भी पूर्णतया गुलाम बना सकते हैं, जो राजनीतिक गुलामी से कहीं ज्यादा शर्मनाक है।' विजयदान देथा की तमाम कहानियाँ इन्हीं चिंताओं की उपज हैं।

उपर्युक्त चिंताएँ देथा के कहानीकार को उद्वेलित करती हैं, झकझोरती हैं किंतु पराजित नहीं करतीं, क्योंकि इस अपराजित कहानीकार को विश्वास है कि

'महाप्रलय की आशंका से कुम्हार अपना चाक तो बंद नहीं कर सकता। वह जब तक जीवित है, माटी खोदेगा, गीली माटी का पिंड चाक पर धरेगा और लोगों के उपयोग की खातिर बासन घड़ता रहेगा। जब तक पृथ्वी घूमती रहेगी, प्रजापति का चाक भी घूमता रहेगा। यही जिजीविषा का मूलमंत्र है। कबड्डी के पाले में जो साथी हिस्से में आ गए हैं, उन्हीं से हमें मैदान जीतना है। अमेरिका और यूरोप का मुहताज नहीं होना है। हालाँकि अन्य विकासरत मुल्कों को आश्रित रखने की उनके पास अदम्य आसुरी शक्ति है। फिर भी हमारी प्रतिभाओं को हमें ही प्रकाश में लाना है, जब तक ला सकें। अमरता का स्थायी पट्टा न यूरोप के पास है, न अमेरिका के पास। भस्मासुर की नाईं एक दिन इनका अंत निश्चित है। फिलहाल व्यावसायिक आपाधापी में हम अपना होश गँवा चुके हैं। राह से भटक चुके हैं। लेकिन अंततः हमें ही अपना चिराग जलाकर सही राह खोजनी है। पश्चिम के आणविक बिजलीघर हमें चकाचौंध तो कर सकते हैं, लेकिन वे हमें प्रकाश नहीं दे सकते। हमें अपनी ही तीलियों का मसाला कायम रखना है। ताजमहल की स्थापत्य कला के प्रमाद में अपने छान-झूँपड़े फूँकने की बजाय उन्हें लीपना-पोतना है। आँगन और दीवारों पर अल्पनाएँ आँजनी हैं। ताजमहल अपनी जगह है, बच्चों के घरौंदे अपनी जगह हैं। दोनों का अपना-अपना महत्त्व और उनकी रचना का अपना-अपना आनंद है। कुछ हद तक यह भी सही है कि ताजमहल या कोणार्क जैसे मंदिरों की स्थापत्य कला का बीज किसी न किसी घरौंदे में छिपा रहता है। जिस समाज के पास आँखें होती हैं, वह उस बीज की परख कर लेता है। काव्यशास्त्रियों की दृष्टि में पुनरावृत्ति भले ही दोष हो, पर मनुष्य के जीवन में पुनरावृत्ति साँस के उनमान रसी-बसी है। वह उसके जीवन की अनिवार्य संचालन-शक्ति है। लाल-सुर्ख गर्म लोहे को एक ही चोट से इच्छानुसार निर्मित नहीं किया जा सकता, उस पर निर्बाध प्रहार की बारंबार आवश्यकता है।' इसी विश्वास के बल पर विजयदान देथा ने मनुष्य की पाशविक वृत्तियों का परिमार्जन करने वाली कहानियों का निर्माण किया है। ऐसी कहानियाँ हमें आने वाले कल के प्रति एलर्ट करती हैं।

इधर के कहानीकारों की सबसे बड़ी सीमा यह है कि वे कहानी में आदि से अंत तक कथ्य पर लगातार दबाव बनाते जाते हैं, परिणामस्वरूप कथा गायब हो जाती है। इस दोष से कैसे बचा जा सकता है, समकालीन कहानीकारों को इसे देथा की कहानियों से सीखना होगा। विजयमोहन सिंह उनकी कहानियों के संबंध में लिखते हैं कि 'देथा की कहानियों में अपने-आप नई अर्थ-छवियाँ, नए संकेत,

नई व्याख्याएँ उभरने लगती हैं। चूँकि यहाँ लेखकीय दबाव लगभग शून्य होता है, इसलिए यह सब बहुआयामिता लिए हुए ऐसा विराट रूप प्राप्त कर लेता है कि आप बार-बार उनसे नए अर्थ तथा नए संकेत-सूत्र प्राप्त करते रहते हैं। क्या यह चमत्कार नहीं है कि जहाँ कुछ भी नया नहीं है, वहीं सब कुछ नया तथा अपूर्व प्राप्त हो जाता है।'

जिस तरह प्रेमचंद उर्दू से हिंदी-कहानी की ओर आए थे और हिंदी में आकर उन्होंने अपने बाद के कहानीकारों को बाध्य कर दिया था कि वे किसी और तरह से सोचें, उसी तरह विजयदान देथा भी राजस्थानी कहानी से हिंदी-कहानी की ओर आए हैं और आज तमाम हिंदी कहानीकारों के लिए उनकी कहानियाँ एक चुनौती हैं। एक बेहतर कहानी लिखने के लिए हमें निश्चित रूप से उनको क्रॉस करना होगा। उनकी कहानियों को पढ़ने के उपरांत हम यह कह सकते हैं कि विजयदान देथा इस बात को पूरी तरह जानते हैं कि कहानी मूलतः पाठक-केंद्रित विधा है। वह इस बात को भी बखूबी जानते हैं कि कहानी के द्वारा पाठक को कैसे बाँधा जा सकता है। मेरी दृष्टि में कहानीपन तथा कथा-रस की सघनता ही पाठक को होल्ड करती है। देथा की कुछ कहानियों को पढ़ते हुए ऐसा लगता है कि उन्होंने चेखव की उस बात को अच्छी तरह याद रखा है कि 'लोगों और सिर्फ लोगों के बारे में ही लिखना बहुत उबाऊ काम है। यदि आपने लोगों के बारे में तीन कहानियाँ लिखी हैं तो चौथी कहानी घोड़े, कुत्ते या बिल्ली पर लिखिए। भले ही यह कहानी उन कहानियों से घटिया हो जिनमें लोगों के बारे में लिखा गया है, पर इसे बहुत रुचि के साथ पढ़ा जाएगा। लिखने की कला, लिखने की कला में निहित नहीं, बल्कि जो ठीक नहीं लिखा गया उसकी काट-छाँट करने की कला में निहित है।' चेखव कहानी-लेखन के संदर्भ में एक दूसरी बात की ओर भी इशारा करते हैं कि 'कहानी में कुछ भी आवश्यक नहीं होना चाहिए। यदि पहले हिस्से में आपने दीवार पर लटकी बंदूक दिखाई है तो दूसरे या तीसरे हिस्से में उसे जरूर चलना चाहिए। यदि न चल रही हो तो वह फिर लटकी हुई भी नहीं रहनी चाहिए। कहानी को जानदार बनाइए। वार्तालाप के बीच घटनाएँ होती रहनी चाहिए।' इस संदर्भ में विजयदान देथा की 'आशा अमरधन' कहानी को देखा जा सकता है जिसमें पति-पत्नी के वार्तालाप के बीच एक के बाद दूसरी घटना घटती है और कहानी के अंत में एक ऐसी अप्रत्याशित घटना घटती है कि पाठक उस त्रासदी से लंबे समय तक उबर नहीं पाता। 'आशा अमरधन' की त्रासदी की इंटेंसिटी 'तिरिछ' के बाद किसी दूसरी कहानी में देखने को नहीं मिलती।

'आशा अमरधन, 'भगवान की मौत', 'सपनप्रिया', 'लजवन्ती', 'उलझन' तथा 'दूजौ कबीर' जैसी कहानियाँ न केवल विजयदान देथा की, अपितु समकालीन हिंदी-कहानी की स्थायी उपलब्धि हैं। ये कहानियाँ भारतीय लोक-रंगों और लोक-देवताओं से बनाई गई ऐसी पेंटिंग्स हैं, जिनके संबंध में पिकासो की तरह कहा जा सकता है कि क्या ये तुमने बनाई हैं ? सामाजिक दायित्वबोध के साथ गल्प का शिल्प निर्मित करने की विजयदान देथा जैसी दक्षता समकालीन हिंदी-कहानी में किसी दूसरे कहानीकार में नहीं है।

विजयदान देथा के पास अर्जित आस्थाएँ हैं, गाथाएँ हैं, चिंतन की पैनी धार है, जीवनानुभव तथा रचनानुभव है। भयावह समय के इस अपराजित कहानीकार को विश्वास है—'राजकुमारी, एक आदमी के क्रोध से कुछ नहीं हो सकता। वो तो खुदकुशी के समान है। जिस दिन मेरे क्रोध की छूत जन-जन के हृदय में खुदबुदाएगी, उस दिन इनसानों की दुनिया में न तो कोई राजा होगा और न रंक। न कोई ऊँच होगा और न कोई नीच, न साँच होगा और न झूठ। न पाप होगा, न पुण्य। न धर्म होगा, न अधर्म। न कोई अमीर होगा, न गरीब। न कहीं मंदिर होगा और न कहीं मस्जिद। उस दिन न मजहब बचेगा, न जात। न फौज होगी और न हथियार। किसी इनसान को यह हक नहीं होगा कि अपनी सत्ता के बल पर, तलवार की ताकत से, अपने आदेश के जरिए किसी कारीगरी के टुकड़े-टुकड़े करवा डाले।' अंत में योगेश के शब्दों में कहें तो—' 'उलझन' पढ़ने के बाद बहुत समय तक कुछ नहीं पढ़ा। मन ही मन लेखक को कोसता रहा। ऐसा कोई क्यों लिखे कि पाठक कुछ और पढ़ ही न सके।' वास्तव में पृथ्वी के छंद को लिखने वाले देथा के कहानीकार के पास कुछ ऐसा ही जादू है। वह लातीनी अमेरिकी देशों से आया हुआ जादू नहीं है। वह शुद्ध भारतीय जादू है। आप चाहें तो इसे राजस्थानी जादू भी कह सकते हैं। जोधपुर की जमीन का जादू, जिसमें राजा और रंक, रेत और खेत, देस और परदेस, मनुष्य और मनुष्यता का सारांश है। इस जादू को 'फैंटेसी' और 'पैरेबुल' का बादशाह विजयदान देथा ही जानता है।

—कुमार कृष्ण की आलोचनात्मक पुस्तक 'कहानी के नये प्रतिमान' से

कुमार कृष्ण कवि तथा आलोचक हैं। वह हिमाचल प्रदेश विश्वविद्यालय के हिंदी विभाग में आचार्य तथा बौद्ध विद्या केंद्र के अध्यक्ष हैं।

क्रम

लजवन्ती	13
दूंजौ कबीर	23
फितरती चोर	41
बड़ा कौन ?	58
दूरी	72
सिकन्दर और कौआ	93
राजीनामा	103
रैनादे का रूसना	109
अनेकों हिटलर	113
हाथी-कांड	124

लजवन्ती

किसी एक वक्त की ढलान पर, कुदरत की गोद में एक गाँव बसा हुआ था। गाँव, गाँव के साँचे में ढला हुआ था। वे ही नई-पुरानी झोंपड़ियाँ। वे ही गोबर से लीपी दीवारें। वे ही उखड़ते पलस्तर। घर-घर वे ही मिट्टी के चूल्हे। वो ही फिरोजी धुआँ। मर्दों के सिर पर वे ही बाँके साफे। वो ही तारों से गुँथी लाठियाँ। औरतों के जाति माफिक अलग-अलग लहँगे। वे ही छाती तक घूँघट। वही भेड़ों की में-में और वही खुरों से उड़ती खेह। वही तेरी-मेरी दाँताकसी। वो ही अपने-अपने झमेले। वे ही जंजीरें, वे ही पगहे और वे ही खूँटे। वे ही ठाँव, वो ही घास-फूस और वही गोबर। वे ही कुएँ और वो ही पानी। वे ही ठाकुर और वही ठकुरानी।

अपनी मर्यादा लायक वो गाँव एक मगरे पर काफी ऊपर बसा हुआ था। डेढ़ेक कोस दूर एक तालाब था। पानी फकत दीवाली तक ही टिकता था। तालाब के सूखने पर कुएँ चालू हो जाते थे। फिर तो वे ही गड़गिड़ियाँ, वे ही डोलियाँ और वे ही रस्सियाँ। वे ही पनिहारियाँ और वे ही घड़े। रिम-झिम की झंकार से राह कुछ ऊपर उठ जाती थी। गीत गाती उन टोलियों के इर्द-गिर्द हवा तरसती-सी डोलती रहती थी। सूरज की किरनें उनके रूप-जोबन का परस करती थीं। पेड़-पौधे झुक-झुककर मुजरे लेते थे।

बस्ती से बाहर निकलते ही उन पनिहारियों के मानो पंख निकल आते थे। पंख गले के। पंख हृदय के। लेकिन एक पनिहारिन तो गोया लज्जा की ही पुतली हो। सहेलियों के साथ सुनसान जंगल में भी घूँघट नहीं हटाती थी। न मजाक व चुहलबाजी की कुछ परवाह करती और न ही पलटकर कोई तेज जवाब देती। बीस बार बतलाने पर भी बड़ी मुश्किल से बोलती थी। गुलाबी कलाई और पीली ओढ़नी। गोया इंद्रधनुष के दो रंगों ने गगन का मुकाम छोड़कर उसकी देह में शरण ली हो। सुरंगी ईढूँनी पर पीतल का चमचमाता घड़ा और दमकता कलश, गोया ठठेरे को चाँद का टुकड़ा हाथ लग गया हो। सहेलियाँ हर तरह की मजाक कर-कर थक गईं, पर उसका बेवड़ा छलका हो तो वह छलके। घूँघट के भीतर सिन-फिन मुस्कराती रहती।

एक मर्तबा एक हमउम्र सहेली ने नाक तक आजिज आकर आखिर ताना मारा, "अगर घूँघट ही औरतों के शील की सही कसौटी है तो हम सभी बेहया व छिनाल औरतें हैं।"

ताने की उस मार से भी उसके होंठ नहीं खुले। एक बार सहेली की ओर देखकर वापस मुँह मोड़ लिया। तब साथ चल रही दूसरी सहेली ने कहा, "देख, तू घूँघट कभी उघाड़ना ही मत। मनचला सूरज तुझे चूमने के लिए टूटकर नीचे गिर पड़ा तो सारी दुनिया में हमेशा-हमेशा के लिए अँधेरा हो जाएगा।"

एक बोली, "अगर कोई मरद परिंदा गाल नोच डाले तो ?"

दूसरी बोली, "मरदों की बनिस्बत इसे औरतों का डर ज्यादा लगता है। बचपन में जरूर कोई जबरदस्त चोट हुई होगी।"

बाजू में चलती एक सहेली धकियाती हुई कहने लगी, "किसी ने कहा था कि इसके तो जनमते समय भी नाभि तक घूँघट खिंचा हुआ था। सोलह सिंगार किया हुआ था।"

एक प्रौढ़ पनिहारी बोली, "ताने मार-मारकर तुम चाहे जितना थूक उछालो, चिकने घड़े पर बूँद नहीं ठहरती। मैं इसके हाथ पकड़ती हूँ, कोई घूँघट हटाने की हिम्मत करे तो आँखों की प्यास बुझे।"

"अगर आँखें भेंगी हुईं तो ?"

"अगर चेहरे पर चेचक के दाग हुए तो ?"

"अगर होंठ रावणखंडा हुआ तो ?"

"अगर दाँत…?"

आगे के बोल होंठों से बाहर निकलने वाले ही थे कि उसके चेहरे पर नजर पड़ते ही जीभ की नोक दाँतों के बीच थोड़ी कट गई। ऐसा रूप न सुना, न देखा। वाकई यह रूप तो ढका ही ठीक है। एक साथ सभी सहेलियों के चेहरे उतर गए। सूर्योदय के बाद पूनम के चाँद की क्या बिसात ? लाख भला हो बेचारी का जो तमाम औरतों की इज्जत रख ली, वरना सात फेरे के शौहर भी मुँह मोड़ लेते। ऐसा रूप तो सात तालों के भीतर ही छुपा रहना चाहिए।

उन बोलों के साथ ही घूँघट उघाड़ने वाली सहेली ने फौरन वापस घूँघट नीचे क्या डाला, गोया चाँद के आगे झीनी बदरिया छा गई हो। एक गहरी आह भरकर बोली, "जब यह चाँद दिन को भी ऐसा चमकता है तो फिर राम जाने रात को कैसा दमकता होगा ?"

"राम से ज्यादा तो इसका पति जानता है।"

तमाम सहेलियों के पाँव मानो चिपक गए हों। हाथ पकड़ने वाली प्रौढ़ औरत बमुश्किल अटकते-अटकते बोली, "फकत ऐसा रूप होने पर ही रस के लोभी भँवरे सपने में भी दूसरे फूलों पर नहीं मँडराते।"

एक ने कहा, "इस मरद जात का तो मुझे मरकर भी एतबार नहीं होता। इनको तो मिश्री की बजाय अफीम मीठा लगता है।"

"लगता होगा, पर एक बात तो हमने सोची ही नहीं। अगर तमाम भँवरे दूसरे फूलों से मुँह फेरकर एक फूल पर ही मँडराने लगे तो अपनी कैसी दुर्गति होगी ?"

एक सहेली व्यंग्य से हँसते कहने लगी, "पर साथ ही साथ उस फूल की दुर्गति भी कम नहीं होगी।"

कि सहसा पनिहारियों की नजर सामने से आते एक आदमी पर पड़ी। पर वो तो अपनी धुन में ही मगन था। उसके दोनों हाथों में दो सफेद कबूतर थे, जिनसे बतियाते हुए उसने एक दफा आँख उठाकर देखा तो उसे भी मार्ग पर कुछ औरतें नजर आईं। गोया पेड़-पौधों के झुंड पर नजर पड़ी हो। अनघड़ पत्थरों से अधिक उसने उनकी परवाह नहीं की। राह से जरा हटकर दूर-दूर चलने लगा। सफेद साफा। सफेद अँगरखी और सफेद ही धोती। आबनूसी दाढ़ी। चेहरा तो ठीक से नहीं दिखा, पर फबती निरोगी कद-काठी। हाथों में थामे कबूतरों को देखते वो काफी आगे निकल गया। एक दफा पीछे मुड़कर देखना तो दूर रहा, उसके मन में ऐसी चाह भी शायद नहीं जगी हो।

तमाम सहेलियाँ चुपचाप एक-दूसरे का मुँह जोहने लगीं कि अचानक राह के सन्नाटे को तोड़ती वह हाथ पकड़ने वाली प्रौढ़ औरत उसके घूँघट की ओर देखते बोली, "अगर इस भँवरे को नचा सके तो तेरे रूप को मानूँ।"

घूँघट उघाड़ने वाली सहेली बोली, "यह तो आँखें रहते भी अंधा है। मन की आँखें भी मुँदी हुई हैं। न जाने यह कैसा मर्द है ?"

एक सहेली गर्दन हिलाती कहने लगी, "मुझे तो इसके मर्दपने में ही कमी लगती है।"

साथ वाली सहेली ने शंका की, "पर तुझे इस जाँच का मौका कब मिला ?"

मुस्कराहट दबाते बोली, "सपने में।"

इर्द-गिर्द चल रही तीन-चार सहेलियाँ बोलीं, "फिर भी तू नसीब वाली है। तेरा सुहाग बड़ा है।"

इस बार लजवन्ती नार के होंठ खुले। कोयल से सवाई मीठी वाणी में कहने लगी, "पतियों की पीठ पीछे भी तुम्हें ऐसी बातें करते शर्म नहीं आती ?"

एक सहेली के मुँह से बरबस जवाब निकला, "तूने शर्म और रूप को एक पल भी छोड़ा हो तो हमारे हिस्से में आए।"

सहेलियों से बहस करने में कोई फायदा नहीं। वैसे भी वह बहुत कम बोलती थी, पर उस दिन के बाद तो एकदम मौन ही साध लिया। सचमुच विवाह की वेदी पर उसे ऐसा ही कुछ लगा था, गोया आकाश और जमीन का परस्पर पाणिग्रहण हुआ हो। अग्नि देवता की ज्वालाओं की वह अटूट साक्षी कैसे बिसराई जा सकती है ?

दोनों हाथों में उसी तरह दो सफेद-झक कबूतर लिए उस आदमी से राह में सामना होना और उसका जरा दूर हटकर जाना उसी तरह जारी था। वह लजवन्ती नार झीने घूँघट से उसका सफेद लिबास और सफ़ेद कबूतर निरखती रहती। एक दिन एक सहेली ने कहा, "अगर यह बावला वचन दे तो मैं औरत की योनि छोड़कर कबूतरी बनने को तैयार हूँ। फिर तो पीछा करके अपने हाथों से मुझे पकड़ेगा ही।"

दूसरी सहेली ने तपाक से जवाब दिया, "अगर उसके कानों में यह भनक पड़ गई तो वो कबूतर पकड़ना ही छोड़ देगा।"

राम जाने क्या सोचकर एक सहेली ने लजवन्ती नार की ओर मुखातिब होकर पूछा, "क्यूँ, तेरा मन कबूतरी बनने को होता है या नहीं ?"

तब वह लजवन्ती नार धीमे से बोली, "इंसान की जिंदगी का ऐसा सुख छोड़कर मैं कबूतरी बनने की कामना क्यूँ करने लगी ? इस इलाके में मेरे पति से सुंदर और समझदार कितने चेहरे हैं ?"

वह प्रौढ़ सहेली एक गहरे राज की बात बतलाते कहने लगी, "हाथ लगे सोने की बजाय औरों का जस्ता ज्यादा सुहाना लगता है। मन की इस बान पर कौन अंकुश रख सका है ?"

उसके बाद तमाम सहेलियों ने बढ़-चढ़कर यह बात कही कि उस लजवन्ती नार के शरीर में मन या हृदय नाम की कोई चीज है ही नहीं। वह फकत पत्थर की खूबसूरत मूरत की मानिंद है। फकत हिलने-डुलने, चलने, बोलने व साँस लेने की खासियत है।

फिर तो हर रोज वे ही मजाकें। वही चुहलबाजी। राह चलते समय, पानी खींचते समय। पानी छानते समय। सर पर रखे घड़े खाली हों या भरे। वही गुफ्तगू। गोया दुनिया की दूसरी तमाम बातें चुक गई हों।

आखिर बेहद आजिज आकर एक दिन उस लजवन्ती नार ने अपने चिपके

होंठ खोले। बोली, "अब तो तुम्हारे साथ एक पल भी रहने का धर्म नहीं है।"

सहेलियों को यह बात बुरी लगी। कहा, "जैसे तेरा मन जाने, अपना अलग धर्म निभा, पर औरत जात होकर इस बेजोड़ रूप और यौवन के साथ नितांत अकेली इस सुनसान जंगल में अपना पानी कैसे रख सकेगी ? हम तो इतनी औरतें एक झुंड में होते हुए भी भीतर ही भीतर डरती हैं।"

तब लजवन्ती नार निस्संकोच बोली, "जिसके मन में चोरी की चाह नहीं, उसे रोशनी से क्या भय ? मेरे मर्द को मुझ पर पूरा भरोसा है। मेरे ससुराल वालों को मुझ पर किसी तरह का वहम नहीं है। फिर कैसा डर ? किसका डर ? मैंने तो डर का नाम ही आज तुम्हारे मुँह से सुना है।"

उस दिन और उस घड़ी से ही तमाम सहेलियों ने उसे छिटका दिया। तब भी उसके मन में भय नहीं हुआ और न ही किसी के संग-साथ की उसने कोई दूसरी जुगत सोची। सिर पर बेवड़ा लिए बेहिचक पानी लेने ठेठ कुइयों तक जाती और भरा बेवड़ा लेकर वापस बेहिचक अकेली आती। सिर पर सूरज भगवान् की निगहदारी, फिर बेचारे इंसान से[redacted] भय ! कबूतरों वाला आदमी सामने मिलता हो तो मिले, वो तो उलटा राह [redacted]कर काफी दूर से निकल जाता है। कभी आँख उठाकर भी उसकी ओर नहीं देख[redacted]। अगर अपने मन में कोई पाप नहीं है तो फिर वो कबूतरों के बदले नंगी तलवा[redacted]लेकर उसके पास से निकले तो भी उसका क्या बिगाड़ लेगा ! पर बस्ती के दूसरे मर्द तो एकदम टुच्चे हैं। शादीशुदा होते हुए भी ऐसे बदनीयत हैं, मानो आज दिन तक किसी औरत जात की शक्ल देखना तो दूर उसका नाम तक न सुना हो। खूबसूरत औरत का पका हुआ मांस तक खाने के लिए भी इन लफंगों को मनाही नहीं है।

गाँव के घर-घर में उस खब्ती आदमी की चर्चा वक्त-बेवक्त चलती ही रहती थी। ऐसा पागल व्यक्ति तो बैरन की कोख से भी पैदा न हो। राम जाने अकेले रहने में ही इसे क्या सुख मिलता है ? देखते-देखते अपनी सारी बपौती फूँक दी—फकत इन कबूतरों की खातिर। पिछले जन्म में जरूर यह बावला कबूतरों की बिरादरी का सरदार रहा होगा। हजार सफेद कबूतर इकट्ठे करने की सनक पाल रखी है। न आज तक किसी का कहा माना है, न आगे ही मानेगा। कबूतरों के सिवाय उसे दूसरी किसी बात का शौक नहीं। न मवेशियों का, न खेत-खलिहानों का, न जमीन-जायदाद का, न धन-दौलत का और न ही घर-गृहस्थी का। इंसान की योनि में आकर कबूतरों के साथ जिंदगी काट रहा है।

हर रोज दो नए कबूतर पकड़ने का प्रण पूरा किए बगैर वो मुँह में पानी तक

नहीं डालता था। राम जाने किस जंगल के किस कोने से वो सफेद कबूतर पकड़कर लाता था। कबूतर हाथ लगने पर उसे ऐसा लगता, गोया चाँद-सूरज उसकी पकड़ में आ गए हों। एक बार बाड़े में पहुँचने के बाद भोले कबूतर उस ठौर को छोड़ना ही नहीं चाहते थे। मानो जन्म देने वाले माँ-बाप के घोंसले में आ गए हों। उससे नजरें चार होते ही कबूतर तो कबूतर, बाज, गिद्ध, कौवे और साँप तक उस पर एतबार कर लेते थे। पर उसने अपनी प्रीत का प्रसाद कबूतरों के सिवाय किसी को नहीं बाँटा। हाथों से दाना चुगाता। हाथों से पानी पिलाता। एक-एक कबूतर को प्यार से सहलाता।

एक दफा उस लजवन्ती नार को राम जाने कैसा अंदेशा हुआ कि अपनी छोटी ननद से साथ चलने को कहा। सारी बात ध्यान से सुनकर ननद ने फौरन उसके वहम का निबटारा कर दिया। कहने लगी, "कबूतर वाले इस पागल आदमी से तो जरा भी डरने की जरूरत नहीं है। यह तो सपने में भी किसी को कोई नुकसान नहीं पहुँचाता। निरीह कबूतर तक जब उसका भरोसा कर लेते हैं तो फिर तुम्हें काहे का डर !"

उसके बाद दूसरे-तीसरे दिन बीच राह उ[illegible]छोड़वा से सामना हो जाता। झीने घूँघट से उसकी छवि ठीक से नहीं दिखती, तब[illegible]व्रता भी-कभी पीछे मुड़कर, घूँघट हटाकर उसे देखती। पर वो आदमी अपनी धु[illegible]र सिवाय किधर भी आड़ा-टेढ़ा नहीं झाँकता था। वह मुँह मसोसकर, निरुपाय आगे चल पड़ती। होंठों ही होंठों में कुनमुनाती—बावला कहीं का ! माँ की कोख ने नाहक नौ महीने बोझ ढोया। पर मर्द जात होकर यह राह से दूर क्यूँ हट जाता है ? औरतों का डरना तो वाजिब है, पर इसके मन में ऐसा क्या डर है ? बिलकुल उलटी खोपड़ी का है।

एक दफा पानी भरने के बाद वह रस्सी समेट रही थी कि वो सामने से आता दिखाई दिया। पानी सूखने पर कुएँ से सटकर सीधा रास्ता था। कोई दूसरा आदमी होता तो प्यास के बहाने जरूर पानी पीने आता। पर इसे तो कबूतरों के अलावा कुछ दिखता ही नहीं। कुएँ के करीब से जब वो आगे निकलने लगा तो उसने टिचकारी देकर हाथ से बुलाया। उसने मुँह फिराकर उसकी ओर देखा। तब उसने बेवड़ा उठवाने का इशारा किया, पर वो तो अपनी जगह से हिला ही नहीं। खड़े-खड़े ही अबूझ बच्चे की तरह बोला, "मेरे तो दोनों हाथों में कबूतर हैं। छोड़ूँगा तो उड़ जाएँगे।"

फकत इतनी बात जतलाकर, वो अपनी राह आगे चल दिया। और वह लजवन्ती नार पाषाण-पुतली के उनमान एक ठौर रुप गई। कुछ देर बाद होश

आने पर ऐसा लगा, मानो किसी अदीठ आग में उसका रूप-यौवन धू-धू जल रहा हो। इससे तो मौत आ जाए तो बेहतर। बेमन हाथों बेवड़ा क्या उठाया, मानो दो अनघड़ पत्थर सिर पर रखे हों।

दूसरे दिन राम जाने क्या सोचकर वह घर से बड़ा घड़ा और बड़ा कलश लेकर पानी लेने रवाना हुई। हमेशा से घड़ी-सवा घड़ी पहले।

संयोग की बात कि रस्सी समेटने के बाद उसने इधर-उधर देखा ही था कि वो गाँव से आता दिखाई दिया। कुएँ से दो-एक खेतवा दूर। शायद कबूतरों की खोज में जा रहा है। ज्यों-ज्यों वो नज़दीक आने लगा, त्यों-त्यों वह दाहिने हाथ से पीठ-पीछे का ओढ़ना इस तरह नीचे सरकाने लगी, मानो उसे इस हरकत का कोई ध्यान ही न हो। मानो वो हाथ और वो जिस्म, उसका न होकर किसी और का हो।

करीब आते ही उसे बतलाते कहने लगी, “अब तो तुम्हारे दोनों हाथ खाली हैं। फिर क्या बहाना लेकर मना करोगे ?”

उस अमृतवाणी से चौंककर वो लजवन्ती के चेहरे की ओर देखकर होंठों ही होंठों में बड़बड़ाया, “अब तो फकत इक्कीस कबूतरों की कमी है।”

तब वह लजवन्ती नार मुस्कराती-सी बोली, “कम हैं तो पूरे कर लेना, पहले मुझे बेवड़ा तो उठवा दो।”

“कल किसने उठवाया था ?”

“कल तुमने मना कर दिया तो गुस्से के जोर से मैंने आप ही उठा लिया।”

“अब वो गुस्सा कहाँ गया ?”

“पर आज तो गुस्सा करने पर भी यह बेवड़ा उठने का नहीं है।”

“क्यूँ, आज ऐसी क्या नई बात हो गई ?”

“दिखता नहीं, यह बेवड़ा उससे कितना बड़ा है ?”

“तब यह बड़ा बेवड़ा किसके भरोसे लाई ?”

“किसी भले आदमी के भरोसे, जिसके हाथों में अभी कबूतर नहीं हैं।”

तब वो गर्दन लचकाता कहने लगा, “जब तुमने इतना भरोसा किया है तो जरूर पूरा करूँगा।”

और वाकई वो नीमपागल आदमी उसे बेवड़ा उठवाकर झट रवाना हो गया। न आगे बात बढ़ाई और न एक बार भी पीछे मुड़कर देखा। इसके बनिस्बत घूँघट का भरम बना रहता तो बेहतर था। सृष्टि-रचना से आज तक किसी खूबसूरत औरत के यौवन की इतनी तौहीन नहीं हुई होगी ! राह का फासला तय करना मुश्किल हो गया।

दूसरे दिन वह ननद को साथ लेकर कबूतरों के बाड़े में गई। वह छाती तक घूँघट डाले बाड़े का फलसा उघाड़कर भीतर घुसी। अजीब और अनूठा नजारा था। अनगिनत सफेद कबूतर ही कबूतर उसके इर्द-गिर्द दाना चुग रहे थे। गुटरगूँ-गुटरगूँ की अमृतवाणी घोलते, पंख फड़फड़ा रहे थे। बारी-बारी उमंग से उस आदमी के सिर और कंधे पर चढ़-उतर रहे थे। दोनों बिलकुल पास चली गईं, तब भी कबूतरों तक ने कोई तवज्जुह नहीं दी। न डरे और न ही उड़े। उस आदमी की आँखों के सामने फकत कबूतर ही कबूतर नाच रहे थे। फिर वो क्यूँ किसी का ध्यान रखे ?

ननद जोर से पुकारकर बोली, "मेरी भाभी कबूतरों का मेला निरखने के लिए आई है।"

तब वो कबूतरों को दाना चुगाते हुए कहने लगा, "पहले ही आना चाहिए था। कबूतरों से बढ़कर इस दुनिया में है ही क्या ? पर घूँघट में यह नजारा ठीक से नजर नहीं आएगा। इन भोले कबूतरों से कैसी शर्म ?"

पर तब भी लजवन्ती नार ने घूँघट नहीं हटाया। ननद बोली, "मेरी भाभी ने तो घूँघट न हटाने की मानो कसम खा रखी हो। मैंने भी अभी तक इसका मुँह नहीं देखा।"

कुछ देर घूँघट के भीतर से ही वो नजारा देखकर वह जैसे आई थी, वैसे ही वापस चल दी। अपनी धुन में मगन वो कबूतरों को दाना चुगाता रहा।

लजवन्ती नार घर आई, तब भी उसकी आँखों के आगे वो ही नजारा पंख फड़फड़ा रहा था। मीठी गुटरगूँ। वे ही सफेद कबूतर समूची मेड़ी में फड़फड़ाने लगे सो रुके ही नहीं। बेइख्तियार पति के गालों पर हाथ फिराते कहने लगी, "तुम दाढ़ी रखो तो तुम्हें भी खूब फबेगी।"

और उस सुझाव के साथ ही वह आँखें मूँदकर पति के बहाने उस कबूतर वाले आदमी की बाँहों में समा गई और काली भुजंग दाढ़ी के परस से अपनी सुध-बुध ही भूल गई। फिर तो कितनी रात और कितना सपना !

दूसरे दिन पनघट की आधी राह तय करने पर उसे सपने वाला आदमी सामने से आता दिखाई दिया। दोनों आमने-सामने राह चल रहे थे। औरत के सिर पर खाली बेवड़ा और आदमी के दोनों हाथों में दो कबूतर। पर आज यह आदमी रास्ते से अलग क्यूँ नहीं हटा ? लजवन्ती के रोम-रोम में झुरझुरी दौड़ गई। निगोड़े के मन में खोट दिखती है ! यह सुनसान जंगल ! कोई आवाज सुनने वाला भी आसपास नहीं है। अब करे तो क्या करे ?

पर उसे कुछ भी करने की जरूरत नहीं पड़ी। बीस कदम दूर से ही वो

आँय-बाँय बोलते कहने लगा, "फकत दो कबूतर कम हैं। कल मेरा प्रण पूरा होगा। इस खुशी में राह से हटना भूल गया। पर मुझसे डरने की कतई जरूरत नहीं है। इतने बरस कबूतरों की सोहबत यों ही नहीं की !"

मन का खटका मिटते ही वह घूँघट के भीतर से बोली, "कबूतरों की सोहबत से तुम कंकर खाना तो नहीं सीखे ?"

वो आदमी कुछ धीमा पड़कर कहने लगा, "उनकी देखा-देख कंकर खाने की कोशिश तो बहुत की, पर कामयाबी नहीं मिली। पेट फूलकर ढोल हो गया। बड़ी मुश्किल से मरते-मरते बचा।"

अपने ही मन का चोर लुप्त होने पर लजवन्ती नार को काफी कुछ इत्मीनान हो गया। घूँघट के भीतर मुस्कराती-सी बोली, "कबूतर तो एक पल की खातिर भी कबूतरी का पीछा नहीं छोड़ते, पर तुमने तो अभी तक ब्याह ही नहीं किया। औरत जात से ही किनारा करते हो।"

काली भुजंग दाढ़ी के भीतर दूधिया हँसी छितराता वो कहने लगा, "कल प्रण पूरा होने पर यह बात सोचूँगा[redacted] सपने के लायक कबूतरी मिलना वश में थोड़े ही है ! सपने की उस कबूत[redacted] खातिर ही तो यह प्रण पाला है। बाईस बरस पहले मुझे ऐसा ही एक अन[redacted] सपना आया था। तभी से मैंने उस सपने का पीछा नहीं छोड़ा।"

तब वह अकेली पनिहारी खिल-खिल हँसती बोली, "पागल के सिर पर सींग थोड़े ही होते हैं ! उस सपने के भरोसे सारी जिंदगी गँवा बैठोगे।"

किसी अदीठ खुशी के जोर से वो आदमी उत्साह से कहने लगा, "हजार कबूतरों की आशीष से क्या मुझे एक भी वैसी कबूतरी नहीं मिलेगी ?"

उस सवाल का कोई पुख्ता जवाब न देकर, वह आगे रवाना होते हुए बोली, "तुम जानो और तुम्हारा सपना जाने। मुझे तो पानी को देर हो रही है।"

फिर तो उसने पीछे मुड़कर ही नहीं देखा। पर चोटी की सुरंगी लड़ियों में उलझी उस आदमी की निगाहों ने काफी दूर तक उसका पीछा नहीं छोड़ा।

दूसरे दिन फिर उसी जगह सामना हुआ। दोनों हाथों के कबूतरों को लजवन्ती के घूँघट के सामने करते वो बेइंतहा खुशी से बोला, "आज मेरी प्रतिज्ञा पूरी हुई, भोले कबूतर जरूर मेरे सपने की लाज रखेंगे।"

यह बात कहकर उसने बावले की तरह खाली कलश की ओर ऊपर देखा ही था कि यकायक वह लजवन्ती एक फटकार के साथ घूँघट हटाकर तेज सुर में बोली, "भोले कबूतरों की सोहबत से ही तुमने ये बिल्ली वाले छल-कपट सीखे

हैं ? तुम्हारी आँखों का मैल मुझे साफ नजर आ रहा है। इस सुनसान जंगल में मेरे साथ जबरदस्ती करना चाहते हो ?"

"पर मेरे दोनों हाथों में तो कबूतर हैं।"

"तो क्या हुआ ? कबूतर खाली घड़े में डालकर ऊपर से कलश का ढक्कन नहीं दिया जा सकता ?"

लजवन्ती के उन बोलों के साथ वो आदमी खुशी से नाचता बोला, "हू-ब-हू वो ही सपना मुझे कल की तरह याद है। मेरे सपने की कबूतरी, तूने मुझे बाईस बरसों के बाद दरसन दिए। शायद उसी रात तेरा जन्म हुआ होगा। अब ये कबूतर उड़ते हैं तो उड़ने दो। सारा आकाश सामने पड़ा है।"

तब शर्म से दुहरी हुई लजवन्ती के कानों को मनचाही फुसफुसाहट सुनाई दी, "मेरे सपनों की कबूतरी ! अब तो एक पल की जुदाई भी मेरे वश में नहीं है।"

दाढ़ी के वास्तविक परस से उसने होश-हवास बिसराते पूछा, "तब इतने बरस यह जुदाई कैसे बर्दाश्त की ?"

"पर मेरा सपना तो आज ही सच हुआ [redacted]। पर जुदाई कैसी ?"

[redacted]री की

हाथों की बंदिश से छूटते ही दोनों कबूतर सफे[redacted]होना फड़फड़ाते उड़े, सो उड़ते ही गए। अछोर आसमान जाने और उनके पर जाने[redacted]

दूजौ कबीर

ये भारी-भरकम पोथे, कबिरा जाने जितने थोथे। ये धरम-करम के पथ सारे, मल-कीचड़ के ही गलियारे। ये तीरथ-बरत के धाम, जिनसे अल्लाह बचाए राम। यह भाग-भरम की शोभा, तोबा रे बापू तोबा। ये ऊँच-नीच की बातें, अनंत कजियारी रातें। ये राव-रंक के जाले, सरासर झूठे और काले। सूरज उगने पर ही मिटती रात, दिशा-दिशा में स्वर्णिम प्रभात। तो वक्त के मुताबिक यह बात बरसों पुरानी है कि हरियाली के बीच और हवा के झूले पर एक गाँव बसा हुआ था। जहाँ धरम-करम के साँचे में ढले नितनेमी इंसानों की बस्ती, पर एक झोंपड़ी टली हुई। उस झोंपड़ी में बसने वाले व्यक्ति का नाम तो कुछ और ही था, पर गाँव व इलाके के लोग उसे व्यंग्य व ताने के बहाने कबीर के नाम से ही बतलाते थे। अलाव के चारों ओर बैठकर कभी-कभी उस बस्ती के लोग पुरजोर शब्दों में कहते थे कि किसी औरत की कोख से जन्म न लेकर यह कबीर कुकुरमुत्ते या नाग-छतरी की तरह आप ही आप जमीन से उगा होगा। इंसान की औलाद होता तो इंसान-माफिक बातें करता। सूने आकाश में कोई बदली का टुकड़ा सहसा प्रकट हो जाता है, वैसे ही एक दिन वो कबीर अचीता उस बस्ती में प्रकट हुआ। तभी से जुलाहे का काम तो बहुत उम्दा करता, पर बातें एकदम उलटी, सिरफिरी व बेहूदी करता था। कद-काठी और चेहरा तो फबता और सुंदर, पर बातें ऊटपटाँग। कैसे और कहाँ से अनमापे की सूझती, सो वो ही जाने। हाथ का पूरा उस्ताद। पर उलटी खोपड़ी का। जैसे घुँघराले व काले बाल, वैसी ही टेढ़ी-मेढ़ी व काली-स्याह बातें।

कालीन, शॉल और कंबलों में बेल-बूटे, झाड़-झंखाड़ व फूल-पत्ते ऐसे बुनता था, गोया सचमुच के हों। उसके हाथों बुने कालीन के फूलों पर भँवरे भ्रम से मँडराते थे और कभी पके फलों के भुलावे में तोते चोंच मारते थे। अगर हाथों की कारीगरी के समान उसमें अक्ल भी होती तो फिर कहना ही क्या ? न कबीर की सनक व बेवकूफी की सीमा थी और न बस्ती के लोगों की चिकचिक का कोई छोर था।

कबीर के हुनर की बातें हवा में घुली हुई थीं। समूची रियासत में उसकी

शोहरत थी। एक दफा ऐसा इत्तफाक हुआ कि देश के मालिक राजा ने राजकुमारी के साथ गाँव के तालाब-किनारे पड़ाव डाला। एक सौ एक घोड़ों का लश्कर। घने बरगद की छाँव तले पसीने से सराबोर घोड़ों को बहुत देर बाद विश्राम मिला। सुरंगी जाजम बिछी। भनक पड़ते ही समूचा गाँव राजा और राजकुमारी के दर्शन की खातिर हाजिर हुआ। राजा ने खुशी-खुशी जनता को दर्शन दिए। सहसा राजकुमारी के कानों में कबीर के नाम की फुसफुसाहट सुनाई पड़ी। राजकुमारी ने छलकते उत्साह से पूछा, "क्या कबीर का गाँव यही है ?"

लोगों ने जवाब दिया कि गाँव तो मालिकों का है, पर कबीर यहीं रहता है।

राजकुमारी का उत्साह गले में समाया नहीं। बेहद ललक से फिर पूछा, "वाकई ?"

बस्ती के लोगों ने गर्दन हिलाकर 'हाँ' की। और 'हाँ' के साथ ही राजकुमारी फौरन दौड़कर राजा के पास पहुँची। खुशी के फूल बरसाती बोली, "इत्तफाक की बात कि हमने कबीर के गाँव में अचीता पड़ाव डाला। आपकी इजाजत हो तो मैं उसकी कारीगरी देखने के लिए जाऊँ।"

राजकुमारी के मुँह से यह नादानी की बात सुनकर राजा कुछ देर तक टग-मग उसके चेहरे की ओर देखता रहा। अपनी इकलौती बेटी का राजा बहुत मन रखता था और बेटी भी मन रखने लायक थी। बरसात के पानी की माफिक पवित्र और अनछुआ उसका अंतस। जैसा अकथनीय रूप, वैसा ही अकथनीय स्वभाव। अथाह सागर-सी अक्ल। निर्मल नजर और ताजे दूध-सी मुस्कराहट। राजा के मौन को कुरेदकर फिर पूछा, "जाऊँ ?"

राजा मुस्कराते हुए बोला, "तू बेकार क्यूँ तकलीफ उठाती है, मैं उसे यहीं बुला लेता हूँ।"

इस आश्वासन के उपरांत राजा ने हाथ जोड़े ठाकुर की ओर मुखातिब होकर पूछा, "लगता है, कबीर को मेरे आने की खबर नहीं हुई है, वरना अपनी कारीगरी दिखाने की खातिर वो सबसे पहले आता।"

ठाकुर के मन में पुराना कसैलापन भरा था। अच्छा मौका हाथ लगा। बेझिझक जवाब देते कहने लगा, "आपसे क्या अर्ज करूँ अन्नदाता, इस कबीर का दिमाग आंसमान में चढ़ा है। आपके बुलाने पर भी आ जाए तो गनीमत है।"

राजा तो राजा ही होता है। जन-जन का मालिक। सिर का मुकुट। किसकी मजाल जो राजा के आदेश को टाल सके ? मौत अगर बख्शे तो मौत की मरजी, पर राजा की तो सपने में भी ऐसी मरजी नहीं होती। राजा के गुमान में गोया

तकुआ घोंप दिया गया हो। पुतलियों की रंगत बदल गई। गरजते हुए ठाकुर पर ही बरस पड़ा, “ठाकुर, तुम्हारी अक्ल और जबान तो ठिकाने है ? किसके सामने क्या बकते हो, कुछ होश भी है ? सरकार के आदेश से बेपरवाह नालायक तुम्हारे यहाँ फल-फूल रहे हैं और तुम ठाकुर कहलाते हो ?”

ठाकुर के रोम-रोम में कँपकँपी घुस गई। घोड़े पर सवार होकर मौत आई, उसमें कसर नहीं। अटकते हुए बमुश्किल बोल पाया, “अन्नदाता, मेरी तो औकात ही क्या, यह पागल कबीर तो भगवान् की भी नहीं सुनता !”

राजकुमारी की खुशी पर पाला पड़ गया। बात सीमा से बाहर निकलती दिखती है। वापस कैसे समेटी जाएगी ? राजकुमारी को भी पहली मर्तबा अपनी अक्ल का पैंदा उघड़ता नजर आया। तब भी उसके मन में अक्ल से परे अटूट धीरज था। अब एक पल की भी देरी होने से राजा के गुमान का साँप हरगिज बाँबी में नहीं घुसेगा। बीन के बोल सुनकर शायद रीझ जाए ! राजा के करीब आकर बोली, “आपसे बड़ा कला का पारखी दूसरा कौन है ? आपके मुँह से ही तो मैंने सीख की यह बात सुनी कि कलाकारों की आदतें कुछ सनकी होती हैं। उनकी कद्र तो जानने वाला ही जानता है। आप ही तो फरमा रहे थे कि कलाकार विधाता के साक्षात् अवतार होते हैं ! लाखों-करोड़ों दिखती आँखों में उनको पहचानने वाली एक दीठ बड़ी मुश्किल से मिलती है। ये बेअक्ल ठाकुर बेचारे दारू व ऐश के अलावा कुछ जानते भी तो नहीं !”

उफनते दूध पर मानो ठंडे पानी का छींटा लगा हो ! राजा मुस्कराने की कोशिश करते कहने लगा, “मेरी लाड़ली बेटी, तेरी समझ के आगे हार माननी पड़ती है…!”

राजकुमारी बीच में ही जल्दी से बोली, “यह जैसी-तैसी समझ आपकी ही बख्शी हुई है। मेरी तो बिसात ही क्या ?”

राजकुमारी के गालों पर हाथ फिराते राजा कहने लगा, “तेरी बिसात का वजन मैं जानता हूँ। तेरा स्वभाव व अंतस तो ऐसा है कि बेटा-बेटी दोनों की कमी पूरी होती है। अगर तू वक्त पर बात नहीं सँभालती तो मेरे हाथों कबीर की मौत थी। यह किस तरह का अबूझ है कि राजा के इज्जत-कायदे भी नहीं समझता ! चल, तेरे साथ मैं भी चलता हूँ। तारीफ सुन-सुनकर कान पक गए। बेचारे कारीगर का वक्त जाया करना ठीक नहीं। जनता तो राजा की औलाद के समान होती है। जब वहाँ चलना ही है तो देरी करने से क्या फायदा ?”

यह बात कहकर राजा आप ही जिस ओर मुँह था, उधर ही चल पड़ा। ठाकुर

हाथ जोड़कर लपकते हुए सामने आया और बोला, "गरीबनवाज, इधर पधारिए ! कबीर की झोंपड़ी का यह रास्ता है।"

राजा ने मुड़कर ताज्जुब से पूछा, "झोंपड़ी ! ऐसे मशहूर कलाकार की झोंपड़ी ! अपने भले-बुरे का तुम्हें होश भी है ! इन लच्छनों से यह ठिकाना ज्यादा नहीं टिकने का !"

जूड़ी के बुखार के मरीज की तरह ठाकुर थर-थर काँपने लगा। टूटते सुर में बोला, "अन्नदाता, आँखों से देखे बगैर इस सिड़ी की करतूतों पर यकीन ही नहीं हो सकता।"

राजकुमारी बात को खत्म करती-सी बोली, "पर अब देर ही क्या है ? जिसकी जैसी करतूत होगी, सामने आ जाएगी।"

बेटी की अक्ल पर अभिमान करता राजा बोला, "हाँ, अब देर ही क्या है ?"

पचासेक आदमियों का जत्था राजा के पीछे-पीछे कबीर की झोंपड़ी पर पहुँचा। नए 'खारिए' से छाई कच्ची झोंपड़ी। मुरड़-गोबर से लिपी। माँडनों से चित्रित आँगन। देवता खेलें जैसा साफ-सुथरा। बैठकी पर बैठा कबीर करघा चला रहा था। गुलाबी ऊन का ताना तना हुआ था। सुरंगे तानों के बीच सटासट नली चल रही थी। दरवाजे पर लोगों की हलचल सुनी तो उसने पीछे मुड़कर देखा। गाँव-मालिक के साथ एक अजनबी प्रौढ़ आदमी। रेशमी अचकन। सोने का मुकुट। बाँकी मूँछें। कमर से लटकी सोने के म्यान की तलवार। नजदीक ही एक खूबसूरत लड़की खड़ी थी। न जवानी अंगों में समा रही थी और न रूप। उस रूप के परस से सुरंगी पोशाक की रौनक दिप-दिप कर रही थी। मृगनयनी की बड़ी-बड़ी आँखों से समझदारी की आब साफ झलक रही थी।

अपने होंठों पर पवित्र मुस्कराहट छितराते कबीर झटपट उठ खड़ा हुआ। हैरत-भरी निगाहों से लोगों के चेहरे बारी-बारी से देख रहा था कि ठाकुर झुँझलाहट दरसाते कहने लगा, "बावले की तरह टग-मग क्या देख रहा है ? तेरे अहोभाग्य कि देश के मालिक, तीन लोक के नाथ खुद तेरे घर पधारे हैं, तेरी कारीगरी देखने की खातिर। अब उल्लू की तरह आँखें क्या फाड़ रहा है ? कालीन या शॉल हो तो नजर कर !"

राजकुमारी ने कारीगरी से पहले नजर भरकर कारीगर को देखा। ताँबई रंग। काले भुजंग बाल और काली भुजंग दाढ़ी। सफेद अँगरखी। सफेद ही धोती, घुटनों तक। घुँघराली, घनी रोमावली ! बर्फ़जात धवल बत्तीसी। शीतल मुस्कराहट। अंगों से परे मोहक रूप। राजकुमारी को इंसान के रूप में पहली दफा असली इंसान

नजर आया।

कबीर एक अबूझ बालक की मानिंद कहने लगा, "आपने तो यहाँ तक आने की तकलीफ की, पर मैं तो जैसा-तैसा फकत जुलाहे का काम ही जानता हूँ। आप कारीगरी मानें तो आपकी मरजी। पर मैं तो इस काम के सिवाय किसी दूसरे काम के लायक नहीं हूँ।"

कि सहसा राजकुमारी को भँवरों की भनभनाहट सुनाई दी। एक गुलाब के पौधे पर फूलों के ऊपर भँवरे मँडरा रहे थे। पर यह पौधा तो धरती से अधर होते हुए भी हरा-भरा था। इस माजरे पर यकीन करने के लिए वह दौड़कर पौधे के करीब पहुँची। ऊपर हाथ फेरने पर मालूम हुआ कि यह तो बुनाई का पौधा है ! आगे अलगनी पर चार-पाँचेक कंबल व शॉल लटक रहे थे। राजा और राजकुमारी ने अपनी सुधबुध बिसराकर खुद उन्हें खोला। तहें खुलते ही एक-एक चित्र की बनावट में उनकी नजर उलझ गई—काली घटा में गोया वाकई बिजली चमचमा रही हो। कहीं आँधी का अंधड़ तो कहीं बवंडर की घूमर। कहीं इंद्रधनुष तो कहीं रेगिस्तान की बलखाती लहरें। कहीं हरे करील पर लटके लाल ढालू ही ढालू !

शिकारी राजा को बिलों की पहचान थी। एक कालीन की तह खुलते ही हैरानी से पूछा, "अरे, यह लोमड़ी के बिल की तरह क्या है ? भीतर लोमड़ी तो छुपी हुई नहीं है ?"

कबीर मुस्कराते हुए बोला, "आपने पहचान तो खूब की, वास्तव में यह लोमड़ी का बिल ही है।"

राजकुमारी शहद-घुले सुर में बोली, "पर लोमड़ी के बिल में तुम्हें ऐसी क्या खूबसूरती नजर आई ?"

कबीर के मन-लायक सवाल था। उत्साह से जवाब दिया, "कुदरत की हर वस्तु एक-दूसरे से बढ़कर है। न कोई उन्नीस और न कोई बीस।"

राजकुमारी के रूप को यह बात काफी बुरी लगी। भद्दा सो भद्दा, सुंदर सो सुंदर। दोनों सरीखे कैसे हो सकते हैं ? बोली, "फिर खूबसूरत व बदसूरत का मतलब क्या ? खूबसूरत को कौन पूछेगा ?"

कबीर धीरज से कहने लगा, "खूबसूरत और बदसूरत का फर्क तो फकत इंसान की समझ और नजर का विकार है। आपको शायद विश्वास नहीं होगा कि एक दफा जंगल से गुजरते समय मेरी नजर लोमड़ी के बिल पर पड़ी। उस वक्त मुझे वो चाँद से भी ज्यादा खूबसूरत लगा। अगले दिन करघे पर बैठा तो आप ही लोमड़ी का बिल बन गया। हू-ब-हू उस बिल के उनमान।"

राजा होंठ चबाने के उपरांत बोला, "जंगल वाला बिल तो राम जाने मेरे मन भाता या नहीं, पर तेरी यह कारीगरी तो जैसे मुँह बोलती हो। कहीं विधाता का अंश तो तेरे हाथ नहीं लग गया ? आँखों देखी वस्तु बड़ी मुश्किल से हाथों की पकड़ में आती है। देखने में तो कोई नहीं चूकता, पर हाथ सभी के चूकते हैं।"

कबीर गर्दन हिलाते हुए कहने लगा, "ऊँ-हूँ, देखने में चूक होती है, तभी तो हाथ चूकते हैं। किसी वस्तु को देखते समय मेरी आँखें हाथ बन जाती हैं और करघे पर बैठते ही मेरे हाथ आँखें बन जाते हैं।"

राजकुमारी ने पहली मर्तबा इंसान की जबान से इंसान के बोल सुने। यह तो बराबरी के भाव से बेहिचक बात कर रहा है। इसकी नजर में तो कोई छोटा-बड़ा नहीं। राजदरबार का तो माहौल हीं अलग। इंसानों के मुखौटों में वहाँ सियार, कौवे, पिल्ले, गधे और मेमने इधर-उधर चक्कर लगाते हैं। इंसान की योनि में आकर भी कोई इंसान की मर्यादा नहीं जानता। राजकुमारी होश सँभालने के बाद जिस मर्यादा को देखने की खातिर तरस रही थी, वह पहली मर्तबा कबीर के चेहरे पर साफ नजर आई। उसका हृदय खुशी से हिलोरें लेने लगा।

कबीर के उनमान कलाकार रिआया का किस राजा को गर्व नहीं होगा ? उसकी पीठ थपथपाते हुए राजा बोला, "धन्य हैं तेरी आँखें, और धन्य हैं तेरी अंगुलियाँ ! लोग-बाग तो डाह से चुगली करते हैं, पर मैं उन चुगलियों पर कान धरूँ तो ! आज से ही तेरी खातिर राज्य का खजाना आठों पहर खुला है। तेरी कारीगरी की मुँहमाँगी कीमत दी जाएगी, मन में किसी तरह का संकोच मत लाना।"

कबीर मुस्कराते हुए कहने लगा, "इसमें संकोच किस बात का ? आपको शायद मालूम नहीं है कि मैं बेचने की खातिर बुनाई का काम नहीं करता। इलाके के सेठ-महाजन लालच दे-देकर हार गए, पर मैंने अपनी कारीगरी को पैसों के बदले नहीं बेचा। जो बात सपने में भी मेरे मन को नहीं जँचती, उसे मानने से क्या फायदा, आप ही फरमाएँ ?"

राजकुमारी तो सुनते ही इस बात का मर्म समझ गई, पर राजा एक-एक अक्षर अच्छी तरह सुनकर भी न बात का भाव समझा और न जायका। मुकुट और सिंहासन का गुमान ऐसी समझ को अपने पास ही नहीं फटकने देता। नासमझी से गर्दन हिलाता बोला, "हाँ-हाँ, इसमें क्या बुराई है ? मेरी मेहर और राज्य के खजाने के होते किसी दूसरे को तेरा माल बेचने की जरूरत ही क्या है ? अब तो कोई तीसमारखाँ भी तेरा माल खरीदने की हेकड़ी दिखाए तो मुझे खबर कर देना,

मैं उसे जिंदा जमीन में गाड़ दूँगा। समझ गया न ?"

ठाकुर ने हाँ में हाँ मिलाते ताना मारा, "यह तो जन्म से ही सारी बातें समझा हुआ है, अन्नदाता, फिर क्यूँ किसी की बात माने ?"

राजा हामी भरते कहने लगा, "ऐसे बड़े कारीगर को किसी की बात माननी भी नहीं चाहिए। अगर तुमने भी जबरदस्ती खरीदने की जुर्रत की, तो मुझ-सा बुरा न होगा।"

फिर कबीर की ओर मुखातिब होकर राजा ने बात जारी रखी, "बोल, इस ठाकुर ने तुझे कभी परेशान तो नहीं किया ?"

इस सवाल के साथ ही ठाकुर का तो जाने समूचा खून ही निचुड़ गया हो। अचीती मुसीबत आई ही समझो। कबीर सरल भाव से बोला, "किसी के करने से मैं परेशान नहीं होता। अपने मन से परे मैं किसी की बात मानूँ तब न ? आप बेफिक्र रहें, मुझे कोई परेशान नहीं कर सकता।"

कबीर की बात सुनकर राजा और ठाकुर दोनों निश्चिंत हुए। ठाकुर के दिल की फड़फड़ाहट बंद हुई, पर राजकुमारी को आगे का अंजाम साफ नजर आ रहा था। कैसी बुरी सूझी जो यहाँ आने का हठ किया। पर अब पछताने से क्या हो सकता है ? नादान दोस्त भी दुश्मन की गरज पूरी करता है। राजकुमारी की वजह से ही कबीर का बहुत अहित होगा और शायद लाख कोशिश करने पर भी यह टल नहीं सकता। राजकुमारी का अंतस भीतर ही भीतर ऐंठने लगा। आखिर यह बातचीत किस मुहाने पर पहुँचेगी, उसे पहले ही सब मालूम हो गया और उपाय की कोई गली या गलियारा नजर नहीं आया।

राजा ने आज के दिन तक इतनी बातें किसी से नहीं की थीं। इसका खयाल आते ही उसने फौरन सवारों को आदेश दिया कि वे दिखती हुई तमाम कारीगरी अपने कब्जे में करें और आगे के माल के लिए पेशगी दें। और कबीर के घर आकर जल्द से जल्द मुँहमाँगी कीमत अदा करें। लेन-देन की खातिर कबीर का वक्त जाया किया तो फिर उनका मालिक भगवान् ही है।

और इस आदेश के साथ ही राजकुमारी के कलेजे में मानो सुरंग फटी हो। उसका साँस जहाँ का तहाँ थम गया। पर कबीर के चेहरे की रंगत रंचमात्र भी नहीं बदली। सवार अलगनी पर लटकते कालीन व कंबलों को लेने की खातिर आगे बढ़े ही थे कि वो उसी तरह मुस्कराते हुए, बिना हाथ जोड़े और बिना अन्नदाता का लफ्ज जबान पर लाए कहने लगा, "मैंने तो पहले ही साफ कह दिया था कि मुनाफे की खातिर जुलाहे का काम नहीं करता। आपका आना बेकार गया, इस

खातिर माफी चाहता हूँ।"

अब राजा को कबीर की बात का मर्म ठीक से समझ में आया। दिमाग में बवंडर उठा। नसों का खून उबलने लगा। इस चंडाल की इतनी हिम्मत ! भन्नाते हुए गरजकर पूछा, "क्या दूसरों की तरह मेरे लिए भी बेचने की मनाही है ?"

राजकुमारी के नसीब में यह दिन देखना भी बदा था ! कैसी बुरी गाँठ उलझी ! पाषाण-मूर्ति के उनमान कबीर के होंठों पर नजर गड़ाकर इंतजार करने लगी कि उसके मुँह से अब क्या बोल निकलते हैं ? होंठों तक आई मुस्कराहट को रोकता हुआ कबीर कहने लगा, "मैंने तो अपने मन की सच्ची बात दरसा दी, आप जो चाहें मतलब निकालें !"

राजा के गुस्से को मानो पलीता लगा हो। पैर पटकते बोला, "मेरे पास मतलब निकालने का समय ही कहाँ है ? नालायक, तेरी मौत तो नहीं आई ?"

"मौत तो एक दिन आनी ही है ! यह तो किसी का भी खयाल नहीं करती। न रंक का, न राजा का। मरने की बात जानता हूँ, तभी तो अपनी मेहनत की कीमत नहीं आँकता।"

इस दफा ठाकुर ने एक बढ़िया तदबीर सुझाई। अंगुलियाँ चटकाते हुए कहने लगा, "कीमत नहीं आँकना चाहता तो अन्नदाता के चरणों में खुशी-खुशी ये तमाम वस्तुएँ भेंट कर दे।"

ठाकुर के इस सुझाव से कबीर के होंठों पर आप ही मुस्कराहट छा गई। कहने लगा, "भेंट देना, न देना तो मेरी मर्जी पर मुनस्सर है। फिर राजा को किस बात की कमी, जो उसे भेंट दी जाए ?"

राजकुमारी ने कबीर के नाम से ऐसी कई अफवाहें सुन रखी थीं और उसे अनजाने ही उन पर काफी कुछ विश्वास हो गया था। उन बातों को रू-ब-रू आजमाने के बहाने ही खुद उसने आगे होकर कबीर के मुकाम तक आने का इरादा किया था। पर अब प्रत्यक्ष अपने कानों से ये बोल सुनकर भी, उसे यह यकीन नहीं हुआ कि कोई इंसान की औलाद राजा के मुँह पर इस तरह बेझिझक अपने अंतस का साँच प्रकट कर सकता है ! अबूझ बालक के सिवाय किसका ऐसा निर्मल हृदय हो सकता है ? बढ़ती उम्र और समझ के साथ सौ में से एक सौ पाँच इंसानों को कीचड़ से सनना पड़ता है। तब यह अकेली बानगी कैसे बची रह गई ? राजकुमारी के रोम-रोम में घुसा डर किसी अदीठ जादू के जोर से अदेर, अनंत फख्र और हर्ष में बदल गया। इंसानों के जमघट में फकत इंसान नाम की कमी है। इस पुतले से मिलकर तो खुद मौत भी अपना भाग्य सराहेगी। ऐसी मौत पर तो लाखों जीवन

न्योछावर। मारने से ज्यादा तो राजा का भी वश नहीं है। फिर मरने का डर न होने पर कैसी जोखिम ? कैसी हिचकिचाहट ? मरना निश्चित है, तब भी तमाम लोग मरने से डरते हैं। और एक यह औघड़ अवधूत, जिसे अपनी सच्चाई के सिवाय दूसरा किसी तरह का बोध ही नहीं। सलावे भरती बिजली की चमक की नाईं ऐसा ही कुछ मर्म राजकुमारी के नयनों में कौंधकर ओझल हो गया।

पर बाकी सुनने वालों पर मानो वज्रपात हुआ हो। राजमद का असीम अहम् कबीर के उस सरल जवाब को झेल नहीं पाया। इसकी निस्बत तो तलवार का वार सहना आसान है। एक दफा तो राजा अपनी सुध-बुध ही भूल गया। पर दूसरे ही क्षण नस-नस में साँप, राक्षस और शेर की विरासत भँवाने लगी। फुफकारते हुए बोला, "तू किसी को अपनी कारीगरी बेचता नहीं, किसी को भेंट करता नहीं, फिर यह है किसलिए ?"

किसी और के छेड़ने या उकसाने से गुस्सा तो कबीर को आता ही नहीं था। वो तो समूचा ही अपने वश में था। उसी धीमे सुर में बोला, "जरूरत होते हुए भी जिनमें इन वस्तुओं को खरीदने की क्षमता नहीं है, मेरी कारीगरी उन लोगों के लिए है !"

ठाकुर ने आग में घी डालते हुए गरजकर कहा, "चंडाल, तेरी यह मजाल ! गुस्सा तो ऐसा आता है कि अन्नदाता के आदेश के बिना ही तेरी खोपड़ी उड़ा दूँ। तेरे इन नाचीज चिथड़ों की खातिर तीन लोक के नाथ को दर-दर का भिखारी बनाना चाहता है ?"

ठाकुर के गुस्से का अदेर कुछ मतलब समझ में नहीं आया तो कबीर कुछ पल असमंजस में खड़ा रहा। राजकुमारी ठाकुर की ओर मुखातिब होकर तेज सुर में बोली, "अपने हलक की बात नाहक इसके मुँह में क्यूँ ठूँसते हो ? इसने ऐसा तो नहीं कहा।"

राजकुमारी के रुख से वाकिफ होते ही राजा ठाकुर को झिड़कते हुए कहने लगा, "तुम्हें बीच में बकबक करने को किसने कहा ? क्या इससे निबटने लायक भी मेरी हैसियत नहीं है ?"

ठाकुर कोहनी तक हाथ जोड़ते, अटकते सुर में बोला, "आपकी हैसियत की क्या सीमा अन्नदाता ! ऐसे लाखों-करोड़ों भुक्खड़ मिलकर भी आपका बाल बाँका नहीं कर सकते !"

राजा कहना तो कुछ और ही चाहता था, पर उसकी बेखयाली में आप ही वह बोल फिसल पड़ा, "फिर ?"

ठाकुर ने राजा के चरणों को छूकर कहा, "भयंकर गलती हो गई अन्नदाता, माफी बख्शाएँ।"

राजा को उस वक्त ऐसा लगा, गोया ठाकुर के रूप में खुद कबीर उसके चरणों में झुक रहा हो। राजा तो राजा ही होता है। वास्तव में इस भ्रम के बहाने राजा की खीज काफी निथर गई। ठंडे सुर में भोले कबीर को लाड़ से समझाते हुए कहने लगा, "इस जिद के पीछे धूल फेंक। छोड़ यह पागलपन। मेरे दर्शनों से पहले तकलीफ देखी सो तो देखी, पर अब ऐश कर। मेरे खजाने से तुझे मुँहमाँगी कीमत से भी सवाई कीमत मिलेगी। मुझ जैसा दयावान उमराव तुझे चिराग लेकर ढूँढ़ने पर भी नहीं मिलेगा। बावला कहीं का ! राजा तो पिता की ठौर होता है, फिर मुझसे कैसा संकोच ?"

राजा ने तो इतनी देर में ही उस शीरे के तारों की पहचान कर ली थी। यह तो बानगी ही दूसरी है। हुकूमत के आतंक से वश में आने वाला यह बंदा नहीं। फिर मुसाहिबों के सामने सिंहासन की पोल खोलने में क्या सार ! लाड़ से पुचकारते हुए कहा, "बोल, अब तो तेरा मन बदला ? तू क्या सच मानेगा कि इतनी खुशामद तो मैंने पुराने राजा की भी नहीं की। तू खुशी-खुशी हाँ करे तो सवारों को तेरी वस्तुओं के हाथ लगाने दूँ। तुझ जैसे खरे आदमी पर मुझे भी नाज है। जो इच्छा हो, कीमत माँग ! तुझे पूरी छूट है।"

किसी के हाथों बख्शी हुई छूट लेने की रात तो कबीर का जन्म ही नहीं हुआ था, भले ही वो देश का मालिक ही क्यूँ न हो ? अपने मन पर कबीर किसी का अंकुश नहीं मानता था। राजा खीज करे तो वही बात और रीझ करे तो वही बात। समूची बात को सुथराई से सँभालने की कोशिश करते हुए बोला, "मेरी जरूरतें इतनी कम हैं कि आपकी दी हुई छूट मेरे किसी काम नहीं आ सकती। आपका आना बेकार गया, इस खातिर एक दफा फिर माफी चाहता हूँ।"

खुद राजा के मुँह से पुचकारकर दुलारने के उपरांत भी कबीर का वो ही नाशुक्रा हठ सुनकर राजा के एड़ी से चोटी तक आग लग गई। तब भी राजा को अपने कानों पर विश्वास करने का मन नहीं हुआ। शुबहा मिटाने की खातिर एक मर्तबा फिर पूछा, "तो क्या मुँहमाँगी कीमत पर भी मुझे अपना माल नहीं देगा ?"

कबीर राजकुमारी के चेहरे की ओर देखते हुए कहने लगा, "लोभ-लालच के कारण बात बदलना तो मैं जानता ही नहीं। एक दफा पूछो तो वही बात और सौ दफा पूछो तो वही बात।"

इन बोलों के साथ राजकुमारी को ऐसा लगा, गोया गगन में एक सूरज का

उजास और जुड़ गया हो। पर राजा की हालत बुरी हो गई। वास्तव में वो देश का मालिक है कि नहीं ? सिंहासन और मुकुट की आन यों ही नहीं रखी जाती। दूसरे ही क्षण राजमद के उफनते गुमान में उसने आदेश दिया कि अलगनी पर लटकते तमाम वस्त्रों के चिथड़े-चिथड़े कर दिए जाएँ।

राजकुमारी तो अपना आपा ही बिसर गई। क्या करे और क्या न करे ? ऐसा फंदा तो कभी नहीं फँसा। पर बेहद ताज्जुब की बात कि कबीर ने किसी तरह की कोई रोक-टोक नहीं की। देखते ही देखते उसके हाथों उरेही बिजलियों के टुकड़े-टुकड़े हो गए। फूलों की पंखुड़ियाँ झड़ गईं। पहाड़ के परखचे उड़ गए। टीले बिखर गए। अपना वश न चलने पर कबीर कर ही क्या सकता था ? उसका वश चला तब तो उसने अपने हाथों कुछ न कुछ सिरजा ही। उसने अपना काम किया। राजा अपना काम कर रहा है। मंद-मंद मुस्कराते वो सवारों के हाथों हुए अपने कलेजे के चिथड़ों का ढेर देखता रहा।

कबीर के होंठों की मुस्कराहट मानो राजा का मुँह चिढ़ा रही हो। उफनने के बाद राजमद की क्या हद ! कड़कते सुर में आदेश किया, "देख क्या रहे हो, इन चिथड़ों की तरह इस बेशर्म की भी चिंदी-चिंदी कर डालो।"

राजा के आदेश के साथ ही चार-पाँच सवार नंगी तलवारें चमकाते कबीर की ओर लपके ही थे कि राजकुमारी उनके सामने आकर बोली, "खबरदार, कबीर को खरोंच भी आई तो मैं जिंदा जल मरूँगी !"

सवारों के हाथ जहाँ के तहाँ रुक गए। न राजा के आदेश को टालना उनके वश में था और न राजकुमारी के आदेश को। कठपुतली तो धागों के बल फुदकती और थमती है। सवार नए आदेश की प्रतीक्षा में राजा के सामने देखने लगे। पर राजा के हलक में जैसे कुछ फँस गया हो। कि अचानक उसके कानों में राजकुमारी के तीखे सुर की भनक पड़ी, "आप तो कला के ऊँचे पारखी हैं, अच्छी कीमत अदा की।"

राजा के कलेजे को मानो अंगारा छू गया हो। कबीर कुछ दाद-फरियाद करता या गिड़गिड़ाता तो शायद राजमद की ऐंठन कुछ ढीली पड़ती। लेकिन उस पर तो कोई बात असर ही नहीं करती। तिस पर राजकुमारी की शिकायत। राजा बमुश्किल अटकते कहने लगा, "यह अपनी कारीगरी बेचता नहीं, भेंट करता नहीं, फिर और क्या करता, तू ही बता ?"

अक्षरों के बहाने राजकुमारी के मुँह से मानो खून टपक रहा हो, इस तरह बोली, "मुझसे पूछते तो बताती। पर अब तो पूछने की राह ही नहीं बची। इससे

तो मेरे शरीर के टुकड़े-टुकड़े कर डालते तो बेहतर था। आज से ही मेरी अक्ल ठिकाने आ गई। आइंदा कभी किसी काम के लिए टोकूँ तो मेरी जबान दाग देना।"

राजा लाड़ से दुलारते हुए कहने लगा, "मेरी बावली बेटी, तूने इस बात की खूब फिक्र की ! मैं मन का मैला थोड़े ही हूँ। मेरी दातारी फकत इस कबीर के सिवाय कौन नहीं जानता ? तेरी ऐसी ही मरजी है तो कबीर को मैं अपने गले का नवलखा हार दे दूँ ! हार तुझसे बढ़कर थोड़े ही है !"

और वाकई इतना कहते ही अपने गले का नवलखा हार उतारकर कबीर के सामने करते हुए राजा बोला, "इसे अपनी कारीगरी का मोल नहीं, हर्जाना ही मान ले। पीढ़ियों का दिवाला मिट जाएगा। बस, अब तो खुश ?"

कबीर ने उस नवलखे हार की ओर देखा तक नहीं। गले की ठौर अब वो हार राजा के हाथ में चमक रहा था। कबीर राजकुमारी की आँखों में नजर गड़ाकर कहने लगा, "मैं तो पहले ही खुश था। दूसरे की गलतियों का मैं पछतावा क्यूँ करूँ ? और न ही इस हार से मेरा खामियाजा पूरा होगा।"

राजा जल्दी से बोला, "एक की ठौर दो हार ले ले, तीन हार ले ले।"

कबीर मुस्कराते कहने लगा, "किसी कंबल या शॉल का महत्त्व हीरों के बदले बिकने में नहीं, जाड़े से ठिठुरते इंसान की ठंड दूर करने में है। आप राजा हैं, मेहनत के पसीने का मोल आप नहीं जानते। आपको क्या मालूम कि मेरी इस कारीगरी में कितनों की मेहनत और कितनों का पसीना मिला हुआ है। जब इन चिंदी-चिंदी हुए चिथड़ों को रफू कर वापस उनसे कंबल बनाऊँ और वह कंबल किसी ठिठुरते इंसान को गर्मी पहुँचाए, तब कहीं इनका असली मोल चुकेगा और मेरी कारीगरी सार्थक होगी।"

राजा खिल-खिल हँसते बोला, "तू तो अकेला ही हजार बावलों की गरज पूरी करता है। तू इस हार के मोतियों के बारे में कुछ जानता भी है ? अगर दान के जरिए तू अपनी शोहरत फैलाना चाहता है तो बावलों के सरदार, इस हार के एक-एक मोती से तू हजारों कंबल खरीद सकता है। फिर गद्दी पर बैठे-बैठे बेहिसाब कंबल बाँटना !"

कबीर सिर हिलाते बोला, "दान करने के गुमान से मेरा मन तुष्ट नहीं होगा। धन जुड़ने से धन तो बढ़ता है, पर बाकी सब गुण घटते हैं। इंसान में इंसानियत न रहने पर पीछे फकत मल-मूत, खून, हड्डियाँ और खाल बचती है। तलवार की ताकत के बिना न दौलत बढ़ती है, न सत्ता। तलवार और सिंहासन के आतंक से

मौत डरती हो तो बात दूसरी है !"

राजमद की धुंध के कारण राजा को कुछ सूझता ही नहीं था। कबीर की जबान से मौत का नाम सुनकर राजा को पहली मर्तबा ध्यान आया कि देर-सवेर मौत तो सबको आनी ही है। पर उसकी बात अलग है। वो देश का मालिक है। आवाज को दबाकर कहने लगा, "कबीर, एक बात तो बता ! देख, सही-सही कहना। मुझे तुझ पर भरोसा है। यह नौकूँटी राज्य का सिंहासन, यह अखूट खजाना, यह विशाल फौज, ये चमचमाती तलवारें और ये हाथी-घोड़े तक क्या इस मरी मौत से मेरी रक्षा नहीं कर सकते ? क्या नाचीज रिआया की तरह मुझे भी एक दिन मरना होगा ?"

मुस्कराहट के उजले सुर में कबीर बोला, "यह भी कोई पूछने की बात है ?"

एक गहरी आह भरकर राजा बोला, "पूछने की बात है, तभी तो पूछ रहा हूँ। तेरे सिवाय कोई दूसरा पंडित-ज्ञानी इसका सही जवाब नहीं दे सकता। तेरी बातें सुनकर मेरे सिर के भीतर चींटियाँ कुलबुलाने लगी हैं। बता, यह क्या माजरा हुआ ?"

कबीर से किसी ने कोई सवाल पूछा तो उसे अपने वश चलते उसका जवाब देना ही था। कहने लगा, "मेरे लाख समझाने पर भी यह आपकी समझ में नहीं आएगा, क्यूँकि यह सिंहासन, यह मुकुट, यह खजाना, यह फौज और ये चाकर कदम-कदम पर आपकी राह रोकते हैं। आपकी आँखों पर राजमद का जाला छाया हुआ है। इस खातिर न तो आप सत्य का परस कर सकते हैं और न दर्शन। लगता है कि आज जिंदगी में पहली दफा सत्य के जगमगाते सूरज की झलक देखने के लिए आपके कलेजे में हूक उठी है। यह चींटियों की हलचल शायद उसी की है।"

एक अबूझ बालक के उनमान हामी भरते राजा अधीरता से बोला, "हाँ, उसी की है। बिलकुल उसी की है। पर मेरे मन की तूने कैसे जानी ?"

राजा की आँखों में नजर गड़ाकर कबीर बोला, "अभी आपका मन गँदला नहीं हुआ है। मुझे उसके आरपार दिख रहा है।"

"तू कहता है तो दिखता ही होगा, पर मैं तो आज अजीब उलझन में फँस गया हूँ। क्या तेरा यह साँच हुकूमत के दबदबे से भी बड़ा है ?"

आज से पहले किसी ने कबीर से ऐसे गूढ़ सवाल नहीं पूछे थे, तब भी उनका जवाब देने में उसे कोई अड़चन नहीं हुई। अदेर बोला, "कहाँ बेचारी हुकूमत की चिंगारी और कहाँ साँच का तपता सूरज ! पर राज्य की तरह इस साँच का कोई राजा नहीं होता ! उसमें सभी की एक-सी मिल्कियत है, पर इस मिल्कियत पर हक

जतलाने की हिम्मत चाहिए।"

राम जाने क्यूँ राजा के मन में उस वक्त किसी तरह का कोई दुराव नहीं था। सभी के सामने कबूल करते कहने लगा, "अपनी हिम्मत का असली कूता तो मुझे आज ही हुआ। तू क्या सच मानेगा कि इतनी बड़ी रियासत का राजा होकर भी मैं मन ही मन तुझसे डर गया।"

कबीर टिचकारी देते हुए बोला, "यह तो बहुत बुरी बात हो गई। मैं न तो किसी से डरता हूँ और न किसी को डराना चाहता हूँ। भला, मुझसे डरने की क्या बात है ?"

राजा दो-तीन दफा गर्दन को हिलाते हुए बोला, "वह तो मैं जानता हूँ या मेरा जी जानता है।"

आसपास खड़े दरबारियों और ठाकुर के आश्चर्य की सीमा न रही कि देश के मालिक होकर, राजा आज यों आँय-बाँय क्या बक रहे हैं ? कहीं दिमाग तो नहीं फिर गया ? राजा के डरने से कहीं राज्य चलता है भला ? यह छली कबीर जरूर कोई जादू-टोना जानता है। इससे तो किनारा करना ही बेहतर है। ठाकुर ने दोहरे होकर अर्ज किया, "अन्नदाता, थाल अरोगने के लिए देर हो रही है। आपके अरोगने के बाद ही बस्ती के लोग बासी मुँह कुल्ला करेंगे।"

ठाकुर की आवाज सुनते ही राजा को वापस चेत हुआ। अपने असली खोल में आते ही उसका सुर बदल गया। गगन की ओर ऊपर देखते हुए बोला, "सूरज तो सिर पर चढ़ आया और अभी तक तुम्हारी बस्ती का मुँह बासी ही है ?"

ठाकुर ने 'महाराज की जय हो' कहने के उपरांत गर्व से कहा, "आपके अरोगने से पहले तो मेरी स्वामिभक्त रिआया गले से थूक तक नीचे नहीं उतारती, रोटी खाना तो बड़ी बात है।"

राजकुमारी ने खुद चलने की जल्दी दरसाई तो राजा झट अपने डेरे की तरफ चल पड़ा। राजा के पीछे सभी चुपचाप रवाना हो गए।

पीछे रहा फकत अकेला कबीर और फटे हुए चिथड़े। काम तो आखिर करने से ही निबटेगा। नाहक सोच-विचार में क्या सार ! हुकूमत की रंगत ऐसी ही हुआ करती है, कैसे ही अकेले अपरबली की, हुकूमत की ताकत के आगे कोई थाह नहीं लगती। वो चुपचाप गुमसुम सूई-डोरा लेकर अपने काम में जुट गया। उसके पोरों का परस पाने से ब्रो ये चिथड़े भी मुँह बोलने लग जाएँगे।

तत्पश्चात् कबीर को न वक्त का ध्यान रहा, न हवा का और न उजास का। कब दिन ढला और कब साँझ हुई, उसे इसका कोई एहसास ही नहीं था। सूई की

नोक में ही उसकी तमाम दुनिया बसी हुई थी। कब सूरज की रोशनी अँधेरे तले दब गई और कौन दीपक जलाकर उसकी बाईं बाजू सारी रात अविचल बैठी रही ? गोया रैनादे अपनी गरज से हथेली में दीपक लिए बैठी हो। और मानो कई युगों ने वापस लौटकर उस रात के झिलमिलाते तारों में शरण ली हो। तड़के सूर्योदय के वक्त दीपक का उजाला अपने आप में सिमटकर सिर हिलाने लगा, तब कबीर को चेत हुआ। और दीया बुझाने के साथ ही उसकी आँखों ने जो नजारा देखा तो उसे लगा कि वो कहीं नींद में सपना तो नहीं देख रहा है ! आँखें मसलकर फिर देखा, यह तो वास्तव में राजकुमारी हथेली में दीपक लिए सामने बैठी है। समूची दुनिया का सारा आश्चर्य मानो उसके गले से फूट पड़ा, "आप !"

राजकुमारी ने कोई जवाब नहीं दिया। कबीर के हाथों से रफू किए पहाड़ के आर-पार नजर गड़ाकर एकटक देखती रही। कबीर पछतावे के सुर में माफी माँगता-सा कहने लगा, "मुझे न तो आपके आने का कुछ खयाल था और न दीपक के उजाले का।"

इस दफा राजकुमारी के गुलाबी होंठों से आप ही अमृत-वाणी झनकी, "मुझे भी कहाँ ध्यान था कि डेरे कब पहुँची और वापस कब रवाना हुई। आँगन में पाँव धरते ही मैं जान गई कि तुम्हें सूई और डोरे के सिवाय दूसरा कुछ होश नहीं है। आई तो बहुत सारी बातें करने के लिए थी, पर अब कुछ भी पूछने की जरूरत नहीं है। मौन से बढ़कर दूसरी कोई वाणी नहीं है। बेकार बकवास से क्या फायदा, एक सूई और हो तो मुझे भी दो !"

"यह काम इतना आसान नहीं है !"

"यह तो काम करने पर ही पता चलेगा।"

सूई देते हुए कबीर को रत्ती-भर भी यकीन नहीं था कि राजकुमारी उससे भी पटु है। फकत लिहाज की वजह से सूई दी, पर पहले टाँके की लकब से वो अच्छी तरह जान गया कि ये हाथ तो जो चाहे कर सकते हैं ! कबीर ने हैरानी से पूछा, "आपने यह काम कब सीखा ?"

"सीखा फिर कब, आज ही तो सीखूँगी। इतने बरस सूई का नाम तो जरूर सुना था, पर हाथ में अभी ली है।"

कबीर की खुशी का ओर-छोर नहीं रहा। कहने लगा, "बात तो यकीन करने लायक नहीं है, पर आपकी बात को झूठ भी कैसे मानूँ ?"

राजकुमारी सूई चलाते-चलाते बोली, "आप जैसे गुरु मिलने पर कौन क्या नहीं सीख सकता ? सारी रात आपकी देखा-देखी, आँखों को पोर और पोरों को

आँखें बनाने का काम सीखती रही। समूची बात बताने पर सत्य की मर्यादा कलंकित होती है।"

राजकुमारी आगे भी कुछ कहना चाहती थी कि सहसा राजा आँगन में खड़ा नजर आया। साथ में ठाकुर और आठ-दस सवार। राजकुमारी से आँखें चार होते ही राजा कहने लगा, "मैं जानता था कि तू यहीं मिलेगी !"

राजकुमारी के चेहरे पर लज्जा की झाँई घुल गई। राजा को इतना धीरज कहाँ ? कबीर को सामने देख बोला, "तू तो मुझे नाचीज कंबल तक भेंट करने को राजी नहीं हुआ तो तेरी मर्जी, पर मैं तुझे ऐसी चीज भेंट करने के लिए आया हूँ, जिसका सपना भी तेरे लिए नामुमकिन है। बोल, तू ही बता, ऐसी कौन-सी भेंट हो सकती है ?"

संकेत बिलकुल स्पष्ट था, फिर भला कबीर क्यूँ न समझता ? गंभीर सुर में बोला, "मैं न तो किसी की भेंट कबूलता हूँ और न किसी को कोई भेंट करता हूँ।"

राजा ताली बजाकर खिल-खिल हँसते हुए बोला, "यह भेंट वैसी नहीं है। इंद्र भगवान् का भी मन डोल जाए जैसी भेंट। बताऊँ, राजकुमारी के हथलेवे में समूचे राज्य का दहेज !"

राजा की यह फूहड़ बात सुनकर कबीर को बेसाख्ता हँसी आ गई। हँसी थमने पर कहने लगा, "ऐसी भेंट का तो सपना ही बुरा। मैं तो शादी-ब्याह के लफड़े में ही नहीं पड़ना चाहता। और इस लफड़े के साथ राज्य का दहेज ! क्या मुझे आप इतना अबूझ समझते हैं कि आपके वमन को मैं प्रसाद की तरह ग्रहण करूँगा ? अगर सत्ता का सुख ही सबसे बड़ा सुख है तो आप उसे छोड़ते ही क्यूँ ? आप खीज करें तो आपकी मरजी, इस भेंट के लिए भी मैं माफी चाहता हूँ।"

राजा के रोम-रोम में झुरझुरी दौड़ गई। राजकुमारी पर हजार घड़े पानी गिर गया। सपने की सुनहरी लंका उसकी आँखों के सामने धू-धू कर जलने लगी। राजा की बेटी होकर कितनी छोटी आशा की खातिर मन डोलाया और उस पर भी पाला पड़ गया !

अब तो सौ दफा जिला-जिलाकर इस मक्कार को वापस न मारे तब तक राजा की जलन शांत नहीं होगी। सवारों पर कड़कते हुए बोला, "यों नाजिरों की तरह नाखूनों से जमीन क्या कुरेद रहे हो, अब तक तो इस हरामजादे की चटनी कर डालते।"

ऐसे आदेश के बाद सवारों को कैसी देर ? एक साथ हवा में नौ तलवारें

ऊपर उठीं। शायद फिर राजकुमारी आड़े आ गई तो ! पर राजकुमारी तो इस मर्तबा टस से मस भी नहीं हुई। उसकी आँखें गोया पथरा गई हों कि अचानक राजकुमारी की जगह राजा सामने आकर जोर से बोला, "खबरदार, मैंने आदेश दिया तो क्या हुआ, तुम्हें तो सोचना था ? कबीर के चीरा लगने से ही मेरी लाड़ली बेटी कितनी तड़पेगी ! अपना काला मुँह करो यहाँ से। आइंदा भी ऐसा अंट-शंट आदेश करूँ तो कान मत देना। मेरा दिमाग ठिकाने हो तब न ! खोपड़ी में तो मानो साही घुसी हुई हो।"

कहाँ की बिजली और कहाँ आकर गिरी ! कबीर क्या करे और क्या न करे ? थोड़ी देर तो कुछ समझ में नहीं आया। वो भी असमंजस में पड़ गया। फिर राजकुमारी के पास जाकर उसके एकदम करीब खड़ा हो गया। अपने हाथों में उसके हाथ लेकर पिघले हुए सुर में कहने लगा, "फकत एक रात साथ रहने से एक-दूसरे को ठीक से नहीं जाना जा सकता। शादी, बाल-बच्चे, कुटुंब-परिवार, जमीन-जायदाद में मुझे रंचमात्र भी आस्था नहीं है। दूसरे प्राणियों से अलग और ऊँचा समझने की गलतफहमी में इंसान की बेहद बर्बादी हुई है और होती ही जा रही है। मेरी न कोई जात है, न मेरा कोई धर्म है और न मेरा कोई देश। इंसान के लिए यह कितनी शर्म की बात है कि धर्म और पंथों के बहाने मरे हुए अवतार अभी तक जिंदा इंसानों पर शासन कर रहे हैं।"

राजा से सब्र नहीं किया गया तो उसने बीच में ही पूछा, "सुना है कि तू देवी-देवताओं और ईश्वर को भी नहीं मानता ?"

इस दफा कबीर व्यंग्य से मुस्कराते हुए बोला, "मानता हूँ, जरूर मानता हूँ। आत्मा, परमात्मा, भाग्य और धर्म से बड़ा जाल इंसान के हाथों न तो रचा गया और न रचा जाएगा। अक्ल की खोपड़ी नवाकर, जिंदा इंसान पत्थर की मूर्तियों को पूजता है, इससे घिनौनी बात और क्या होगी ? इतनी बात बढ़ गई, इसलिए मुझे पहली दफा, अपने मन की बात समझाने की जरूरत पड़ी।"

अब राजकुमारी के होंठ खुले। धीमे व मीठे सुर में बोली, "इतनी बातें जानते हुए भी जब तुम्हारी आँखों के सामने तुम्हारी कारीगरी की धज्जियाँ उड़ीं, दो मर्तबा नंगी तलवारें ऊपर उठीं और राजा व ठाकुर की अंट-शंट दुत्कार सुनी, तब तुम्हारे कलेजे में गुस्से की आग क्यूँ नहीं भभकी ? तुम मरने-मारने पर उतारू क्यूँ नहीं हुए ? इतने लंबे-चौड़े ज्ञान के बावजूद भी तुम्हारे अंतस में जीने का मोह है ! मौत का डर है ! फिर तुम्हारा क्रोध किस दिन के लिए है ?"

कबीर इत्मीनान से समझाने लगा, "राजकुमारी, एक आदमी के क्रोध से कुछ

नहीं हो सकता। वो तो खुदकुशी के समान है। जिस दिन मेरे क्रोध की छूत जन-जन के हृदय में खुदबुदाएगी, उस दिन इंसानों की दुनिया में न तो कोई राजा होगा और न कोई रंक। न कोई ऊँच होगा और न कोई नीच, न साँच होगा और न झूठ। न पाप होगा, न पुण्य। न धर्म होगा, न अधर्म। न कोई अमीर होगा और न कोई गरीब। न कहीं मंदिर होगा और न कहीं मस्जिद। उस दिन न मजहब बचेगा और न जात। न फौज होगी और न हथियार। किसी इंसान को यह हक नहीं होगा कि अपनी सत्ता के बल पर, तलवार की ताकत के जोर से, अपने आदेश के जरिए किसी की कारीगरी के टुकड़े-टुकड़े करवा डाले।"

राजा कबीर का हाथ थामकर गिड़गिड़ाते हुए बोला, "इसी प्रायश्चित्त की खातिर तो मैं राज्य छोड़ने को तैयार हो गया, तू और क्या चाहता है ?"

कबीर मुस्कराता-सा बोला, "मेरे चाहने और न चाहने से क्या फर्क पड़ता है ?"

राजा सिर हिलाते हुए बोला, "यही तो तेरी भूल है। तू एक दफा अपने मन की चाह जाहिर करके तो देख ! मेरी बेटी तेरे सिवाय किसी का हाथ थामना ही नहीं चाहती, और तू ऐसा ठूँठ कि उसकी कोई परवाह ही नहीं करता !"

"परवाह क्यूँ नहीं करता, हजार दफा परवाह करता हूँ। अगर नर-मादा की हैसियत से, जहाँ तक एक-दूसरे का मन चाहे, राजकुमारी मेरा साथ करने को तैयार हो तो मेरी मनाही नहीं है।"

फितरती चोर

आदमी के गुणों की जाने कब पहचान हो ? कैसे पहचान हो ? पहचान करे कौन ? इसलिए अपने देश में भेस की पूजा होती है। लोग भेस के आगे सिर झुकाते हैं। पाँव छूते हैं। भेस से इंसान की सारी बुराइयाँ छुपती हैं। भेस आदमी के गुणों की ऐसी सनद कि अनपढ़ भी देखकर पहचान ले। अमूमन काहिल, निखट्टू, निकम्मे भगवा-भेस धारण करते हैं, ताकि भीख आसानी से मिले। कोई इस भेस के जरिए ठगाई करता है। इससे आसान कमाई और कोई नहीं। ऐसे ठगों के लिए भेस बिना पैसों का धंधा है। जब तक भेस की पूजा करने वाले मौजूद हैं, तब तक इस धंधे में बरकत ही बरकत है। बहुत-से अकच्छ लुच्चे-लफंगे भेस की ओट में मनचाहा ऐश करते हैं। बहुत-से दुःख और आफत के मारे भेस की शरण लेते हैं। ऐसे दुःखियारों के लिए भेस सुख-शांति की छाँव है। कई, पंथों के सूक्ष्म जालों में उलझे भेस के बहाने धर्म की लीक पीटते हैं। इसीलिए घुटी दवाई और मुँड़ी खोपड़ी का कोई एतबार नहीं। सच्चे ज्ञानियों को भेस से संतोख नहीं होता।

बरसों पहले, एक गाँव में एक ऐसे ही भेसधारी महात्मा ने धूनी जगाई। साथ में हट्टे-कट्टे, सुंड-मुस्तंड चेलों की टोली। अनपढ़, अबूझ और गँवार लोग; तिस पर भगवान्, आत्मा-परमात्मा और मोक्ष में अमिट आस्था ! ठगने के लिए ऐसी जाहिल भीड़ और कहाँ मिलेगी ? बिना जाने-बूझे चरणों में शीश नवाने वालों को मूँड़ने में ज्यादा अक्ल की जरूरत नहीं पड़ती। दीया सिर हिलाकर पतंगों को कितना मना करता है, पर वे नहीं मानते। उस भेसधारी महात्मा को पिछले कई बरसों से भेस और धर्म का ऐसा ही चस्का लगा हुआ था। ज्यों-ज्यों वो लोगों से कहता कि वे यहाँ आकर अपना समय नष्ट न करें, त्यों-त्यों लोग और ज्यादा आते। चेला बनाने के लिए वो बार-बार मना करता, तब भी उसके आसन पर चेला बनने वालों का ताँता लगा रहता।

वो बार-बार कहता, "भले आदमियो, मैं कोई सिद्ध नहीं। इस भेस का रंग मुझे भा गया, बस ! सच मानो, और कोई बात नहीं। मैं तो रमता जोगी हूँ। पाँव

में चक्र है, इसलिए ठौर-ठौर भटकना पड़ता है। तुम अपना काम करते हो और मैं अपना। जब मैं तुम्हारे काम में विघ्न नहीं डालता तो तुम मेरे काम में विघ्न क्यूँ डालते हो ?"

ऐसी बातें सुनकर जो मान जाए, वो भगत कैसा ! चेला बनने के लिए पाँत लग गई। एक जाए और इक्कीस आएँ। ऐसे पूजनीय महात्मा के दरसन बड़े सुभाग से होते हैं। उस महात्मा की एक और खासियत थी कि वो किसी को चेला मूँड़ने से पहले, उससे कोई चीज जरूर छुड़वाता था। किसी ने बैंगन छोड़ा। किसी ने प्याज। किसी ने तौरी, किसी ने कद्दू तो किसी ने ककड़ी। कइयों ने दूध, दही और अमचूर से परहेज की सौगंध खाई। किसी ने कहा कि वो रात को खाना नहीं खाएगा। किसी ने दूसरों के शामिल नहीं खाने का प्रण लिया। किसी ने नमकीन छोड़ा तो किसी ने मीठा, पर तंबाकू, भाँग, गाँजा, अफीम और दारू-मांस छोड़ने वाले बहुत कम मिले।

उस गाँव में एक नामी चोर रहता था। वो रात में अपने काम पर जाता था और दिन में सोता था। चेला मूँड़ने का इतना शोर सुना तो उसके पाँवों में भी चींटियाँ लगीं। एक दिन सोते-सोते ही उसे महात्मा से चुहल करने की सूझी। ऐन दोपहर को वो आँखें मसलकर उठा और सीधा महात्मा के आसन जा धमका। उस वक्त चेलों की भीड़ कुछ कम थी। महात्मा के पैर छूकर बोला, "मुझे भी अपना चेला बनाइए।"

महात्मा ने कहा, "मेरा प्रण तो तू जानता ही होगा। कुछ छोड़ने की प्रतिज्ञा किए बिना मैं किसी को अपना चेला नहीं बनाता।"

"किसी को अपना गुरु न बनाने की प्रतिज्ञा करूँ तो क्या आप मुझे अपना चेला बनाएँगे ?"

हजारों चेले मूँड़े, पर ऐसे सिरफिरे से कभी पाला नहीं पड़ा। उसे लगा, जैसे किसी ने उसके मुँह पर सूखा जूता दे मारा हो। पर वो भी कम चतुर नहीं था। यों ऐरे-गैरों से मात खा ले, तो हो चुका। अगले ही पल आपा सँभाल, मुस्कराने की चेष्टा करते हुए बोला, "बेटे, फिर तुझे चेला बनने की जरूरत ही क्या है ?"

"मेरी जरूरत मैं जानता हूँ। बहुतों ने तो फकत एक ही चीज छोड़ी, पर मैं आपके सामने चार चीजें छोड़ता हूँ। पहली, कभी रानी की खाट पर नहीं चढ़ूँगा। सोने के थाल में खाना नहीं खाऊँगा। सोने के हौदे पर हाथी की सवारी नहीं करूँगा और यह चौथी बात सबसे बड़ी कि इस जनम में कभी राजा नहीं बनूँगा। अब तो चेला मूँड़ने की किरपा करें।"

महात्मा जल-भुनकर राख हो गया। पर करता क्या ? मरखनी से मरखनी भैंस भी पगहाने पर खूँटे से बँधी रहती है। फिर वो इस भेस के दायरे से बाहर कैसे निकलता ? पर इसे सबक तो सिखाना ही होगा। क्रोध करने से तो उलटा उसका ही अहित होगा। जबरन मुस्कराते हुए बोला, "तेरी जोड़ का कोई चेला आज तक नहीं बना। तेरा गुरु होने का मुझे भी गर्व होगा। ये चार बातें तूने अपनी इच्छा से छोड़ीं, एक मेरे कहे भी छोड़।"

"क्यूँ नहीं ? आप फरमाएँ तो जरूर छोडूँगा। आपका आदेश हो तो साँस लेना छोड़ दूँ, फिर भी मरूँ नहीं।"

यह शिष्य तो निराला ! उसके ललाट में बल पड़ गए। गुस्सा तो ऐसा आया कि चंडाल को यही प्रतिज्ञा दिलाए। पर लोग क्या सोचेंगे ? अभी तो बरसों यह ढोंग चलाना है। अभी भोगा क्या ! सिर्फ धूनी तपाई है। सोचने लगा, इसे क्या सौगंध दिलाए कि यह कुछ ही दिनों में सारी हेकड़ी भूल जाए ! इतने बरस हो गए संन्यास लिए। बड़े-बड़े महात्मा देखे, पर झूठ बिना तो उनके भी नहीं चलता। तब बेचारे गिरस्ती झूठ न बोलने का प्रण कैसे निभा सकते हैं ! या तो ऐसा प्रण यह करेगा ही नहीं और अगर किया तो एक ही दिन में तोबा कर उठेगा। कहने लगा, "इन चार प्रतिज्ञाओं के साथ झूठ न बोलने की प्रतिज्ञा भी कर ले तो सोने में सुगंध मिल जाए।"

पट्ठा, यह चोर तो बेढब ! कहते ही हामी भर ली। बोला, "सोने में सुगंध मिले कि नहीं, यह तो आप जानें, पर आज से ही मैं झूठ न बोलने की कसम खाता हूँ।"

"देख, प्रण का पालन न करने से तेरे साथ मेरा भी भद्दा लगेगा। सोच-समझकर वचनों में बँधना। झूठ न बोलना कोई हँसी-ठट्ठा नहीं है।"

चोर छाती ठोंककर बोला, "इसकी आप चिंता न करें। किसी और कारण से आपको नीचा देखना पड़े, यह जिम्मा तो आपका, पर मेरी वजह से आपकी इज्जत पर कभी आँच नहीं आएगी। हम चोरों की न तो कोई इज्जत होती है और न उसके जाने की जोखिम ! इज्जत तो हम माँ की कोख में ही छोड़ आते हैं। जब से बोलना सीखा, झूठ ही झूठ बोला। हजारों के बराबर अकेला झूठ बोला, तब भी कोई सुख नहीं देखा। मैं जो बोलता हूँ, वो झूठ और न बोलूँ वो साँच। बदलना तो इतना ही है कि आज से मैं जो बोलूँ वो साँच और न बोलूँ सो झूठ। आप तो मुझे मुँह से झूठ न बोलने की ही कसम दिला रहे हैं। मुझे मंजूर है।"

तब न चाहते हुए भी महात्मा को उसे चेला मूँड़ना पड़ा। महात्मा ने उसके

बाएँ हाथ पर सूत बाँधा और चोर ने उसे नारियल भेंट किया। एक नारियल में चेला बनना तो महँगा नहीं !

झूठ बगैर तो बनियों का धंधा भी नहीं चलता, फिर वो एक चोर ठहरा ! पर धंधा तो करना ही था। महाजन धंधे के लिए दिसावर जाते हैं तो वो भी अपने धंधे की खातिर दिसावर जाएगा। फटे कपड़े और फटे जूते पहने वो लिप्तर-लिप्तर दिसावर के लिए चल पड़ा। चलते-चलते एक नई रियासत में पहुँचा। शाम का अँधेरा घिरने लगा था। पास ही किसी मंदिर से आरती की आवाज सुन, वो भी भगतों के बीच जा खड़ा हुआ। आरती के बाद दूसरे भगत अपने-अपने ठौर-ठिकाने पहुँचे, पर वो वहीं भगवान् की मूरत के सामने खड़ा रहा। सुंदर और साफ-सुथरा मंदिर छोड़कर वो और कहाँ रात गुजारता ? भगवान् की मूरत की बजाय, उसमें जड़े हीरे-मोती उसे ज्यादा सुहाने लगे। समदृष्टि भगवान् के लिए कंकर, हीरे सब एक सरीखे। यह तो फकत आदमी की नजर का फर्क है।

पुजारी ने इस नए भगत की ओर देखा। फटे कपड़े। फटे जूते। भगति में मगन। एकटक भगवान् की मूरत निहारता हुआ। पूछा, "तू कौन है भाई ? कहाँ से आया है ?"

उसने चौंककर पुजारी की ओर देखा। बोला, "मैं चोर हूँ। आज ही आया हूँ।"

पुजारी मुस्कराया। पूछा, "चोर का मंदिर में क्या काम ?"

"चोरी ! और चोर का क्या काम हो सकता है !"

"बावले, क्यूँ मेरे सामने झूठ बोल रहा है ? मैं पचास बरस से यहाँ का पुजारी हूँ। घट-घट की बात तो अंतरयामी ही जानता है, पर मैं भी आदमी की सूरत पहचानता हूँ। चोर तो ठोंकने पर भी बड़ी मुश्किल से सच बोलते हैं। तू जरूर कोई अघोरी भगत है। मेरी परख करने के लिए आया है। मुझे परख का कोई डर नहीं। खरा ही उतरूँगा। देख, तेरी यह बात सुनकर घट-घट का वासी मुस्करा रहा है।"

उसने गौर से पुजारी को देखा। सफेद बाल। सफेद दाढ़ी। अदंत मुँह। चंदन का तिलक। गले में रुद्राक्ष की माला। बोला, "हूँ, तो चोर। मानें, न मानें, आपकी मरजी। मेरी बात सुनकर भगवान् मुस्कराएँ तो भगवान् की मरजी। यहाँ रात काटना चाहता हूँ। आपको कोई एतराज तो नहीं ?"

पुजारी ने उसे बाँहों में भर लिया। आँखें छलछला आईं। भरे गले से बोला, "दीनबंधु, आज मेरी भगति सफल हुई। आपने इस रूप में दरसन दिए ! आँखों

की नजर झुरा गई तो क्या हुआ, मन की आँखें तो खुली हैं। भला आपको न पहचानूँगा !"

उसने बड़ी मुश्किल से अपनी हँसी रोकी। पुजारी सदेह अवतरित हुए भगवान् के भरोसे मंदिर छोड़, पिछवाड़े की कोठरी में जाकर सो गया। भगतों ने सरधा से अनमोल हीरे-मोती चढ़ाए। आज खुद भगवान् ने उन्हें कबूल किया। देखें, भगवान् के कबूल करने पर चढ़ावा और परसाद कम होगा या ज्यादा ?

वो चोर ऐसा माहिर था कि सोतों के कपड़े उतार ले। फिर पीछे क्या छोड़ता ! चोरी का मजा तो ज्यादा नहीं आया, पर अचीती माया खूब हाथ लगी। हीरे-मोती। सोने का छतर। सच बोलना खूब रंग लाया। सारी उम्र बेहिसाब झूठ बोला, पर मिला क्या—फकत दुःख। रोटियों के भी लाले पड़ गए थे। लोगों ने मार-मारकर भुरता बना दिया, पर एक दफा मना करने के बाद फिर 'हाँ' नहीं की।

दिसावर में इस तरह बरकत होती है, तभी तो महाजन पीढ़ियों का ठिकाना बेहिचक छोड़ देते हैं। चार घड़ी रात रहते मंदिर, भगवान् और पुजारी को अपने हाल पर छोड़ वो वहाँ से चलता बना।

गाँव लौटकर उसने अपने हाथों सोने का छतर गलाया। खेत में हीरे-मोतियों का कलश गहरा गाड़ दिया और झाड़ी का निशान अच्छी तरह देख-भालकर सीधा सुनार के यहाँ पहुँचा। सोने के डले में सुनार को उसकी उजरत का वाजिब हिस्सा देकर अपने लिए सतलड़ी मणिमाला, मुरकियाँ, हीरे की अँगूठियाँ और कड़ा बनवाया। फिर दरजी से ठाटदार कपड़े बनवाए। पाँच हजार रुपए देकर ठाकुर से अरबी घोड़ा खरीदा।

माया की तो लीला ही न्यारी ! पहले जरा-सा भी वहम होने पर लोग-बाग पूछते कि कहाँ हाथ मारा ? वे अच्छी तरह जानते थे कि वो मर जाएगा, पर सच नहीं बताएगा। तब भी वे उसे मार-मारकर कीमा बना देते थे। और आज जब कि वो पूछते ही सच बताने को तैयार है, किसी ने भी नहीं पूछा कि वो इतना माल कहाँ से लाया ? सोने जैसी चमक तो सूरज की भी नहीं होती। इतना माल भला कहीं चोरी से हाथ लगता है ? जरूर कोई बड़ा बैपार या सट्टा किया होगा।

कुछ दिन सुस्ताकर उसने पवनवेगी घोड़े पर जीन कसी। हाथ में सोने की छड़ी ली और दिसावर का रुख किया। बढ़िया घोड़ा हो तो फासला कटते क्या देर लगती है ! दूसरे दिन एक बड़े शहर में डेरा डाला। बाग में थोड़ा विश्राम किया और छाया ढलते ही नगर-सेठ की हवेली पहुँचा। ऐसी-वैसी जगह क्या हाथ डालना ? बड़ा धावा तो बड़ों के यहाँ ही मुमकिन है।

सेठ अँधेरा घिरने से पहले ही ब्यालू करके वापस बैठक में आ गया था। दम फूलने के कारण जरा लेटा ही था कि अनजानी खखार सुन पूछा, "कौन है ?"

"चोर।"

चोर का बोल सुनते ही उसके फरिश्ते कूच कर गए। हड़बड़ाकर उठ बैठा। दमे के दौरे की वजह से चिल्ला भी न सका। पर चोर का हुलिया देखकर उसका जी ठिकाने आ गया। इतना गहना तो उसके पास भी नहीं है ! तिस पर सोने की यह छड़ी। मुस्कान के साथ बोला, "भले आदमी, चोर के नाम से बेकार क्यूँ डराया ? चोर की तो छाया ही छुपी नहीं रहती। आप मुझे क्या इतना मूरख समझते हैं ? एक पल में पहचान लूँ कि कौन चोर है और कौन साहूकार !"

वो मुस्कराया। कहने लगा, "तब तो सेठजी, आपकी परख बिलकुल खोटी है। मैं तो साफ कह रहा हूँ कि मैं चोर हूँ और आपके यहाँ चोरी करने आया हूँ। न मानें तो आपकी मरजी। अच्छा, आप ही बताइए, मैं कौन हूँ ?"

सेठ उसका हाथ खींचते हुए कहने लगा, "यहाँ मेरे पास बैठिए। दरसन तो आज ही हुए, पर नाम इतना सुना है कि देखते ही पहचान गया। आँखें कुछ कमजोर हो गईं। इसलिए इतनी देर लगी। आप बुरा न मानें।"

फिर सेठ ने उसे ऊपर से नीचे तक देखा। उसके गहने देखे। ऐसे खरे सोने को छूने की क्या जरूरत ? मुस्कराते हुए बोला, "आप हैं, उज्जैन के सबसे बड़े जौहरी ! भला मैंने क्या गुनाह किया, जो आपने इस गरीब की पेढ़ी की ओर मुँह ही नहीं किया। खैर, आज मेहर की, यही बहुत है। ऐसे-ऐसे अनमोल हीरे-मोती, मानक-पन्ने और लालें दिखाऊँगा कि आप भी याद रखेंगे। सेसनाग की असली मणियाँ आपको और कहीं नहीं मिलेंगी।"

फिर वो मायापति सेठ, उज्जैन के उस नामवर जौहरी को, उसके मना करते-करते हाथ खींचकर बेधड़क हवेली के भीतर ले गया। तीनों तिजोरियाँ खोलकर मशाल के उजाले में एक से एक बढ़कर बेजोड़ जवाहरात बताते हुए कहने लगा, "अभी तो फकत एक निगाह डाल लें, परख तो कल दिन के उजाले में ही होगी। मुझे मोल बताने की जरूरत नहीं। आप गमछे में बाँधकर, जो भी दाम देंगे, मुझे मंजूर होगा। मुझसे ज्यादा तो आप इनकी कीमत जानते हैं। सूरज को क्या दीया दिखाना ! शायद पूरी रकम पास न होने से आप संकोच कर रहे हैं। मैं इतना म्लेच्छ नहीं हूँ। छह महीने में रकम पहुँचा दीजिएगा। जो नगीने पसंद आएँ, ले पधारें।"

"चोरी के माल में पसंद-नापसंद कैसी ? आपके कहने की जरूरत नहीं। पीछे

एक भी नहीं छोड़ूँगा। आपने दिखा दिए, वरना मुझे ढूँढ़ने में जरा परेशानी होती। इसके लिए जरूर आपका एहसान मानूँगा।"

सेठ जोर से हँसा। हँसते-हँसते ही बोला, "अभी तक फकत सुना ही था कि आपकी जरा हँसी-ठिठोली की आदत है। आज खुद देख लिया।"

सेठ ने ज्यादा मनुहार की तो उज्जैन का वो जौहरी रातवासे के लिए वहीं रुक गया। सेठ ने बत्तीस पकवान बनाकर, चाँदी के थाल में खुद परोसगारी की। जौहरी अपने हिसाब से चाँदी की चौकी, चाँदी के थाल और सोने की कटोरियों के ठिकाने का पता लगाता रहा। सेठ काफी जल्दी उठता था, पर जौहरी उससे भी दो घड़ी पहले उठा और बाग में बँधे घोड़े को एड़ लगाई। सेठ ने पलंग के पास जाकर देखा तो पलंग खाली ! जोर-जोर से पुकारा भी, पर जवाब में फकत घोड़े की टापें सुनाई दीं। वो यह सोचकर बाट जोहता रहा कि यहीं-कहीं घूमने गए होंगे, अभी लौट आएँगे। पर उसे न लौटना था, न लौटा। सवेरे सूरज उगने पर नगर-सेठ की हवेली में अँधेरा छा गया। हाय-तोबा मचाते हुए सेठ ने राजा से फरियाद की। पर सारी बात सुनकर राजा ने चोर का पीछा किए जाने से साफ मना कर दिया। उलटे सेठ को फटकारा कि जब बेचारे चोर ने बार-बार कहा कि वो चोर है तो उसने भरोसा क्यूँ नहीं किया ? ऐसे सत्यवादी चोर को तो इनाम मिलना चाहिए। यह सुनकर सेठ की रही-सही सुध-बुध भी जाती रही। चंडाल ने सोने के नाम पर तुस भी नहीं छोड़ा।

उधर माया खोकर सेठ का बुरा हाल था और इधर माया पाकर चोर का बुरा हाल था। बार-बार सोचता कि इतनी माया का क्या करे ? दोनों हाथों से रात-दिन उलीचे, तब भी खत्म न हो। फिर एक आदमी की जरूरतें होती ही कितनी हैं ? रहने के लिए बढ़िया तिमंजिली हवेली बनवा ली। दूध-दही के लिए गायें। तबेले में अच्छी नस्ल के पाँच-सात घोड़े। घर में कपड़े-लत्ते, बरतन-बासन और बिस्तर तो पहले ही जरूरत से ज्यादा थे। वक्त-बेवक्त, सुख-दुःख में गरीब-गुरबों की मदद भी काफी करता था। जो भी हवेली पर आया, उसे हाथ से जवाब दिया, जबान से नहीं। सराय और प्याऊ के नाम पर अच्छा-खासा धरमादा भी निकाला। पर अपने कदीमी और पुश्तैनी धंधे के अलावा कभी किसी दूसरे धंधे के लिए मन नहीं ललचाया। भला इस धंधे का क्या मुकाबला ! पहले तो इसकी लकब ही नहीं आई। फकत हड्डियाँ ही हड्डियाँ तुड़वाईं। दोनों वक्त पेट भरना ही मुश्किल था। धंधा तो अब भी वो ही है, पर लोग-बाग कितनी इज्जत करते हैं ! जी-हुजूरी करते हैं। किसी माई के लाल ने यह नहीं पूछा कि इतनी दौलत कहाँ से आई ? अब

मालूम हुआ कि चोरी-डाका जुर्म नहीं, जुर्म है गरीबी। गरीबी सबसे बड़ा गुनाह है। धन की तो लीला ही न्यारी ! इसके छत्तर तले सारे गुनाह, सारे पाप और सारे जुल्म छुप जाते हैं।

अब रियासत के खजाने में चोरी करे तो मन को थोड़ा संतोख हो। धन तो जरूरत से ज्यादा है, पर यों हाथ पर हाथ धरे कैसे बैठा रहे ? अपना हुनर कैसे छोड़े ? वो ही घोड़ा, वो ही पहनावा और वही सोने की छड़ी। किले की चारदीवारी के बाहर पहरेदारों ने रोका, "आप कौन हैं और किस काम से पधारे हैं ?"

उसने घोड़े पर बैठे-बैठे ही जवाब दिया, "मैं चोर हूँ और रियासत के खजाने में चोरी करने जा रहा हूँ। रोक सको तो रोक लो।"

पहचान तो पहले ही लिया था, इसीलिए अदब से पेश आए। चोरों के, और ऐसे ठाट ! चोर होता तो छुपकर न आता ! यह तो घोड़े से ही नहीं उतरा ! राजसी लिबास ! कीमती गहने ! शानदार अरबी घोड़ा ! जरूर कोई राजवंशी हैं। हाथ जोड़कर अर्ज किया, "हुजूर, हमारी क्या जुर्रत, जो आपको रोकने की गुस्ताखी करें। कोई हुक्म हो तो फरमाएँ ?"

चारदीवारी के भीतर जाने पर सदर दरवाजा आया। पहरेदारों ने झुककर 'खम्माघणी' की। वो आगे बढ़ गया। सातवीं पोल पर कड़ा पहरा था। हाथ जोड़कर कहा, "राजाजी को अर्ज किए बिना आगे जाने की सख्त मनाही है। आप श्रीमुख से कुछ फरमाएँ तो हम जाकर अरदास करें। आप कौन हैं और किस काम से पधारे हैं ?"

"मैं चोर हूँ और रियासत के खजाने में चोरी करने जा रहा हूँ। तुम और तुम्हारे राजाजी रोक सको तो रोक लो। मन में मत रखना।"

पहरेदार मन ही मन डर गए कि उनके रोकने और पूछताछ से नाराज हो गए। नए दीवान जी की सुन रहे थे, शायद वे ही हों। वरना ऐसे ठाट-बाट और किसके हो सकते हैं ! कोहनियों तक हाथ जोड़कर बोले, "भूल हो गई सरकार, माफी बख्शें। हमारी क्या जुर्रत जो आपको रोकने की गुस्ताखी करें।"

वो मुस्कराकर आगे बढ़ गया। पहरेदारों ने समझा कि उन्हें माफ कर दिया।

उसके बाद उसने ठेठ खजाने के सामने जाकर ही घोड़ा रोका। खजांची घोड़े की हिनहिनाहट सुनकर बाहर आया। हाथ जोड़कर बोला, "हुजूर को पहचाना नहीं !"

उसने कहा, "पहले देखे बिना पहचानने का रिवाज भी नहीं है। मैं चोर हूँ और खजाने में चोरी करने के लिए आया हूँ।"

खजांची तुरंत समझ गया कि यह नए दीवानजी हैं ! खजाने का मुआइना करने पधारे हैं। न पहचानने से चिढ़ गए, इसलिए टेढ़ी बातें कर रहे हैं। अब यह चाकरी तो गई। थर-थर काँपते हुए बोला, “गरीबपरवर, अंधा और अजान एक-सा होता है। ढलती उम्र के कारण नजर भी जरा कमजोर है।”

यह कहकर खजांची ने कमर से बँधी चाबियाँ खोलकर नए दीवान के सामने कीं। उसकी मनचाही हुई। चाबियाँ लेकर निसंक अंदर चला गया। खजांची घबराया हुआ बाहर ही खड़ा रहा। उसके पास धन की तो कमी थी नहीं। फकत रियासत के खजाने में चोरी का नाम करना था। सो चुनकर पाँच मोती जेब के हवाले किए और चाबियाँ वापस खजांची को सौंप दीं।

वापस जाते हुए उसे किसी ने नहीं रोका। चारदीवारी से बाहर निकलते ही हवा के वेग घोड़ा दौड़ाया। पहरेदार घोड़े के खुरों से उड़ती खेह देखते रहे और बात की बात में वो आँखों से ओझल हो गया।

ठप्पा लगाने से पहले खजांची ने एक बार फिर खजाना सँभाला। पाँच मोती कम ! कहीं गिनने में गलती तो नहीं हो गई ? दुबारा गिना। तिबारा गिना। पाँच मोती कम थे, सो कैसे पूरे होते ! अरे ! वो सचमुच चोर था। भगवान् जाने राजा क्या दंड दे ? चिल्लाने का इरादा किया ही था कि एक समझदारी की बात सूझी। सोचा, चोरी तो हो गई। सारा इलजाम चोर के मत्थे ही मढ़ा जाएगा। चोरों का क्या विश्वास ? वैसे ही पाँच मोती अपनी अंटी में खोंस लिए। फिर जोर से चिल्लाया—“चोर··· चोर··· चोर··· !”

किले के कारिंदे और सिपाही ऐसे ही मौके के इंतजार में रहते हैं। ‘चोर··· चोर’ की गुहार सुनते ही चारों ओर से दौड़े आए। देखते-देखते खजाने के चारों ओर गुल-गपाड़ा मच गया। सब इकट्ठे होकर राजा के पास गए। खजांची सारा वाकिया सुनाकर रोते-रोते बोला, “अन्नदाता, अगर चोर इस तरह रईसी लिबास पहनकर रियासत के खजाने में दिन-दहाड़े और सरेआम छाती ठोंककर आने लगे तो खुद भगवान् भी रखवाली नहीं कर सकता। मेरी तो औकात ही क्या ?”

पहरेदारों ने खजांची की ताईद कीं। हाथ जोड़कर बोले, “माई-बाप, अब यह चाकरी हमसे नहीं होगी। अगर बड़े लोग चोरी करने लगे तो रखवाली का जिम्मा कौन लेगा ? और उस पर खुलेआम कहते जाना कि चोर हैं और राजा के खजाने में चोरी करने जा रहे हैं, रोक सको तो रोक लो ! अन्नदाता, चोरी का यह बिलकुल नया तरीका है। चोर तो गरीब होते हैं। बड़े लोगों को चोरी करने पर भी चोर कौन कहे ? हुजूर, बड़े डाकू-लुटेरे तो राजा कहलाते हैं। उन्हें डाकू कौन

कहे ? जो कहे, उसका सिर कलम न कर दें।"

वो राजा तो सिंहासन की शोभा मात्र था। राज-काज और न्याय-अन्याय के मसलों को ज्यादा समझता नहीं था। उल्लू की तरह सबकी बात चुपचाप सुन लेता, पर कोई जवाब देते नहीं बनता था। राज-काज का सारा काम रानी सँभालती थी। वह बेहद होशियार थी। सारी बात सुनकर बोली, "इसमें तुम लोगों का कोई कसूर नहीं। तुम्हारी जगह अगर दीवानजी होते तो भी उस पर शक नहीं करते। खैर, बीती सो गई। पर चोर का पकड़ा जाना बहुत जरूरी है, वरना हुकूमत का डर कौन मानेगा ? यह तो चोर की मेहरबानी थी कि समूचा खजाना हाथ लगने पर भी वो फकत दस मोती लें गया। अगर वो सारा खजाना ले जाता तो उसे रोकने वाला कौन था ? जाओ, जहाँ कहीं भी हो, उसे पकड़कर मेरे सामने लाओ ! चाहे वो सातवें पाताल में ही क्यूँ न छुपा हो। यह रियासत की इज्जत का सवाल है।"

रानी का आदेश मिलते ही चौतरफ सिपाही दौड़ाए गए। घोड़े के खोज पहचानने वाले पागी सीधे उसकी हवेली पहुँचे। वो आराम से अपनी मेड़ी में सो रहा था। हलचल सुनकर बाहर आया। सिपाहियों ने फौरन पहचान लिया कि यह कल वाला ही घुड़सवार है। पर चेहरे पर डर की शिकन तक नहीं। यह कैसी अनहोनी ? पूछते ही जुर्म कबूल कर लिया। कहा, "भले आदमियो, इतनी जहमत उठाने की क्या जरूरत थी ? मैंने तो पहले ही कह दिया था कि मैं चोर हूँ और रियासत के खजाने में चोरी करने जा रहा हूँ।"

चलने का कहते ही वो बेखौफ उसी घोड़े पर बैठकर उनके साथ हो लिया। ऐसा चोर तो न देखा और न सुना।

किले में पहुँचते ही शोर मच गया कि चोर पकड़ा गया, चोर पकड़ा गया। रानी के आदेश से दरबार लगा। ऐसे नामी और निराले चोर को देखने के लिए दरबार खचाखच भर गया। आखिर में राजा आया और चुपचाप रानी के बगल में सिंहासन पर बैठ गया। लोगों का इतना जमघट देखकर उसे बेहद ताज्जुब हुआ। कहीं तिल रखने की भी जगह नहीं थी। रानी के चेहरे की ओर देखते हुए बोला, "एक चोर को देखने के लिए इतनी भीड़ ! हमारे दरसनों के लिए इससे चौथाई लोग भी कभी नहीं आए। यह तो राजा बनने के लायक है।"

रानी ने आँख का इशारा किया तो राजा होंठों तक आए बोलों को वापस निगल गया। कभी चोर को देखकर मुस्कराता और कभी दरबारियों और रिआया को देखकर।

रानी ने ध्यान से देखा कि पूरे दरबार में कोई इतना खूबसूरत नहीं है जो चोर

के मुकाबले में टिक सके। पकड़े जाने के बावजूद चेहरे पर शिकन नहीं। उसे सहसा विश्वास नहीं हुआ। फिर पूछा, "सच बता, तेरे सारे गुनाह माफ हैं, तू है कौन ?"

बार-बार एक ही सवाल का जवाब देते-देते उसे तैश आ गया। सोने की छड़ी हिलातें हुए जोर से बोला, "कितनी बार कहूँ कि मैं चोर हूँ, चोर ! सभी को होशियार करके खजाने में चोरी करने गया था।"

"कितने मोती चुराए ?"

"पाँच।"

अब रानी खजांची से मुखातिब हुई। बोली, "तुम तो कह रहे थे कि दस मोती चोरी हुए ?"

खजांची ने हाथ जोड़कर अर्ज किया, "अन्नदाता, चोरों का क्या भरोसा ? यह सरासर झूठ बोल रहा है।"

चोर ने कहा, "मैंने तो जो बात थी, सच-सच बता दी। चोरी भले ही करूँ, पर झूठ नहीं बोलने की मैंने कसम खा रखी है। छठे मोती को छुआ तक नहीं।"

रानी को चोर की बात सोलह आना सही लगी। खजांची की शक्ल देखते ही उसके मन की बात ताड़ गई। कड़ककर बोली, "खजांची बिलकुल झूठ बोल रहा है। दीवानजी, आप फौरन चार सिपाही लेकर जाओ और खजांची के घर की तलाशी लो !"

चोर के पाँवों में कितना दम ! खजांची के चेहरे पर हवाइयाँ उड़ने लगीं। अदेर इकबाल कर लिया। घर से मोती लाकर काँपते हाथों से दीवान के हवाले कर दिए।

लोगों के अचरज की सीमा न रही। इस चोर ने तो बड़े-बड़े दयानतदारों को मात कर दिया। चोर का गुरु भी रिआया के बीच बैठा था। चेले की दिलेरी देखकर उसका सीना जोम से फूल गया। खड़े होकर फख्र के साथ अर्ज किया, "हुजूर, यह मेरा चेला है और मैं इसका गुरु। मैंने ही इसे झूठ न बोलने की सौगंध दिलाई थी। सच, मुझे भी उस दिन यह विश्वास नहीं था कि यह इस तरह अपनी प्रतिज्ञा निभाएगा। चेले हों तो ऐसे !"

यह सुनकर रानी की खुशी और बढ़ गई। दीवान से कहा, "इस चोर की सच्चाई पर मैं बहुत खुश हुई। ये पाँचों मोती इसे इनायत कर दो।"

पर चोर ने रानी की यह इनायत कबूल नहीं की। बोला, "मैं कोई बामन नहीं हूँ, जो बख्शीश के लिए हाथ फैलाऊँ।"

एक नाकुछ चोर, किसी को सपने में इल्म नहीं था कि भरे दरबार में, रानी की बख्शीश को इस तरह ठुकरा देगा ! चारों ओर सन्नाटा छा गया। रानी को गुस्सा आने पर शेर भी उससे नजर नहीं मिला सकता था। उसकी खीज होने पर बख्शीश की जगह फाँसी मिलना तो मामूली बात है। बेवकूफ शायद रानी का स्वभाव नहीं जानता।

रानी को गुस्सा तो ऐसा आया कि इसी वक्त इसका सिर कलम करवा दे। पर दूसरे ही पल खौलते गुस्से को दबाकर, फीकी हँसी हँसते हुए बोली, "मैं जानती थी कि इस उलटी खोपड़ी के चोर की जबान से यही बात निकलेगी।"

फिर दीवान को आदेश दिया, "ये दसों मोती इसके गुरु को दे दो। इन्होंने ही तो इसे झूठ न बोलने की कसम दिलाई थी।"

सचमुच, वो चोर तो एकदम उलटी खोपड़ी का था। निसंक बोला, "पाँच मोती तो मेरी कमाई के हैं। किसे दूँ, किसे न दूँ, यह मेरी मरजी।"

इस बार दीवान अपने को रोक न सका। तमतमाकर बोला, "चंडाल की जबान बहुत ज्यादा बढ़ गई है। हुजूर की मेहर का बेजा फायदा उठाकर कभी से बक-बक किए जा रहा है। चोरी और सीनाजोरी ! रियासत के खजाने से सरेआम चोरी करके ले गया और बेशर्म कहता है कि उसकी कमाई के हैं।"

चोर मुस्कान के साथ कहने लगा, "दीवानजी, क्यूँ नाहक गुस्सा हो रहे हैं ! हम सभी खाली मुट्ठी आते हैं और खाली मुट्ठी ही चले जाते हैं। अपना कहने को तो यह शरीर भी नहीं। जिसका जितना वश चलता है, वो उतनी ही दौलत अपने कब्जे में करता है। कोई छोटा चोर तो कोई बड़ा चोर ! बड़ा चोर हमेशा छोटे चोरों को दंड देता है। मैं पूछता हूँ कि रियासत के खजाने में ये मोती कहाँ से आए ? थूकने पर, राजा हो या रंक, सबके मुँह से थूक ही निकलता है। जो जितनी माया लूट सकता है, लूटता है। खाली हाथ लूट नहीं हो सकती। धन, धरती और तलवार की ताकत हो तो लूट ज्यादा होती है। बड़े और छोटे चोर में बस इतना ही फर्क है। मुझे ही लो। पहले मैं झूठ के अलावा कुछ नहीं बोलता था और दुनिया भी उसे झूठ मानती थी। तब रोटी के भी लाले पड़ते थे। अब मैं खालिस सच बोलता हूँ, तब भी दुनिया उसे झूठ मानती है। सच मानने की हिम्मत नहीं होती। पर दुनिया के इस अजीब रवैये से मुझे बहुत फायदा हुआ। बेशुमार धन हाथ लगा।"

उसकी बातें सुनकर सभी हैरान रह गए। रानी पर तो जादू-सा हो गया। और राजा उसी तरह अपने ही में खोया मंद-मंद मुस्कराता रहा।

खजांची को सरेआम सौ जूतों की सजा मिली। चोर के गुरु को पाँच मोती बख्शीश में मिले, जिसे उसने खुशी-खुशी सिर नवाकर कबूल किया। अगर उस दिन वो गुस्से में उसे चेला नहीं मूँड़ता और यह इस तरह सौगंध न निभाता तो आज बख्शीश की मेहर कैसे होती ?

गहरे तहखाने में जंजीरों से बँधा चोर सोच में डूबा था। यहाँ तो सूरज के रहते भी निपट अँधेरा है। इन बेरहम धींग-हुक्मरानों की आज इतनी मनमानी कि ये सूरज की रोशनी और हवा से भी निर्बल को महरूम रखते हैं। तब जमीन-जायदाद के तो अपने वश चलते, पास ही न फटकने दें।

रफ्ता-रफ्ता अँधेरा घना होने लगा। लगता है, रात हो गई। अँधेरा, चौतरफ अथाह अँधेरा। आज तो एक तारे की हलकी-सी झलक भी उसके हिस्से नहीं आई। सहसा उसकी आँखों के सामने मसान वाले पीपल के पत्ते झिलमिलाने लगे। पूनम का चाँद सिर पर चढ़ आया था। दीप-दीप करती गाढ़ी चाँदनी। अनंत, असीम। साँय-साँय करती हवा। पत्ते-पत्ते का फर-फर संगीत। और पत्ते-पत्ते पर छम-छम नाचती चाँदनी। उस नजारे के बदले सारी दुनिया की दौलत भी हाथ लग जाए तो किस काम की ? आँखों के ऐन सामने होते हुए भी वो नजारा कितना अगम और अगोचर था। दिखते हुए भी नहीं दिखना। होते हुए भी नहीं होना। आज इस अँधेरे में उस नजारे की महत्ता ठीक से समझ में आई।

कि इतने में दरवाजा चरमराया। हलकी रोशनी हुई। फिर एक लड़की हाथ में दीया लिए उसके पास आई। वह रानी की खास भरोसेमंद दासी थी। बोली, "आपको रानी साहिबा ने याद फरमाया है।"

चोर के मुँह से आप ही सवाल निकला, "क्यूँ ?"

दासी मुस्कान को दबाती हुई बोली, "मोतियों की चोरी का फैसला जो करना है !"

यह कहकर उसने दीया फर्श पर रखा और उसकी जंजीरें खोलीं। तहखाने में खनखनाहट गूँज उठी। वो चुपचाप उसके साथ चल पड़ा। बाहर निकलते ही उसने ऊपर देखा। तेरस के चाँद की धवल चाँदनी चारों दिशाओं में एक सरीखी छाई थी। उसके झीने घूँघट में ऊँघते अनगिनत तारे। आधी पलकें मुँदी हुईं। मधुर-मधुर ठंडी हवा। जैसे ऊँघते हुए तारों के लिए लोरी गुनगुना रही हो। अगर अँधेरे की यह सजा नहीं मिलती तो कुदरत की यह अथाह, असीम और अनमोल दौलत उसके हाथ कैसे लगती ? है कोई ऐसा जौहरी जो आकाश के इन अलेखों हीरे-मोतियों की परख कर सके और एक भी हीरे का मोल चुका सके ? वो आज

कुदरत की इस समूची माया का स्वामी बन गया। कहीं भी सेंध लगाने की जरूरत नहीं पड़ी।

दासी के पीछे-पीछे, धम-धम सीढ़ियाँ चढ़कर वो रानी के रंगमहल में पहुँचा। चारों कोनों में रौशन सोने के दीवट। सिंगार से लदी रानी। इत्र-फुलेल की भीनी-भीनी महक। चाँदी की चौकी पर सोने का थाल, जिसमें सोने की कटोरियों में बत्तीस पकवान। रंगमहल में आते ही दासी सोने के थाल पर चँवर डुलाने लगी।

रानी ने कहा, "आज तुम्हारी बातें सुनकर इतनी खुशी हुई कि कह नहीं सकती। ऐसे नेक आदमी को सजा देना सबसे बड़ा जुर्म है। मेरे रहते इस रियासत में ऐसा जुर्म नहीं हो सकता। पर तुमने तो मेरी बख्शीश ही कबूल नहीं की। अगर उस समय तुम्हारे गुरुजी उन मोतियों को नहीं लेते तो मेरा पानी उतर जाता। उन्होंने मेरी लाज रख ली। जब चेला ऐसा है तो गुरु ऐसा क्यूँ न हो। तुम्हारे इंकार करने पर मैंने बड़ी मुश्किल से अपने गुस्से को काबू में रखा। पर अब मेरी कोई बात मत टालना। तुम्हारे जैसा नेक, समझदार और सच्चा दीवान मिल जाए तो राज करने का कुछ मजा आए !"

चोर ने कहा, "ऐसे निर्मल हृदय वाले राजा के होते आप राज-काज के कीचड़ में फँसती ही क्यूँ हैं ? मैं तो उनकी मुस्कान देखते ही समझ गया कि ऐसा उजला मन दुनिया के किसी राजा का नहीं हो सकता। राजा का ऐसा निर्मल और उजला होना चलता भी तो नहीं। उनकी मुस्कान तो मुझे रियासत के खजाने से भी ज्यादा कीमती लगी।"

रानी मुस्कराई। बोली, "तुम दोनों एक ही थैली के चट्टे-बट्टे हो। वह तुम्हारी बड़ाई करते हैं और तुम उनकी। किसी को नहीं मालूम कि तुम्हें देखकर उन्होंने क्या कहा था। सुनकर तुम भी हँसोगे। मैं इशारे से चुप नहीं करती तो भगवान् जाने वे और क्या अंट-शंट बोलते रहते। उन्होंने तो तुम्हें राजा तक बनाने का सोच लिया था। उनके वश में हो तो वे तुम्हें राजा बनाकर ही दम लें। मैं भी जानती हूँ कि इस रियासत के इतिहास में आज तक इतने लोग इकट्ठे नहीं हुए। पर कोरी भीड़ से क्या होता है ? लेकिन उन्होंने भीड़ देखकर अपना भोलापन दरसाया ही। बोले कि जिस राजा के लिए इससे चौथाई भीड़ भी नहीं होती, उसे यह सिंहासन शोभा नहीं देता। जिसे देखने के लिए इतने लोग इकट्ठे हुए हों, उसे ही राजा होना चाहिए। गाड़ी धान की मुट्ठी बानगी ! देख लिया अपने राजा का मन ! ये तो बच्चे की तरह भोले और अबूझ हैं।"

चोर बोला, "नहीं, मैं आपकी यह बात नहीं मानता। बड़े से बड़े चक्रवर्ती

राजा का सिंहासन इतना दूभर नहीं है, पर ऐसे राजा तो बिरले ही मिलते हैं। आप तकदीर वाली हैं कि आप ऐसे राजा की रानी हैं।"

फिर सोने के थाल की ओर देखकर उसने ताज्जुब से पूछा, "आधी रात होने को आई और अभी तक हुजूर ने थाल नहीं अरोगा ?"

दासी मुस्कराते हुए बोली, "यह थाल तो आपके लिए सजा है।"

चोर तेजी से बोला, "मेरे लिए ? मैंने तो सोने के थाल में न खाने की कसम ले रखी है। पर मेरे लिए इतनी खातिरदारी की जरूरत क्या थी ? देखकर भी विश्वास नहीं होता कि एक अदने चोर की इतनी आवभगत ! मैं तो हथेली में सूखे टुकड़े खाता रहा हूँ। ऐसा खाना मुझे पचता नहीं। और न ही सारी उम्र दुत्कारे हुए चोर के गले यह इज्जत उतरती है। किसी के हाथ वहीं तहखाने में दो टुकड़े भिजवा देतीं। मैं उन्हें ही बत्तीस पकवान मान लेता।"

रानी बेहद होशियार थी। बात सँवारते बोली, "हीरे की कीमत जौहरी ही जानता है। बेचारे मेमार उसमें और कंकरों में फर्क क्या जानें ? आदमी को उसके लायक इज्जत न देना सरासर जुल्म है। आप जैसा नेक सारी रियासत में कोई नहीं है। ऐसे आदमी की कद्र न करना एक रानी को शोभा नहीं देता। इस दासी से पूछ लो। मैंने तो यहाँ तक किया है कि देव-झूलनी ग्यारस के दिन ठाकुरजी की तरह तुम्हारी झाँकी निकालूँ। हाथी पर सोने के हौदे बिठाकर, चँवर डुलाते हुए, तुम्हारी सवारी गली-गली घुमाऊँ।"

यह सुनते ही चोर को हँसी आ गई। उसे हँसते देख रानी चुप हो गई। हँसी रुकने पर कहने लगा, "मेरी बात पर आपको यकीन न हो तो गुरुजी से पूछ लीजिएगा। सोने के हौदे पर न चढ़ने की भी मैंने कसम खा रखी है। मेरा नसीब ! उस दिन क्या सोचकर इन बातों की तलाक ली और आज ये ही सामने आईं। और मैं एक नाकुछ चोर आपके मुँह पर ही मना कर रहा हूँ। फकत गुरुजी से चुहल करने के लिए मैंने अनहोनी बातों की सौगंध ली थी। अगर उस दिन सपने में भी इस संयोग की आस होती तो हरगिज इन प्रतिज्ञाओं में नहीं फँसता। पर अब पछताने से क्या फायदा ? अब तो मरकर भी प्रण तोड़ नहीं सकता। मैं माफी चाहता हूँ। गुनी लोगों का मान करने का यह गुण तो आप ही में देखा। यह गुण तो देवताओं में भी नहीं मिलता। मेरी सच्चाई की आपने इतनी कद्र की। उम्र-भर एहसानमंद रहूँगा। चोरी तो मेरा हुनर है, पर मैं गुणचोर नहीं हूँ।"

उसकी बातों से रानी का मन बाग-बाग हो गया। रानी ने दासी को देखा और दासी ने रानी को। रानी की आँखों में हृदय का लहराता ज्वार नजर आया

तो वह उसके बगैर कहे ही बाहर चली गई और रानी दरवाजा भिड़ाकर चोर के पास आई। उसकी आँखों में आँखें डालकर बोली, "चोर तो सोए हुओं के सपनों का पता लगा लेते हैं और तुम इतने अबूझ कि जबान से कहने पर भी मेरे मन की बात नहीं समझे। मैंने यह सब किसलिए किया, तुम्हें कुछ इल्म भी है ? अभी तुमने कहा कि तुम गुणचोर नहीं हो। इससे अच्छा मौका और कब आएगा ? इस सेज को अब और मत तड़पाओ। यह कब से हमारा इंतजार कर रही है ?"

बात पूरी होने से पहले ही रानी ने उसका हाथ पकड़ा तो उसे ऐसा लगा, जैसे कोई नागिन उसकी कलाई से लिपट गई हो। रोम-रोम में झुरझुरी दौड़ गई। झटके से हाथ छुड़ाया। कहने लगा, "हँसने से आप नाराज होंगी, इसलिए होंठों पर आई हँसी को रोक रहा हूँ, पर असलियत तो बतानी ही होगी। वाकई मैंने रानी की खाट पर नहीं चढ़ने की कसम खा रखी है।"

बिफरी हुई नागिन ऊँचे सुर में बोली, "बेवकूफ, रानियों के खाट नहीं, सोने के पलंग होते हैं।"

"पर मतलब एक ही है।"

रानी के कलेजे से गोया तीर पार हो गया। अब इस पत्थर को कैसे समझाएँ ? वास्तव में पत्थर होता तो वो भी समझ जाता। यह इंसान होकर भी पत्थर बन गया। अब क्या करे ? उसका चेहरा फक हो गया, जैसे उसकी देह का समूचा खून निचुड़ गया हो।

इंसान की कोई भी कमजोरी रानी से छुपी नहीं थी। उसने आखिरी तीर छोड़ा। बोली, "अभी आपने कहा था कि राजाजी इंसान नहीं, देवता हैं। तब ऐसे देवता का धरती पर नहीं, देवलोक में राज होना चाहिए। उन्हें देवलोक पहुँचाने और आपको यहाँ का राजा बनाने का जिम्मा मेरा। आपको सिंहासन पर बैठने की तकलीफ तो करनी ही पड़ेगी। इसके बाद आपको कोई और जोखिम उठाने की जरूरत नहीं होगी। रानी होकर आपके पाँव पड़ती हूँ, मुझे और मत जलाओ।"

एक-एक शब्द स्पष्ट सुनकर भी उसे इस बात पर लेशमात्र भी विश्वास नहीं हुआ। तहखाने के अँधेरे में लेटा कहीं कोई सपना तो नहीं देख रहा है ? आँखें मसलकर इधर-उधर गौर से देखा। सचमुच, रानी का रंगमहल। चारों कोनों में जगमगाते सोने के दीवट। सोने का पलंग और उसके पाँव पकड़कर बैठी रानी। झिझककर पाँव छुड़ाए। बाँह थामकर उसे पलंग पर बिठाया। बोला, "देश की मालकिन होकर आप यह क्या पागलपन कर रही हैं ? मैं मरते दम तक झूठ नहीं बोलूँगा। मैंने तो इस बात की भी कसम ले रखी है कि कभी किसी राज्य का राजा

नहीं बनूँगा। करमहीन के फूटे भाग को विधाता भी नहीं बदल सकता।"

देश की मालकिन तो आज दर-दर की भिखारिन हो गई। सिसकते हुए बोली, "मेरे लाख जतन करने पर भी न आपका भाग बदला, न मेरा। मैंने तो अपने वश चलते कोई कसर नहीं रखी। आप नहीं माने, उसका तो मैं भी क्या करती ? आप मान जाते तो किसी का कोई कसूर नहीं था। पर अब सारा कसूर मेरा ही माना जाएगा। आपसे कोई पूछे तो हरगिज आज की रात का भेद मत बताना। मेरी आबरू अब आपके होंठों में बंद है।"

चोर ने कहा, "पर मेरे गुरुजी ने ही तो मुझे झूठ न बोलने की कसम दिला रखी है। मैं झूठ कैसे बोल सकता हूँ ?"

यह सुनते ही रानी तमतमाकर पलंग से उठ खड़ी हुई। मानो नागिन की पूँछ पर पाँव पड़ा हो। डसने के लिए अदेर पलटी। यह सच्चाई प्रकट होने पर उसके शील पर कालिख पुत जाएगी। सारा भाँडा फूट जाएगा। सिंहासन को आँच लगे, ऐसा साँच भला कौन सहे ? कैसे सहे ? जोर से चिल्लाई—"चोर···चोर···चोर···!"

पहरेदार और सिपाही तो ऐसे ही मौके की तलाश में रहते हैं। और आवाज भी रंगमहल से ! खुद रानी के मुँह से ! सिपाही चारों ओर से नंगी तलवारें लेकर दौड़े। आखिर झूठ न बोलने की कसम का इस तरह तलवार से अंत हुआ। सत्ता की ताकत के आगे साँच की ताकत कब तक ठहरती ! रानी के देखते-देखते उन्होंने सत्यवादी चोर के टुकड़े-टुकड़े कर डाले। सच-झूठ की कैफियत देने का मौका ही नहीं मिला।

इस कहानी को यहीं खत्म हो जाना था, पर रानी का तिरिया-चरित्र उसे कैसे खत्म होने दे ? वो कदम-कदम पर आड़े आकर इसे खींचता है। दूसरे ही दिन, सूरज ढलने पर फिर रात आई। पिछली चाँदनी रात से भी बढ़कर। वो ही रंगमहल। वो ही सोने का थाल। वही दासी आधी रात ढले चेले के गुरु को दीये की रोशनी में, उसी तरह रंगमहल में लाई। गुरु के लिए तो किसी कसम-वसम का झंझट था नहीं। रानी ने जैसा कहा, उसने वैसा ही किया। चेले से गुरु हमेशा बड़ा होता है। रंगमहल की उस अनमोल रात के बाद फिर दिन उगा और शुभ-महूरत की मंगल वेला में खुद राजा के हाथ से उस भेसधारी पूजनीय महात्मा का राजगुरु के लिए तिलक हुआ।···और यहीं सत्ता के नगाड़ों और वैभव के गाजों-बाजों के साथ इस कहानी को खत्म हो जाना चाहिए। एक अदने चोर के खून में लथपथ कहानी अच्छी नहीं लगती।

बड़ा कौन ?

बड़ी रातों का बड़ा ही भोर। जूनी बातों का नया ही जोर। जिस तरह दूध में मक्खन छिपा रहता है, उसी तरह जूनी बातों में सत्य छिपा रहता है। जिस तरह ईंधन में आग छिपी रहती है, उसी तरह जूनी बातों में झीना मर्म छिपा रहता है। जिस तरह बीज में समूचा पेड़ और पेड़ में बीज छिपा रहता है, उसी प्रकार जूनी बातों में ज्ञान छिपा रहता है कि एक था किसान। उसके दो बेटे थे। बड़े का नाम दौलत और छोटे का दलित। तीन बरस का अंतराल। पर स्वभाव में अंतर विशाल। दौलत सियार और कौए की नाईं चतुर और घाघ। दलित कमेड़ी और कबूतर के उनमान भोला-भाला और नितांत सरल। दौलत ठिगना और थुलथुल। गेहुआँ रंग। कायरी आँखें। चपटी नाक। रोम-रोम से झरती अकल। दलित पतला और लंबा। ताँबई रंग। तीखी नाक। पारदर्शी सूरत। निर्मल आँखें। उजला और विशुद्ध अंतस्। बड़े भाई का बेइंतहा आदर करता। अलग-अलग स्वभाव के अलग-अलग ही फल पके। कूच करने से पहले बाबा ने अपने हाथ से जमीन-जायदाद, वित्त-मवेशी और बाड़ों का बराबर बँटवारा किया, पर दो बरस में दौलत ने धीरे-धीरे सब जायदाद हड़प ली। दलित माँ-जाया सगा भाई होते हुए भी बड़े भाई के यहाँ मजूरी करने लगा। और उसकी अपनी टूटी-बिखरी झोंपड़ी में काम-काज ठप्प होता गया और उसे पता तक नहीं चला। लेकिन दूसरे तमाम लोगों से कुछ भी छिपा नहीं रहा। इसलिए कोई भी उसके ब्याह-सनमन की खातिर राजी नहीं हुआ। किंतु दौलत की बढ़ती बहबूदी के कारण उसका ठाट से ब्याह हुआ। संजोग की बात कि भौजाई भैया से भी तर्राट और धूर्त निकली। देवर के साफ-सुथरे काम में भी मीन-मेख निकालने और उससे लड़ने का कोई भी मौका हाथ से नहीं जाने देती। घर में उसका पदार्पण होते ही गोबर थापना भी दलित के गले पड़ गया। शुरुआत में आधा दूध और आधा पानी, तत्पश्चात् खट्टी छाछ ही उसके हिस्से में आने लगी। आधी रात ढले सोता। दो घड़ी रात रहते उठता। हर काम में माहिर। हुनरमंद। काम और फकत काम ही उसके लिए सुख और आनंद का स्रोत था। बस्ती के लोगों द्वारा बार-बार समझाने पर भी छल-प्रपंच की बातें उसके पल्ले नहीं पड़ती

थीं। दूसरों के खयाल से उसके दुःख-कसाले का पार नहीं था। लेकिन वह तो अपने ही हाल में मस्त रहता। अकारण ही उसके होंठों पर बाल-सुलभ मुस्कराहट खिल उठती। अपने अलावा किसी दूसरे की सीख मानना उसकी आदत ही नहीं थी।

एक बार साँय-साँय बजती लूओं और आग बरसाती धूप में वह झाड़-बाँटकों की जड़ें निकाल रहा था। दिन ढलने आया, मगर भावज रोटी लेकर नहीं आई। सुस्ताना तो दरकिनार, उसने गाँव की ओर देखा तक नहीं। पर जिन्हें देखना था, उनसे कुछ भी छिपा नहीं रहा कि उस वक्त लक्ष्मी और भाग्य तकरार करते हुए वहाँ से गुजरे। लक्ष्मी कहे, मैं बड़ी। भाग्य कहे, मैं बड़ा। दलित पर नजर पड़ते ही उन्हें अपनी तकरार का समाधान मिल गया। अपने आप में खोया वह वीतराग मानुस निर्बाध कस्सी चला रहा था। पसीने में सराबोर। धूल से अटा हुआ। लक्ष्मी उसकी ओर इशारा करते हुए कहने लगी, "देख लिया मेरा चमत्कार ! मेरे विमुख होने से ऐसी दुरगत होती है। और मेरी मेहर-मया से इसका बड़ा भाई दौलत मौज मना रहा है। गुलछर्रे उड़ा रहा है। यह तो बौड़म की तरह दिन-रात मेहनत करता है। खून-पसीना बहाता है। और वह मेड़ी में टाँग पर टाँग धरकर सोता है। खर्राटे भरता है। सुहाने सपने देखता है। बगल में बेटा पलकें मूँदे सोया रहता है और बहू मेहँदी-रचे हाथों से बयार करती है।"

"पगली, इसमें तेरा क्या चमत्कार ?" भाग्य मुस्कराते हुए बोला, "यह तो मेरा करिश्मा है। बाबा के मरने पर तू तो बराबर हिस्से में आई थी। पर मैंने इसका साथ नहीं दिया। इसी कारण यह कष्ट भोग रहा है। तेरी क्या बिसात, जो फूटी किस्मत को जोड़ दे। अब भी मन में हो तो कसर मत रखना !"

लक्ष्मी के कलेजे में जैसे एक साथ कई शूलें आरपार हो गई हों। नाक-भौंह सिकोड़कर कहने लगी, "ज्यादा गरब गलता है। उफान चढ़ा दूध राख में गिरता है। तेरा-मेरा क्या मुकाबला ! मेरी शुभ नजर हो तो तू बाल भी बाँका नहीं कर सकता। यदि मैं टेढ़ी नजर कर लूँ तो तू सिर पटक-पटककर मर जाए, तब भी कुछ नहीं हो सकता। तुझे जो करना है, कर ले। मैं इसी फसल पर दलित का बेड़ा पार करती हूँ। देखूँ, फिर यह कैसे कष्ट उठाता है ! तू देखते रहना, यह दूध के तालाब में न नहाए तो अपना नाम बदल दूँ।"

भाग्य ने खामखाह विवाद करना उचित नहीं समझा। मुस्कराकर चुप हो गया। पर उसकी वह अबोली मुस्कान लक्ष्मी को जहर की नाईं तिक्त लगी। दोनों में पूरमपूर ठन गई।

खरीफ की फसल के दौरान घरवाली के उकसाने पर दौलत ने फिर चाल

चली। दलित को मजूरी में बाजरी के बदले मतीरे और ककड़ियाँ लेने पर राजी कर लिया। बेलें पसरें या सूखें, उसकी तकदीर। किसी भी बात पर असंतोष या एतराज करना तो वह जानता ही नहीं था। कुदरत ने क्या सोचकर जाने किस मौज में वैसा अजीबोगरीब मानुस गढ़ा, उसका भेद वही जाने ! कभी-कभार किसी एक शताब्दी में कुदरत भी अपनी सनक में बह जाती है, तब उसके लिए कुछ भी सोच-विचार करना संभव नहीं रहता। आदमी का हिसाब अलग है। कुदरत का मिजाज अलग है। और उधर लक्ष्मी की रीझ-खीज का तौर अलग है। उसे दलित पर तुष्टमान होना था, सो क्यों पीछे रहती ? मतीरे-मतीरे और ककड़ी-ककड़ी में बीजों की ठौर अमोलक हीरे-मोती भर दिए। दलित ने तीन दिन तक भरपूर मेहनत की, तब कहीं जस-तस झोंपड़ी के भीतर ककड़ियाँ और मतीरे इकट्ठे कर पाया। एक भी बीज बरबाद नहीं होने देगा। आखिरी आसरा तो बीजों का ही है। मद्धिम-मद्धिम आँच में सेंक-सेंककर खाएगा। मतीरे और ककड़ियों को छाँह-तले धूल में गाड़कर रखेगा। जब तक ककड़ियों से काम चलेगा, तब तक मतीरों को छूएगा तक नहीं। सब समझता है।

दिनभर मेहनत करने के उपरांत उसे कड़ाके की भूख लगी तो उसने हँसिए से एक ककड़ी चीरी। बीजों की बजाय चमकते कंकर नजर आए तो उसके अचरज की सीमा नहीं रही। यह क्या माजरा हुआ ? सारे कंकर एक ही साँचे में ढले हुए ! ऐसी अनहोनी बात न तो कभी सुनी, न देखी ! कुदरत की लीला कुदरत ही जाने ! न चाहते हुए भी उसने मजबूरन एक मतीरा फोड़ा। उसमें भी वैसे ही कंकर। हताश होकर दो-एक मतीरे और फोड़े। तीनेक ककड़ियाँ चीरीं। सब में वही का वही माजरा ! तब ज्यादा चीर-फाड़ करने में क्या सार ! गिरी से पेट भर गया तो गोल-गोल चिकने कंकर भखारी में फेंक दिए। भाई-भावज के ताने-तिसनों से बचने की खातिर उसने अनहोनी बात की चर्चा तक नहीं की। खिल्ली उड़ाने का मौका क्यों दे ? नसीब या भाग्य को कोसने का उसने पाठ ही कहाँ पढ़ा था ! और न ईश्वर से याचना करना भी उसे सुहाता था।

बड़ा भाई दौलत उसी तरह मौज मनाता रहा। और दलित लक्ष्मी की शुभ नजर के बावजूद उसी तरह मेहनत करता रहा। लोगों के हिसाब से दुःख उठाता रहा। वही टूटी झोंपड़ी ! वही टूटा आँगन। वही खस्ताहाल भखारी। दिन का उजाला अपने हिसाब से ढलता रहा। नौ लाख तारों से जड़ी रात अपने हिसाब से ढलती रही। और दलित अपने हिसाब से अपने ही भीतर के आनंद में तैरता-डूबता रहा ! अपने से बाहर के आनंद-उल्लास की उसे रंचमात्र भी ललक नहीं थी।

अपनी मौज में बहती नदी भला कब अपनी प्यास बुझाती है ? फूल कब अपनी सौरभ के लिए ललचाता है। बादलों के बीच रहकर भी बिजली कब अपनी जलन बुझाने को आतुर रहती है ?

लक्ष्मी का उपहास करने के आशय से भाग्य उसकी ओर देखकर मन ही मन मुस्कराता। उसकी स्मित मुस्कान से लक्ष्मी के अंतस् में आग-आग लग जाती। उसकी अपार मेहर-मया के बावजूद यह गँवार तो वैसा का वैसा ही गरीब रहा ! फकत बीजों की चिंता कर रहा है ! हीरे-मोतियों की तो पहचान ही नहीं ! उन्हें कंकर समझने वाली बुद्धि का कोई क्या करे ? लक्ष्मी तो फकत बेशुमार माया सौंप सकती है, उसका उपयोग तो नहीं सिखा सकती ! आखिर हीरे-मोतियों का महत्त्व समझने वाली बुद्धि ही बड़ी बात हो गई !

आधी-अधूरी भूख निकालकर दलित अपनी समझ के अनुसार जीवन बिता रहा था। दिन अपने हिसाब से बीत रहे थे। मतीरों की गिरी का कितना गाढ़ ! पानी जैसा पानी ! बीज सेंककर खाने की तो मन में रह गई ! तिस पर पानी के स्वाद का तो कहना ही क्या ! दलित का मन तो बच्चे जैसा ही ग्रंथिहीन व निर्मल था। उम्र बढ़ने के साथ-साथ अन्य लोगों की तरह उसकी सांसारिक बुद्धि तो बढ़ी ही नहीं। वैसी की वैसी अकृत्रिम रही। सहज रही। क्या कुदरत भी कभी-कभार इने-गिने व्यक्तियों के बहाने सपनों का जायका लेती है ? पशु भी अपने भले-बुरे का कुछ तो ध्यान रखते हैं। पर दलित की उतनी भी समझ नहीं थी।

एक दिन संजोग की बात ऐसी बनी कि लक्खी बनजारे ने दलित की झोंपड़ी के पास डेरा डाला। वहीं कतार रोकी। केसर-कस्तूरी और सूखे मेवे का व्यापार। अकूत माया का धनी। फकत अमीर-उमराव, सेठ-साहूकार, राजा-महाराजा और बादशाह से वास्ता रखता। जो इच्छा होती, वही भाव लेता। फिर भी उन श्रीमंतों को पूरा भरोसा था कि वह उनका लिहाज रखता है।

माया मुट्ठी में हो तो जंगल में भी मंगल की क्या कमी ? सवा घड़ी रात ढले ब्यालू से निवृत्त होकर वह गपशप की खातिर दलित के पास आया। काली-बहरी अँधेरी रात। हाथ को हाथ न सूझे। तिस पर निरभागी दलित की झोंपड़ी में दीया तक नहीं। लक्खी बनजारे ने इधर-उधर देखा तो उसे भखारी में कुछ प्रकाश नजर आया। पूछा, "अरे ! वहाँ कुछ सुलग रहा है ? यह कैसा उजास है ?"

दलित ने सहज भाव से कहा, "यहाँ जलने-सुलगने का कोई डर नहीं। यह तो कंकरों का उजास है। अँधेरे में इसी तरह चमकते रहते हैं।"

लक्खी बनजारे को बड़ा अचरज हुआ। "कंकर ? ये कैसे कंकर हैं ?

देखूँ !" इतना कहकर वह भखारी की ओर लपका। उजास की झाँकी मिलते ही वह ताड़ गया कि मूढ़ हीरे-मोतियों को कंकर समझ रहा है ! हथेली में लिए तो वह वीर-बहूटी की नाईं लाल-बंब हो गई ! मगर ऐसे अमोलक मोती इसके हाथ लगे क्योंकर ? अकल और आँखें दोनों चौंधिया गईं उसकी ! ऐसा एक ही नगीना सात पीढ़ियों का अभाव दूर करने के लिए काफी है। और इसकी भखारी में कंकरों के समान पड़े हैं। सच, इनका मोल नहीं जानने वाले के लिए तो ये कंकर ही हैं।

दलित से पूछा तो उसने कुछ भी नहीं छिपाया। बाल-सुलभ उत्सुकता से उसने तीन-चारेक मतीरे और ककड़ियाँ चीरकर बताईं। मुस्कराते हुए कहा, "भावज के सिखाने पर बड़े भाई ने बाजरी के बदले मुझे मतीरे और ककड़ियाँ सौंप दीं। शायद कुदरत भी भावज का कहा मानती है। आप तो देस-दिवासर घूमते ही रहते हैं। बताइए, कुदरत का ऐसा तमाशा आपने कभी देखा है ? बीज निकलते तो खाने का मजा आ जाता ! ये कंकर न तो खाए जाते हैं, न निगले जाते हैं !"

लक्खी बनजारा उसके मुँह से ऐसी अनोखी बात सुनकर असमंजस में पड़ गया ! भरोसा करे भी तो कैसे ? मनुष्य देहधारी कोई ऐसा भी बंदा हो सकता है, जो अमोलक हीरे-मोती व कंकरों में भेद नहीं कर सके ? बीसियों साधु-संत और ऋषि-मुनियों से पाला पड़ा, लेकिन अभेद की ऐसी खरी दीठ कहीं नजर नहीं आई।

लक्खी बनजारा तो उन कंकरों का मोल अच्छी तरह जानता था। उनकी मर्यादा का मान रखते हुए उसने दलित से कहा, "कुदरत के तमाशे का तनिक भी सोच मत करो। मैं तुम्हें एक-एक कंकर के बदले खरे सोने की सौ-सौ मोहरें देने को तैयार हूँ। फिर तो चिंता जैसी कोई बात नहीं।"

"मैंने चिंता की बात कब कही, फकत कुदरत के तमाशे का यों ही जिक्र किया।" उसने गरदन हिलाते हुए कहा, "लगता है, आप भी मेरा मजाक उड़ा रहे हैं। ये कंकर या मोहरें खाकर बताएँ तो जानूँ ! पेट तो केवल बीज, बाजरी या ज्वार से भरता है। आप मेरी फिकर न करें। मैं भूख-प्यास की ज्यादा परवाह नहीं करता। जस-तस मतीरों की गिरी से काम सार लूँगा। और यों इस जंगल में फल-फूलों की भी कमी नहीं।"

लक्खी बनजारे ने धीरज से समझाने की खूब कोशिश की—"किसी भी हाट-बाजार से मोहर के बदले वह जो चाहे, सो चीज खरीद सकता है—घी, गुड़, खाँड़, मिर्च-मसाले, बरतन-बासन, कपड़े-लत्ते, गाय-भैंस इत्यादि सब कुछ। मोहरों का जोर हो तो पक्की हवेली बनते क्या देर लगती है !" पर दलित के ठस मगज

में कोई बात बैठी ही नहीं। बोला, "ना बाबा, ना, यह सब दंद-फंद मुझे रास नहीं आता। पशु-पंछियों के पास कौन-सी मोहरें होती हैं ? फिर भी वे मजे से विचरण करते हैं। उड़ते हैं। उन्हें कभी रोते-रींकते मैंने तो नहीं सुना !"

आखिर लक्खी बनजारे के बार-बार आग्रह करने पर वह ज्वार-बाजरी की पचास गूणतियों के बदले भखारी के तमाम कंकर, बचे हुए मतीरे व ककड़ियाँ देने की खातिर मान गया। उलटा लक्खी बनजारे को समझाते हुए कहने लगा, "मैंने सब हिसाब कर लिया कि इतना सराजाम साल-भर के लिए काफी है। न पंछियों के लिए चुग्गे की कमी रहेगी, न कोई साधु-संत भूखा जाएगा। और मुझे भी बैठे-ठाले दो जून रोटियाँ मिल जाएँगी। आप विश्वास करें, मेरी जरूरतें बहुत कम हैं। मुझे सपने में भी किसी चीज का अभाव नहीं खटकता। जहाँ तक बन पड़े, मैं कुदरत की मंशा मुताबिक ही जीना चाहता हूँ। पूरा संतोष है मुझे। आनंद की भी कोई कमी नहीं। कुदरत से ज्यादा आस रखना, जाने क्यों मुझे ठीक नहीं लगता।"

दलित की नासमझी का उसके पास कोई जवाब नहीं था। दलित नहीं माना तो वह मान गया। मगर न मालूम क्यों उस अकूत अचीते लाभ से जितनी खुशी होनी चाहिए थी, उतनी हुई नहीं। दलित बदले में चाहे जितनी मोहरें स्वीकार कर लेता तो उसे ज्यादा खुशी होती। दलित की विचित्र बातें सुनकर उसके मन में पहली बार एक नई हलचल बुदबुदाई कि इतनी अविराम खटपट किसलिए ? आखिर एक दिन तो अंतिम साँस थमेगा। सब ठाट-बाट यहीं का यहीं धरा रह जाएगा। कानी-कौड़ी तक साथ नहीं चलेगी। इस प्रपंच की कहीं न कहीं तो सीमा होनी चाहिए। न दलित जैसे पागलपन से बात बनेगी और न बनजारों वाले निरंतर चक्कर से कुछ नतीजा निकलेगा। उस तरह की उधेड़बुन से पहली बार में ही उसके दिमाग की नसें खिंचने लगीं तो उसने मुँह पर बैठी मक्खी के उनमान उस नए विचार को ही झटक दिया। अब इस कारवाँ को समेटना आसान नहीं है। जाने कहाँ-कहाँ उसकी गुत्थियाँ उलझी हुई हैं ! अब तक जो चलता रहा, वही चलेगा। किसी दूसरे विकल्प की कल्पना तक उसे तत्काल नहीं सूझी।

पर उस अचीते दाँव से भाग्य की बन आई। लक्ष्मी की ओर मुस्कराते बोला, "क्या अब भी तू अपनी जिद पर अड़ी रहेगी ? तेरी अपरंपार मेहर-मया के बावजूद दलित कितना घाटे में रहा और मैंने लक्खी बनजारे का साथ दिया तो दलित की सारी माया उसके हाथ आ गई। इस दुनिया में जो भी चमत्कार है, वह मेरा है। अब भी न माने तो तेरी मरजी।"

"अपनी बकवास अपने पास रख !" लक्ष्मी ने झुँझलाते हुए कहा, "मुझे सुनाने की जरूरत नहीं। मैं तो अपनी मरजी से ही चलूँगी। तेरी तो औकात ही क्या, मैं तो ईश्वर की भी परवाह नहीं करती। वह भी मेरी संगत के लिए तरसता है। मेरा करिश्मा मैं ही जानती हूँ। तू चुपचाप देखता जा !"

भाग्य मुस्कराता रहा। लक्ष्मी मन ही मन खीजती रही।

अकस्मात् लक्खी बनजारे के दिमाग में राजा का ध्यान आते ही उसका बचा-खुचा आनंद भी हाथ से खिसकने लगा। वहाँ का राजा अदल न्यायी था। और अपनी सनक पर उसे जोम भी कम नहीं था। यदि इस सौदे की भनक भी उसके कानों में पड़ गई तो पीढ़ियों की कमाई से हाथ धोना पड़ेगा। बचपन की कंगाली का दुःख इस बेशुमार बहबूदी के बीच भी उसे सालता रहता था। पहले विवाह की बनजारन ने गरीबी से तंग आकर एक धनाढ्य बनजारे का हाथ थाम लिया और उसका कुछ भी वश नहीं चला। राजा से फरियाद करता तो उसके साथ पूरमपूर न्याय होता। पर उधर से ध्यान हटाकर उसने कमाई की ओर ध्यान लगाया तो कुछ भी कमी नहीं रही। दिन दूनी और रात चौगुनी उसकी दौलत बढ़ती रही। जरूरत पड़ने पर राज्य के खजाने का भी पूरा ध्यान रखता। सनकी राजा उसके सिवाय किसी को भी खजाने की सही स्थिति नहीं बताना चाहता था। रजवाड़े की सबसे सुंदर बनजारन उसके घर की शोभा बढ़ा रही थी। कहीं न्याय की सनक के परिणामस्वरूप इस बनजारन का मन भी डाँवाडोल हो गया तो वह इस सदमे का आघात झेल नहीं सकेगा। अदल न्याय की सनक के वशीभूत राजा कुछ भी लिहाज नहीं रखेगा। रखना भी चाहेगा तो राजकुँअरी रखने नहीं देगी। राजा का डर उसके हिये में समाया नहीं। पानी से पहले पाल बाँधे सो प्रवीण। राजा की सनक के सामने दलित की सनक जाने कहाँ उड़न छू हो गई। अपना तामझाम लेकर वह सीधा राजदरबार पहुँचा। नजराने के निमित्त मन ही मन खुश होकर उसने सोने का थाल मोतियों से भरकर राजा के सामने अदब से पेश किया।

आदमी सोचता कुछ और है, होता कुछ और है। यदि उसका सोचा पार पड़ जाता तो कब की सुरग के सीढ़ियाँ लग जातीं। राजा के पास ही राजकुँअरी बैठी थी। वैसा अमूल्य नजराना देखकर राजा बहुत खुश हुआ। किंतु राजकुँअरी के माथे पर बल देखकर राजा के तेवर बदल गए। राजकुँअरी कुछ कहती, उसके पहले ही वह बनजारे पर बरस पड़ा, "बोल, इस अचीते नजराने का मायना क्या है ? मुझे बिलकुल गावदी समझ रखा है ? इस नजराने की ओट में तू कौन-सी कालिख ढँकना चाहता है ? जरूर कोई बड़ा अकरम किया है ! अब भी सच-सच बता दे

तो सौ गुनाह माफ हैं। वरना जिंदा गीले काँटों में जलाने का आदेश करूँगा, याद रखना।"

बनजारा थर-थर काँपने लगा। आँखों के सामने धुंध-सी घिर आई। नगीनों का थाल नीचे गिर पड़ा। अपने पाँवों चलकर शेर की माँद में आया। यह अंजाम तो होना ही था। सच्चाई उगलनी पड़ी।

राजकुँअरी भौचक रह गई। निपट स्तब्ध और हतप्रभ-सी मनःस्थिति में उसे सोचने को मजबूर होना पड़ा कि ऐसे अनमोल हीरे-मोतियों को कंकर समझने वाले बंदे भी इस धरती पर बसते हैं ! सुनकर भी भरोसा नहीं होता। फिर भी आश्वस्त होकर उसने राजा से कहा, "इसे माफ कर दें। नजराने का यह सुयोग नहीं जुड़ता तो मैं ब्याह न करने का प्रण कभी नहीं तोड़ती। मुझसे ब्याह करने योग्य पुरुष की सपने में भी आशा नहीं थी। अब ब्याह करूँगी तो दलित नाम की इस विभूति से ही वरना आजीवन कुँआरी रहूँगी।"

बेटी की जिद के आगे राजा का कोई वश नहीं चला। और ऐसी समझदार एवं सुंदर बेटी का कहा मानने में ही बाप की मर्यादा है। उस पर राज्य का ठौर चलाना उचित नहीं। बनजारे के साथ ही अदेर सावा भेजा। दलित के सारे कंकर राजा ने जब्त कर लिए। एक भी पीछे नहीं छोड़ा।

अंतस् में उठे बवंडर को शमित करके जब लक्खी बनजारा दलित के लिए राजकुँअरी का सावा लाया तो सारा गाँव दंग रह गया। बड़े भाई दौलत और उसकी घरवाली ने बहुत बरजा, दलित की खूब निंदा की, जी-भरकर कोसा, भला-बुरा कहा, पर राजा का आदेश बेचारा लक्खी बनजारा कैसे टालता ? तब दौलत को अपनी इच्छा के बावजूद खामोश रहना पड़ा। भाभी की समझ भी निथर गई कि राजकुँअरी से ब्याह करने पर देवर बदला चुकाने को आमादा हुआ तो उनका सत्यानाश हो जाएगा। उसके निर्बाध होंठ भी सिल गए। भय से बड़ा कोई गुरु नहीं। पर बड़े अचरज की बात कि पगले दलित को न किसी का भय था और न उसे किसी प्रकार का लोभ ही था। वह तो अपनी चेतना के परे अपनी ही मरजी से जीना चाहता था। राजकुँअरी से ब्याह की बात उसके गले नहीं उतरी तो उसने लक्खी बनजारे के सम्मुख बिना किसी लाग-लपेट के अपने मन की बात जाहिर की, "जाने-अनजाने कोई कसूर किया हो तो राजा मुझे दंड दे सकता है। पर जबरदस्ती ब्याह कैसे करवा सकता है ? किसी से ब्याह करना, न करना तो मेरी मरजी पर है। राजकुँअरी आखिर है तो लुगाई ! भावज के माजने की हुई तो मेरा जीना हराम हो जाएगा। मैं यह जोखम नहीं उठा सकता।"

देवर के बोल सुनकर भावज आगबबूला हो गई। भीतर गालियों की भरमार के बावजूद उसके होंठ चिपके रहे। गुस्सा भी बड़ा समझदार होता है ! अपने भले बुरे का ध्यान आते ही उसका उफान स्वतः बैठ गया। बड़े भाई के नाते दौलत क्या ठौर चलाए, कुछ भी समझ में नहीं आया। लक्खी बनजारे ने धरती का चप्पा-चप्पा छान मारा था। कभी सोने के रथ पर, कभी हाथी, कभी ऊँट तो कभी घोड़े पर। इच्छा हुई तो कभी-कभार पैदल भी। लेकिन उसे अब तक दलित जैसे मानुस की जोड़ का कोई बंदा नहीं मिला। ऐसे सिरफिरों की वजह से संसार जिंदा तो अवश्य रहता है, मगर उनके बूते पर चलता नहीं। दलित की नई-निराली बातें सुनकर बनजारे के अंतस् में व्याप्त अभेद्य अंधकार कुछ-कुछ छँटने लगा था।

आज से पहले दलित को इतना बोलने का मौका ही कहाँ मिला ? चुपचाप बड़े भाई की हाजिरी बजाता रहता। जमीन-जायदाद जैसी नाकुछ बात के लिए लड़ना-झगड़ना उसे रास ही नहीं आता था। झगड़ने काबिल कोई मसला हो तो झगड़ा-टंटा भी करे। सुख-दुःख का खयाल भी करे। पर संजोग से आज वैसा मौका मिला तो उसे बोलने की प्रबल इच्छा हुई।

और उधर लक्खी बनजारे को भी सौभाग्य से ऐसा अचीता अवसर मिला तो जाने क्या सोचकर उसने कहा, “यदि आपने यह सावा कबूल नहीं किया तो राजा जी आपको जिंदा दीवार में चुनवा देंगे। अब अपना भला-बुरा आप जानें।”

लक्खी बनजारे के मुँह से आदर के बोल सुनकर दलित को बरबस हँसी आ गई। हँसते-हँसते ही कहने लगा, “आज से पहले सब तू-तू कहकर मुझसे बात करते थे। राजकुँअरी का सावा आते ही आप-आप की झड़ी लग गई। राजा का नाम है तो बड़ा ! पर कोई भी जाया-जनमा मौत से कब तक डरेगा ? दीवार में चुनवाने वाले राजा-बादशाह क्या कभी मरेंगे ही नहीं ? फिर दूसरों को मौत का डर क्यों दिखाते हैं ? उनसे पूछना तो था ? चुपचाप उनका आदेश लेकर चले आए ?”

लक्खी बनजारे ने अपने हिसाब से जैसी उम्मीद की थी, ठीक उसी के अनुरूप जवाब सुनकर वह खुश भी कम नहीं हुआ। मगर वह अपने मन का भेद जाहिर नहीं करना चाहता था। पर नासमझ छोटे भाई पर हरदम धौंस जमाने वाला दौलत बुरी तरह घबरा गया। यह ठूँठ पूरे गाँव को ले डूबेगा। अब इसकी लानत-मलामत भी कैसे करे ? राजा जी का दामाद तो अपनी मनमानी करेगा ही। सुनार की सौ ठक-ठक और लुहार का एक धमीड़ ! सब चकनाचूर हो जाएगा। परिस्थिति को अच्छी तरह भाँपकर उसने चिरौरी की, हाथाजोड़ी की तो उसका

दाँव पार पड़ गया। दलित का कठोर हिया ओले की तरह पिघल गया। राजकुँअरी से ब्याह की खातिर हामी तो भर ली, मगर हाथी की सुनहरी अंबाड़ी पर बैठने से साफ मना कर दिया। कहने लगा, "हाथी पर बैठा आदमी मेढक जैसा लगता है। इस पर सवारी करने से बिरछ, पहाड़ और आसमान की ऊँचाई बहुत बढ़ जाती होगी ! धरती पर पैदल चलता बटोही कित्ता जोरावर और विराट् लगता है ! भाटे की नाईं एक ठौर पड़े-पड़े रास्ता कटने से ज्यादा झुँझलाहट और क्या होगी ? कदम-कदम आगे बढ़ने का तो आनंद ही कुछ और है।" इतना कहकर वह बड़े भाई के सामने कठपुतली की नाईं खड़ा हो गया। हाथ जोड़कर बोला, "अब हाथी की सवारी के लिए आप मुझे कुछ भी नहीं कहेंगे। आपकी बात टालना मुझे अच्छा नहीं लगता। मुझसे दो बरस पहले आपने माँ के हाँचल चूँघे हैं। इसलिए माँ के दूध की मरजाद तो मुझे रखनी ही होगी ! राजकुँअरी से ब्याह की बला मंजूर कर ली, यही बहुत है !"

दौलत को भी छोटे भाई पर तरस आ गया। मुस्कराकर कहने लगा, "तेरी इच्छा हो तो घुटनों के बल जा, मुझे कोई एतराज नहीं। पर राजा जी से कहकर जागीर में बारह गाँव का पट्टा तो दिलवा देना। तेरा बड़ा भाई जो हूँ।"

ऐसी बातों के लिए दलित को सिर खपाने की जरूरत भी नहीं पड़ती थी। मानो उसका समूचा शरीर ही सोचने का काम करता हो। माफी माँगने के लहजे में वह सहज भाव से बोला, "आप कहें तो सिर काटकर आपके पाँवों में धर दूँ, पर राजा से गाँव दिलवाने का अधिकार मुझे नहीं है। दूसरे ठाकुरों की नाईं आप हाथ पर हाथ धरे हराम की कमाई पचा सकेंगे ?"

दौलत कुछ उत्तर दे, उसके पहले भाभी ने मुस्कराते हुए कहा, "पहले ब्याह तो कर ले। बाद की बाद में देखी जाएगी। ये तुझसे बड़े हैं। आज इन्हें सीख देने की हिम्मत हो गई तेरी ? राजा जी का जँवाई होने पर भी इनसे तो हमेशा छोटा ही रहेगा। एक घड़ी भी बड़ा नहीं हो सकता।"

दलित क्या प्रतिवाद करता ? बनजारे की ओर मुँह करके कहने लगा, "जाने किस कुघड़ी में आपका यहाँ डेरा लगा और मुझ पर यह अचीती आफत आन पड़ी। चुपचाप सहने के अलावा अब दूसरा कोई चारा नहीं। जब चलना ही है तो देर करने में सार ही क्या ? बुरे सपने की तरह इसे भी सहन कर लूँगा।"

किंतु लक्खी बनजारे के लिए उससे सुखद सपने की कल्पना भी संभव नहीं थी। बड़े से बड़े लाभप्रद सौदे की तुलना में दलित के संग-साथ पैदल चलने की उसे सहस्र गुना ज्यादा खुशी हुई।

चलने से तो चींटी भी अपनी मंजिल पर पहुँच जाती है। फिर तो वे मनुष्य के कदम थे। आखिर किले के भीतर पहुँचकर ही रुके। राजकुँअरी, राजा और दरबारी एक-एक पल के इंतजार में अधीर बैठे थे। लक्खी बनजारे के साथ दलित को आते देखा तो सबके जी में जी आया।

महावत ने पहले ही दलित का हुलिया और उसकी अजीबोगरीब बातें बताते हुए हाथी पर नहीं बैठने और पैदल चलने की ज़िद का ब्योरा सुनाया तो राजकुँअरी खुशी के मारे फूली नहीं समाई। खुलासा करके समझाने पर राजा की खुशी का भी पार नहीं रहा कि दोनों की यह आदर्श जोड़ी खूब फबेगी।

धूल से अटे दलित को दासियाँ नहलाने लगीं तो उसने मना करते कहा, "मैं बीमार या अपाहिज नहीं हूँ। खुद पानी सींचकर नहाऊँगा। हाथ-पाँव हिलाए बिना मुझे रंजत नहीं होती।"

डावड़ियाँ होंठों ही होंठों में मुस्कराईं। गँवार तो गँवार ही रहेगा। राजदरबार के कुरब-कायदे क्या जाने ? राजकुँअरी ने राजा जी का भी माथा खराब कर दिया। स्वयं ईश्वर के अलावा अब इन्हें कौन समझाए ? अन्नदाता का जँवाई पानी सींचकर नहाएगा ? शान बिगड़ने में क्या कसर रह गई ?

डावड़ियाँ दूल्हे को रेशमी वागा पहनाने लगीं तो उसने आनाकानी करते हुए कहा कि वह सादे क़पड़ों में ही ब्याह करेगा। यदि बेशकीमती वागे से ही ब्याह रचाना था तो उसे क्यों बुलाया ? देह को सिंगारने से आदमी के गुण नहीं सँवरते !

दरबार के बाकी सब लोग तो दलित की बातें सुन-सुनकर मन ही मन कुढ़ते, पर राजकुँअरी के मन की कली-कली खिल जाती। अंतस् की कामना के अनुरूप उसे जीवनसाथी मिल गया। आदम की देह धारे दरबारी तो सियार और भेड़ियों से भी गए-गुजरे हैं। हजार उपाधियों से आदमी बड़ा नहीं होता, वह तो अपने आचरण से ही बड़ा बनता है। भीतर अंधकार है तो बाहर के अनेक सूरज भी उसमें उजाला नहीं भर सकते। राजकुँअरी को खुश देखकर राजा आप ही खुश हो जाता।

फेरों से पहले डावड़ियाँ उसे हीरे-मोती-जड़े सोने के रंगमहल में ले गईं। इत्र-फुलेल का भभका नाक में घुसते ही उसका सिर भन्ना गया। नाक-भौंह सिकोड़कर बोला, "यह मरी बिल्ली जैसा क्या धधक रहा है ?"

डावड़ियाँ हँसी दबाकर धीरे से बोलीं, "दूल्हे राजा की खातिर उज्जैन के इत्र से दीये जलाए हैं। इत्र की कई शीशियाँ खाली हुईं। आज की रात भी खुशबू नहीं बरसेगी तो कब बरसेगी ?"

"जब तुम समझना ही नहीं चाहतीं तो कैसे समझाऊँ ?" उसने झुँझलाकर कहा, "आदमी के गुणों की खुशबू ही सच्ची खुशबू है। इत्र-फुलेल उड़ेलने से मनुष्य के मन की बदबू नहीं मिटती। मुझे तो यहाँ दरबारी अमलों के दुराचार की सूगली बू आ रही है। अगर तुरंत नीम की छाँह तले नहीं पहुँचा तो मेरा दम घुट जाएगा।"

"हजूर के चरण तो हीरे-मोती-जड़े आँगन पर ही शोभा देते हैं।" डावड़ियों ने उसके चारोंमेर घेरा डालकर कहा, "आपने माटी में पाँव रखा तो अन्नदाता बहुत नाराज होंगे। हम उनका आदेश नहीं टाल सकतीं।"

"मेरा तो सिर फट रहा है और तुम्हें अन्नदाता के आदेश की पड़ी है ?" दलित के सब्र का बाँध टूट गया तो उसने झिड़कते हुए कहा, "इत्ती छोटी-सी बात भी तुम्हारी समझ में नहीं आती कि गोबर या कीचड़ में हीरे-मोती जड़ने से उनका मोल नहीं बढ़ता। मनुष्य का महातम उसके चरित्र से है। हीरे-मोती, सिंहासन और सोने-चाँदी से नहीं।"

उसकी गूढ़ बातों का मायना राजकुँअरी ने राजा-रानी को समझाया तो उनके आनंद का पारावार नहीं रहा। उस अथाह हरख की लहर में उन्होंने दलित को आधा राज सौंपने की मंशा दरसाई तो उसका मन एकदम कसैला हो गया। फिर भी सहज भाव से कहा, "राजकुँअरी के गुण देखकर मैंने ब्याह की हामी भर ली, वही बहुत है। तिस पर राज का यह लफड़ा सँभालना मेरे बूते की बात नहीं है। और न मुझे राज के ठाट-बाट का लोभ-लालच है। अपना मन काबू में रख लूँ तो इससे बड़ी बात की मैं सपने में भी आस नहीं रखता। आधे या पूरे राज की बात सुनकर तो मुझे ब्याह के बारे में दुबारा सोचना पड़ेगा।"

राजकुँअरी की खुशी चाँद-सितारों से भी बहुत आगे पहुँच गई। पर राजा-रानी असमंजस में पड़ गए। इकलौती बेटी के सुख की खातिर वे कैसा भी दुःख उठाने को तैयार थे। पर दलित तो कुछ भी समझने के लिए तैयार नहीं। राजा ने पहली बार अपने आप को इतना दयनीय, कंगाल और निरीह महसूस किया। उसने दलित को ऊपर से नीचे तक देखा तो उसका कद बहुत ऊँचा नजर आया। कहीं आँखों की तासीर तो नहीं बदल गई, फिर उसने राजकुँअरी की ओर देखा। सचमुच, दलित की बात है तो सही कि लाड़ली बिटिया की समझ के सामने राज का महत्त्व ही क्या है ? ऐसे सौ राज भी निछावर हों तो कम है ! जिस तरह अपनी इच्छा से जीवन बसर करना चाहें, करें। दोनों की अपनी-अपनी समझ है।

दलित ने रह-रहकर राजा, रानी, दीवान और लक्खी बनजारे की ओर देखा।

किसी ने कुछ भी जवाब नहीं दिया तो उसने राजा की ओर देखकर कहा, "राज के फंदे की बजाय मैं सूली पर चढ़ना बेहतर समझता हूँ। मेरे बड़े भैया तो भौजाई पर भी राज नहीं कर सकते, फिर असंख्य प्रजा पर राज करने की बात सोचना एक जबरदस्त मुगालता नहीं तो और क्या है ?" फिर उसने राजकुँअरी की ओर देखकर मुस्कराते हुए कहा, "मेरे मन में जो बात थी, मैंने साफ-साफ बता दी। अब जैसा कहोगी, वही करूँगा। मुझ जैसे बौड़म का वरण तुमने कुछ सोच-विचारकर ही किया होगा। वरना अब तक तो सभी मेरा मखौल उड़ाते रहे हैं। जाने मेरे भीतर तुम्हें क्या नजर आया ?"

"यह मेरी अपनी धरोहर है, किसे भी नहीं बताऊँगी !" उसने बच्चे की नाईं मचलते हुए जवाब दिया, "यह कोई बताने की नहीं, समझने की बात है। रहा राज चलाने का झमेला, तुम्हें उस ओर झाँकने की भी जरूरत नहीं, मैं सब सँभाल लूँगी।"

"फिर मुझे जानने का समय निकाल सकोगी ?" दलित ने तनिक गंभीर सुर में कहा, "यह राज का चक्कर ही ऐसा है कि मेरी बात तो दूर, तुम अपने आप से भी मिल नहीं सकोगी !"

"यह मुझ पर छोड़ो।" उसने छलकती मुस्कान के साथ कहा, "तुम्हें जानने के लिए समय की नहीं, समझ की जरूरत है। वैसी समझ न हो तो सौ बरस साथ रहकर भी तुम्हें समझा नहीं जा सकता। तुम्हारे बड़े भाई दौलत, तुम्हारी भौजाई और गाँव की बस्ती के लिए तो समय ही समय था। वे तुम्हें समझे ? तुम्हें पाना ही दुर्लभ था। उसके बाद राज सँभालना तो निहायत सरल है, जिस बुद्धि से तुम्हें पाया, उसी बुद्धि से राज सँभालूँगी। कभी-कभार राज्य की जिम्मेदारी ओढ़ना, राज्य छोड़ने से भी बड़ी तपस्या है। और तुम्हारी बातों से ही मुझे इस व्रत की प्रेरणा मिली है।" इतना कहकर वह जोर से खिलखिलाकर हँसी कि सभी चकित रह गए। उस अप्रतिम हँसी का प्रतिवाद करना दलित के लिए भी आसान नहीं था।

दूज का चाँद उगते ही राजकुँअरी अपनी इच्छा से दलित की तरह निपट सादा वेश पहनकर चँवरी में आई। फेरे होने वाले ही थे कि लक्ष्मी और भाग्य तकरार करते हुए वहाँ आ धमके। लक्ष्मी कहे, मैं बड़ी और भाग्य कहे, मैं बड़ा।

लक्ष्मी का रंग सोने जैसा और भाग्य का कुंकुम जैसा। तकरार से कोई नतीजा नहीं निकला तो उन्होंने शुरू से आखिर तक सारी बात बताई और कहा, "दलित के बारे में जितनी जानकारी लक्खी बनजारे को है, उतनी किसी को भी

नहीं। हम उसे ही अपना पंच थरपते हैं। हमारा झगड़ा सलटाने के बाद ही फेरे होंगे।"

मानो अंधे के हाथ बटेर लगी हो। लक्खी बनजारा कुछ ऐसे ही अवसर की तलाश में था। दलित की संगति के बाद उसके जीवन की शतरंज ही उलट गई। संजोग से जब यह अचीता मौका हाथ लगा तो वह पलभर की ढील भी नहीं करना चाहता था। संजीदगी से बोला, "ब्याह होने के बाद यह झगड़ा तो आप ही सलट जाएगा। मेरे विचार से न लक्ष्मी बड़ी है, न भाग्य। बड़ी है तो फकत राजकुँअरी। जब तक वह किसी का वरण नहीं करती, तब तक लक्ष्मी और भाग्य की तकरार कायम रहेगी। पर ज्यों ही वह किसी का वरण कर लेती है तो न लक्ष्मी का कुछ वश चलता है और न भाग्य का। न किसी लक्खी बनजारे की चालाकी पार पड़ती है और न किसी दौलत के छल-प्रपंच की दाल गलती है।" उसकी बातों में सबको तन्मय देखकर लक्ष्मी और भाग्य जाने कब चुपचाप खिसक गए, किसी को पता भी नहीं चला। फिर लक्खी बनजारा दलित और राजकुँअरी की ओर मुखातिब होकर बोला, "राज की बागडोर राजकुँअरी सँभाले या आप सँभालें, एक ही बात है। फौज, सिंहासन और खजाना तो अपना असर दिखाते ही हैं। यदि आप उसके नशे से अछूते रहे, तभी आपकी मर्यादा है। मैं बरसों से देश-भर के राज्यों का रंग-ढंग देख रहा हूँ। सभी राजा एक से बढ़कर एक दुराचारी, अन्यायी, हत्यारे, निर्मम और कुलालची हैं। मानो एक ही नागिन के जाये-जन्मे हों। एक राज्य की पुरानी परिपाटी के अनुसार, राजा के मरने पर हथिनी ने तीन बार एक ऋषि को माला पहनाई तो प्रजा और दरबारियों ने उसे ही सिंहासन का उत्तराधिकारी मंजूर कर लिया। कुछ दिन तो उसने संयम बरता, किंतु बाद में सब दुराचारी व नृशंस राजाओं को उसने मात कर दिया। राज-सत्ता का घातक प्रभाव निरीह कबूतर को भी बाज बना देता है। अब जो होगा, सामने आ जाएगा। उसकी पहले चिंता करने में कोई सार नहीं। मगर आपकी संगत का भी मुझ पर कम असर नहीं हुआ। पीढ़ियों से सँभालकर रखी माया का महत्त्व तभी है, जब वह राज के खजाने में जुड़कर लोगों के काम आए। और मैं आपका सेवक बनकर पुराने अकरमों का प्रायश्चित्त करना चाहता हूँ। सच, माया के इस छुटकारे से मैं अपने आप को जितना समृद्ध महसूस कर रहा हूँ, उतना उसके रहते कभी नहीं किया।"

दूरी

डोकरी तो आज हुई है ! पर साठ बरस पहले कुलाँचें भरती नंग-धड़ंग तोंदल छोकरी ब्याह के बाद पहली मर्तबा नया वेश पहनकर ससुराल की अजानी डगर रवाना हुई, तब सचमुच वह आठ बरस की ही थी ! खलूँ-खलूँ खाँसी के मारे आज मरूँ, कल मरूँ की दुविधा में फँसे नाना ने नातिन के हाथ जल्द ही पीले कर दिए। ब्याह के तीन महीने बाद नाना की मृत्यु पर वह ननिहाल गई, फिर तो एक बार भी ससुराल का आसरा नहीं छोड़ा। तब से आरण, ऐरण, धौंकनी, घण, हथौड़ा, संडासी, आग और धुएँ के अलावा उसका न तो कोई संसार था और न कोई ब्रह्मांड ही। दस-बीस गाँवों की आस के इर्द-गिर्द चूँ-चूँ करती गाड़ी और औंधी खटिया ही सुख-सुविधा का एकमात्र साधन थी। ऐरण और घण की चोटों के दौरान कब इतने बरस आँख-मिचौनी खेलते दूर ही दूर खिसक गए, डोकरी को पता ही नहीं चला ! धौंकनी की गर्म हवा और सुलगते अंगारों की आँच में कब पाँच बेटियाँ और एक बेटा पैदा हुआ, कुछ खबर ही नहीं पड़ी ! कब समय के पालने में बच्चे बड़े हुए, कब काम करते-करते भाँवरों में बँध गए, कब निरीह चिड़ियाँ रोते-रोते ससुराल गईं और कब बेटे की बहू रोते-रोते ससुराल आई, कुछ आभास ही नहीं हुआ, जैसे खुली आँखों कोई सपना देख रही हो।

होश सँभालते ही बेटे व उसकी बहू ने तो आरण और धुएँ का संसार कबूल कर लिया और हंजा ने घर-घर फेरी की जिम्मेवारी ओढ़ ली। डलिया में काँटा-कढ़ने कड़ी-सींकले, टीपरियाँ, चिमटे व बच्चों का मन बहलाने के निमित्त लोहे के छोटे रथ भरकर वह गली-गलियारों में गुहार मचाती। घर के मालिक या मालकिन की मरजी के मुताबिक अच्छा-बुरा अनाज हंजा के हाथ लग जाता। वह कभी किसी से हुज्जत नहीं करती थी। या यों कहें कि उसे हुज्जत करना पोसाता ही नहीं था।

आठ बरस की उस अबूझ दुलहन की देह पर आज हंजा-माऊ की यह कैसी छवि अंकित हो गई ? स्याह-पुष्ट सूरत ठौर-ठौर सलवटों की जाली से घिर गई। गर्दन की दाहिनी बाजू एक बड़ी-सी मेद उभर आई। छतिया के नींबू बढ़ते-बढ़ते खाली थैलियो की तरह लटक गए। काले-कजरारे बालों में सर्वत्र सफेद रंग घुल

गया। एक-एक करके सारे दूधिया दाँत झड़ गए। माँ की कोख से छुटकारा पाने के बाद किसी भी टेढ़े-मेढ़े रास्ते से मौत की गोद में पहुँचना है, सो हंजा-माऊ जस-तस करीब पहुँच रही थी।

कल तक तो किसी तरह का कोई झमेला नहीं था, पर आज यह कैसी अचीती गाज गिरी ! दोपहर की चिलचिलाती वेला रोज-मर्रा की तरह छाछ, नमक व मिर्च में दो सोगरे चूरकर उसके बेटे झोला ने भरपेट खाने के उपरांत आरण चालू किया ही था कि पेट में ऐसी दुर्दांत टीस उठी कि वह ऐंठकर लुढ़क पड़ा। हंजा-माऊ ने रामदेव बाबा को सवा-सेर गुड़ की मन्नत बोली, तब भी अड़ोसी-पड़ोसी उसे जबरदस्ती गाड़ी में डालकर अस्पताल ले गए। डॉक्टर अपने भांजे के विवाह में पचास कोस दूर काफी व्यस्त था। कंपाउंडर ने जाँच-पड़ताल करके अपेंडिक्स की आशंका प्रकट की और पींपाड़ के अस्पताल शीघ्र पहुँचाने की मुफ्त सलाह दी।

घबराहट के मारे काँपती हंजा-माऊ को न तो किसे भी टोकने की सुध रही और न एतराज करने की। उसके देखते-देखते गाँव के चंद सयाने-समझदार लोगों ने तड़पते झोला को जबरन रवाना कर दिया। सौ रुपयों की एवज में चंपा कलाल की जीप धर्र-धर्र धुआँ छोड़ने के साथ धूल उड़ाती अदीठ हुई, तब कहीं हंजा-माऊ का होश ठिकाने आया। घुटनों में कँपकँपी फैल गई। झोला की तीमारदारी में बहू और ग्यारह बरस का पोता भी लोगों के कहे-कहे जीप में बैठ गए।...और पीछे रह गई हंजा-माऊ—निपट अकेली। इतनी लंबी-लड़ाक जिंदगी में वह कभी अकेली नहीं रही। और न सपने में भी उसे अकेलेपन का कभी एहसास हुआ। घरवालों के बीच वह हरदम ऐसी आश्वस्त रहती थी मानो सार-सँभाल के वज्र-कुठले में नितांत सुरक्षित हो। उसकी निर्बाध कुशल-क्षेम में कहीं कोई कसर नहीं थी। और आज अकेली होते ही उसके अटूट विश्वास की नींव मानो अतल गहराई में धँस गई। बड़ी मुश्किल से पाँव घसीट-घसीटकर वह अस्पताल से अपने घर पहुँची।

हंजा-माऊ अपने जैसे-तैसे ढर्रे की अभ्यस्त हो चुकी थी, मगर आज तो उसका रोम-रोम विचलित हो उठा। न गाड़ी और आरण के आदिम पड़ाव ठहरा जा सकता है और न अदीठ-ओझल बेटे के पास पहुँचा जा सकता है। बदबूदार धुएँ की काली साँस छोड़ती वह डायन तो देखते-देखते उसके पुत्र को लेकर अंतर्धान हो गई ! न जाने कहाँ, दुनिया के किस कोने में ? इत्ते बरस यह दुनिया कहाँ गायब थी ? कहाँ, कहाँ ? कभी उसकी जरूरत भी तो नहीं पड़ी।

इस डायन का डौल देखते ही हंजा-माऊ का जी मितलाए तो क्या हुआ, एक बार उसे भी साथ बैठने के लिए पूछना तो था ! बेटे की खातिर मौत के कंधे पर

बैठ जाती ! कोख में बिना देखे ही उसे तकलीफ नहीं होने दी तो अब आँखों के सामने उसे क्योंकर छटपटाने देती ? माँ के जिंदा रहते बेटे के पाँव में काँटा भी नहीं चुभना चाहिए ! हंजा-माऊ को ऐसा महसूस हुआ, जैसे गले का थूक कसैला पड़ गया हो। करवा भरकर बोखे मुँह तीन-चार कुल्ले किए, एकाध घूँट पानी निगलने की चेष्टा की, पर एक बूँद भी नीचे नहीं उतरा, मानो गले में कुछ फँस गया हो। इधर देखा। उधर देखा। आँगन, नीम, आरण और उजाला ऐसे उदास-उदास तो कभी नजर नहीं आए !

फड़फड़ाते जी की खातिर हंजा-माऊ एक बार फिर अस्पताल की ओर रवाना हुई। ठक-ठक लाठी ठपकारती कंपाउंडर के सामने खड़ी हुई, तब भी उसने हंजा-माऊ से कुछ बात नहीं की। संज्ञाविहीन माँ उसके पान ठसे गोलमटोल मुँह की तरफ टुकुर-टुकुर ताकती रही, जैसे वह काफी दूर खड़ा हो। कुछ देर बाद गले में फँसे बोल बड़ी मुश्किल से बाहर धकियाते हुए बोली, "बेटा, मेरे झोले को पींपाड़ भेजने से पहले मुझे पूछना तो था ?"

या तो उसे हंजा-माऊ का सवाल ठीक तरह सुनाई नहीं पड़ा या सवाल का मायना उसकी समझ में नहीं आया। मिची-मिची आँखों से उसके जाली-भरे मुँह की तरफ गुमसुम देखता रहा। उसके चेहरे की रंगत से यह पता पड़ना मुश्किल था कि सामने खड़ी बुढ़िया उसी से जवाब-तलब कर रही है ! नजर साँगोपाँग तेज होते हुए भी उसकी सूरत पर अंधे मनुष्य की-सी उदासीनता पुती हुई थी ! अधीर हंजा-माऊ ने फिर जानना चाहा, "बोल, मुझे पूछना था कि नहीं ?"

इस बार पान-ठसा मुँह थोड़ा खुला, "तू खुद पास खड़ी थी। कुछ भी एतराज था तो बोली क्यूँ नहीं ?"

"बेटा, उस समय मुझे कुछ होश होता तो पूछती, पर तुझे तो पूछना था !"

"क्यूँ पूछना था ? बीमारी की बात हम माँ-बाप से अधिक जानते हैं।"

कंपाउंडर के वे बड़-बोल उसे चिनगारियों की तरह चटखते सुनाई पड़े। "तुम्हें ऐसी क्या गरज पड़ी थी ? माँ से ज्यादा गरज धंतर-वेद को भी नहीं होती।"

गँवार बुढ़िया की उस साफगोई ने उसके कानों में झनझनाहट मचा दी। "गरज तो कुछ भी नहीं, पर कुछ फरज मेरा भी था। और तू साथ रहकर भी क्या नौ की तेरह कर लेती ? उलटा रो-धोकर चिल्लाती। कोरे-मोरे चिल्लाने से बीमारी ठीक नहीं होती, समझी ?"

जवाब तो हंजा-माऊ को आरण के सुलगते अंगार जैसा सूझा था, मगर रो-धोकर चिल्लाने की बात सुनते ही उसकी आँखों के सामने धधकती लपटें

कौंध उठीं। बुझे-बुझे स्वर में पूछा, "भले आदमियो ! मेरे झोले की देह पर चीर-फाड़ तो नहीं करोगे ?"

हंजा-माऊ की नादानी पर कंपाउंडर झीना-झीना मुस्कराता हुआ कहने लगा, "वाह री हंजा-माऊ, ऐसी बेतुकी बात तो बच्चा भी नहीं करता। चीर-फाड़ की जरूरत नहीं होती तो उसे पींपाड़ क्यूँ भेजता ? झख मारने ?"

हंजा-माऊ की नादानी पर कंपाउंडर को तो फकत अचरज ही हुआ, पर उसके बेबाक जवाब से हंजा-माऊ की तो जैसे साँस ही उखड़ गई हो। अब तो बहू का सुहाग, पोते का भाग्य और माँ का पुण्य ही काम आएगा। मौत न यहाँ टल सकती है और न वहाँ ! पर यह अदीठ दूरी! यह अदृष्ट दुनिया ! यह बहरा अलगाव और घायल अभरोसा ! मौत का सब्र हो जाता, मगर वहम और दूरी का सब्र नहीं होता। दूरी चाहे दिल की हो, चाहे दुनिया की !

आँखों से ओझल होने की पीड़ा ही उसकी गहरी छटपटाहट थी। न जाने क्या हुआ, क्या होगा ? इस दुश्चिंता की दाझ ही उसके अंतस् में उबल रही थी। काया की कुदरती मौत-माँदगी तो हाथ की बात नहीं, पर विरह-विजोग तो वश की बात है। जैसी चाह, वैसी राह। फिर सामने मौजूद बेटे को दूर क्यों जाने दिया ? अड़सठ साल की अर्जित की हुई समझ भी जब इस विपदा की वेला काम नहीं आई तो वह किस काम की ? आग लगे ऐसी नागडसी समझ को। हंजा-माऊ तो आज मौत से पहले ही मर गई।

मूर्च्छा के जाल में जकड़ी माँ वापस घर की ओर लौटी। पाँव घसीटने के साथ-साथ उसे नीचे की जमीन दूर खिसकती-सी महसूस हुई। बीच की दूरी को लाँघना भारी पड़ गया। बड़ी मुश्किल से अपनी लाश को ढोती-ढोती वापस घर पहुँची। अकेली, निपट अकेली ! फटी-फटी निगाहें पछाड़कर आकाश में तपते सूरज की ओर देखा···शायद कुछ रोशनी नजर आए। इतने बरस तो दिन में उजाला करने के अलावा सूरज की दूसरी कोई जिम्मेवारी नहीं थी। फकत काम करने की सुविधा के लिए बेचारा दिन-भर तपता रहता है। पर आज उसे कुछ ऐसा महसूस हुआ, जैसें आकाश के ओसारे में आग लगी हो।

यों तो उसका बेटा कई बार गाँव-गोठ, न्यात-बिरादरी और मेले-खेलों में दूर-दूर गया था, पर अंतस् की आँखों से ओझल कभी नहीं हुआ। एक दिन के बछड़े को अलग करने पर जिस तरह गाय व्याकुल होती है, उसी प्रकार अड़तीस के अधबूढ़ बेटे की जुदाई से वह तड़प-तड़प उठी। पूरे बरस धमाधम घण कूटने पर भी सौ रुपए बड़ी मुश्किल से जुड़ते हैं, फिर इन बड़भागियों को एकमुश्त सौ

रुपए माँगते लाज-सरम नहीं आई ? कई बार सभी घरवाले भूखे-निरणे ही सोए, पर छूमंतर होने के डर से कलदार रुपए को कभी नहीं भुनाया। बदरंग खाट के नीचे मेंगनी की आँच करके ठिठुरती रात काटना कबूल, पर राली-गुदड़ी के निमित्त कानी-कौड़ी भी बेकार खर्च नहीं की। लेकिन आज तो सौ रुपए भी गँवाए और बेटे का संग-साथ भी छूटा। दवा-दारू और नकदी की दुहाई से मौत को फुसलाया जा सके तो ये ठाकुर-सेठ अपने घरवालों को मरने दें भला ?

आज की रात जैसा काला-स्याह अँधेरा तो कभी नहीं गिरा ! पहले तो अँधेरा भी साफ-साफ दिखता था, पर आज तो आँखें फाड़ने पर भी वह नजर नहीं आता। कहीं आँखों की जोत तो धोखा नहीं दे गई ! दीया जलाने पर मंद-मंद उजाला तो जरूर हुआ, पर उसकी आभा में कहीं झोला नजर आए तो उसका महातम है। झीने-झीने उजाले में इधर-उधर आँखें फाड़ीं। बेटा हो तो दिखे ! उजाला विष-बुझे तीर की नाईं उसकी पुतलियों में खटकने लगा। ओढ़नी के पल्लू से झट दीया बुझा दिया। जहाँ माँ है, वहीं बेटे को होना चाहिए। जहाँ बेटा है, वहीं माँ को होना चाहिए।

चहुँ-तरफ और भी घनघोर अँधेरा ढह पड़ा। झुके हुए पिंजर के भीतर अँधेरा। बाहर अँधेरा। मानो दो सघन पाटों के बीच पिचक गई हो। तीन बरस पहले झोला के बाप ने जब हमेशा के लिए अपनी आँखें मूँद लीं, तब भी ऐसा खूँखार अँधियारा प्रकट नहीं हुआ था। पर आज छिन, घड़ी, दिन, मास और बरस की ठोकरों से लुढ़कती जिंदगी को यह कैसा धक्का लगा कि वह पहले ही झटके में छकड़ी भूल गई। सरपट भागती उस चुड़ैल को ऐसी तेज रफ्तार क्या इसीलिए मिली कि वह इकलौते बेटे को माँ से जुदा कर दे ?

शायद एक ठौर रुकने से न तो आज की रात ढलेगी और न अथाह अँधेरा ही मिटेगा। सपनचारी के उनमान कंधे पर गठरी लटकाए, ठक-ठक ताल के सड़िंदों से अँधेरे को रौंदती हंजा-माऊ बेटे की तलाश में अजानी राह अपने आप चल पड़ी। उसके अमृत-मिलन की आस में एक-एक कदम अँधेरा पार करेगी। तमाम बस्ती के साथ सारे पंछी भी सो रहे थे। किंतु छड़े-बिछड़े गंडक सजग होकर अँधेरे को नोचते हुए भूँकने लगे, सो भूँकते ही रहे।

आज हंजा-माऊ को घरबार एवं बस्ती का खयाल तो बड़ी बात, खुद अपना भी खयाल कहाँ था ! वह अपने ही भीतर कहीं गहरी खो गई थी। या तो भीतर का अदीठ अंतस् उलटकर बाहर आ गया था या बाहर का झुर-झुर पिंजर भीतर सिमट गया था। फिर भी अड़सठ बरसों की उस आधी-अधूरी चेतना की बजाय,

बेहोशी की यह धुंध ज्यादा बेहतर थी।

हंजा-माऊ गाँव के घूरे से उतरी तो ठपकारों की भनक से बरगद का निवास छोड़कर टिव-टिव करते पंछी फड़फड़ाकर इधर-उधर उड़े। शायद ये भी बच्चों की खोज में उड़े हों ! बरगद के नीचे रुककर उसने ऊपर देखा—अनगिनत साँवले पान ही पान। साँवले डाले और साँवली डालियाँ। झूलती हुई साँवली शाखों के जाल। इत्ता भारी-भरकम विशाल बरगद फकत एक ही तने के सहारे खड़ा है ! फर-फर की मीठी फड़फड़ाहट से पान झूम-झूम रहे हैं। केवल एक बीज का यह अजीब चमत्कार ! पान, डालियाँ और तने सहित यह विराट् बिरछ उस छोटे-से बीज में कहाँ छिपा था ? उसने तो अब तक पेड़-पौधों को ध्यानपूर्वक देखा ही कहाँ ? फकत अपनी जरूरतों को पूरा करने के निमित्त ही कुदरत का महातम था।

यकायक उसे साँवले पानों के पार सफेद-सफेद चमक टिमटिमाती नजर आई। काँच के टुकड़ों की तरह ये क्या चमक रहे हैं ? बरगद का घेर-घुमेर दायरा छोड़कर उसने ऊपर देखा—ओह ! ये तो हमेशा वाले ही अनगिन तारे ! अपनी धुन में टिमटिमा रहे हैं। इन्हें अच्छी तरह ध्यान से निहारने की मंगल-वेला ही कहाँ मिली ? फिर तो कमर ही झुक गई। अपनी इच्छा से ऊपर देखे तो बरस बीत गए। इन तारों की कब किसे जरूरत पड़ती है ? लाखों-लाख होते हुए भी धरती पर चिनगारी जितना भी प्रकाश नहीं। खुली आँखों के सामने फकत टिम-टिम चमकते नजर आते हैं। बेचारे सूरदास को तो सूरज भी दिखाई नहीं पड़ता, तब ये तारे क्या खाक दिखते होंगे ? अंधे की जिंदगी भी क्या कोई जिंदगी है ? काल-कोठरी और अंधी कैद ! यदि दुर्योग से वह अंधी होती तो आज बेटे की खोज में कैसे निकल पाती ? हंजा-माऊ को पहली बार आँखों की जोत का गुमान हुआ। अँधियारे के अस्पष्ट धुँधलके में उसके अदीठ अंतस् में एक ऐसी आस फड़फड़ा रही थी कि बस अगले ही छिन बेटे की आवाज सुनाई देगी, 'माँ, मैं आ गया। एकदम भला-चंगा। पर तू कहाँ जा रही है ?'

अगले, हाँ अगले क्षण की अमिट आस लगाए वह निरंतर आगे बढ़ती रही—ठक-ठक लाठी ठपकारती हुई। मगर अँधियारे की घाटी लाँघने पर उजाले की सीमा में पाँव धरते ही उसकी आस चकनाचूर हो गई ! धू-धू सुलगते उजाले ने उसके बेटे को न जाने कहाँ दूर ही दूर छिपा लिया !

हंजा-माऊ के कानों में अचानक मनुष्य के कंठ की भनक पड़ी, "कौन है ?"

उसने चौंककर पीछे देखा।

"अरे, यह तो हंजा-माऊ !"

अब कहीं डोकरी को चेत हुआ कि यह बोली तो उसके बेटे की नहीं है। पर आवाज जानी-पहचानी थी। छकड़ा करीब आते ही साफ पहचान लिया कि ये तो अपने ही गाँव के बाशिंदे—झूमर चौकीदार और भँवरलाल कोठारी। गर्दन ऊँची करके अधीर स्वर में पूछा, "मेरे झोले को कहीं देखा ?"

झूमर ने छकड़ा रोककर कहा, "सुना कि कल दोपहर को वह जीप में बैठकर पींपाड़ गया। कंपोडर ने हील (अपेंडिक्स) का उठाव बताया। बीमारी के कारण जीप में बैठने का मजा तो लिया, वरना बेचारे की किस्मत में ऐसा संजोग कब जुड़ता ?"

हंजा-माऊ की खोपड़ी पर जैसे घण का अचीता प्रहार हुआ हो। मुए बावरी को झाड़ने की इच्छा तो बहुत हुई, पर जीभ ही नहीं उथली। लेकिन बोहरे की जीभ के लिए तो ऐसी कोई रुकावट थी नहीं। वह अपने लंबे, पीले खीसें निपोरता अदेर कहने लगा, "हील का उठाव हो चाहे बादी का, सौ रुपयों का जूत लगना था, वह लग गया। हंजा-माऊ, तू ही बता, ये सौ रुपए कर्ज के पेटे जमा होते तो बोझ कम होता कि नहीं ? जीप के मजे की खातिर बेकार रुपए खोने में कोई एतराज नहीं, मगर मैं जब भी तकाजा करूँ, रोना-रींकना चालू।"

किसकी आस सँजोए थी और किससे साबका पड़ा ? हंजा-माऊ को लगा, जैसे दहकते आरण पर लुढ़क पड़ी हो। हारी-थकी आवाज में धीमे से बोली, "तुम्हें भी देंगे सेठजी, दूध में खँगालकर देंगे। थोड़ा धीरज रखो।"

"पानी में खँगालकर दो, मुझे कोई उजर नहीं, पर दो तो सही। एक बार उधार देने के बाद मुझे तो मन मारकर धीरज रखना ही है।"

हंजा-माऊ के दाँत जैसे अभी-अभी गिरे हों। जवाब देते समय मसूड़ों में टीस उठी। "सेठजी, घण तो खूब ही घमकाते हैं, फिर भी जुगाड़ जमता नहीं।"

बोहरे ने पवित्र गुर का मायना समझाते हुए कहा, "नीयत बोदी हो तो लक्ष्मी का जुगाड़ कभी नहीं जमता।"

किसी अदीठ चरखी में फँसी हंजा-माऊ बड़ी कठिनाई से बोली, "झोला अचानक बीमार नहीं पड़ता तो नाहक सौ रुपयों की चपत क्यूँ लगती ?"

असामी को तंग करने का हिंसक आनंद भी वसूली के संतोष से कम नहीं होता। बोहरा यह स्वाद कब चूकने वाला था ! "झोला तो कल बीमार पड़ा और मैं जब भी तकाजा करता हूँ, इस कान से सुनकर उस कान से निकाल देते हो। बस, तुम लोगों को तो कोई न कोई बहाना चाहिए। कल पोते की बीमारी का बहाना तैयार। तुम्हारे लच्छन मुझसे क्या छिपे हैं ?"

हंजा-माऊ के रोम-रोम में सिहरन फैल गई। बोहरे का जोर जमराज से बढ़कर होता है। किसी अदीठ सँड़ासी की पकड़ से जीभ छुड़ाते बोली, "सेठ जी, लच्छन बखाने जैसा काम तो भूल-चूक से भी नहीं किया, उसी का तो रोना है।"

"तभी तो तेरे विश्वास पर मैंने कलदार तीन सौ रुपए गिने। तू बेटे के नाम पर भले ही फूली न समाए, पर मैं तो पाजी झोले के धेले-भर भी कदर नहीं करता। खैर, रास्ते में मिल गई तो बात छेड़ दी, वरना मुझे फुरसत ही कब मिलती है ? पर तू जा कहाँ रही है ?"

गुस्सा तो ऐसा आया कि हाथ की लाठी से बोहरे की बत्तीसी तोड़-ताड़कर जीभ चिगद डाले, पर असामी की जड़ का बूता ही कितना ! राजा के हाथी को मरियल पाड़े के सामने पूँछ दबाकर भागना पड़ा था। जहर का घूँट घुटकते हुए बोली, "दुनिया-भर का हिसाब जानते हो, यह भी बताना पड़ेगा कि बेटे से मिलने पींपाड़ जा रही हूँ।"

"तो बैठ छकड़े पर। पींपाड़ के पास छोड़ दूँगा। सौ रुपए जीप वाले को दिए तो मुझे पाँच से कम क्या देगी ?"

डोकरी भीतर ही भीतर अध-कुचले साँप की तरह बिफरी हुई थी। झटके से मुड़कर आगे कदम बढ़ाते हुए बोली, "ना, तुम जाओ। मैं तो पाँव-पैदल ही भली।"

गरीब मरियल बुढ़िया के मुँह से इस कदर साफ-सफ्फाक मनाही सुनने को सेठ के कान बिलकुल आदी नहीं थे। कानों में झनझनाहट मच गई। मुँह मसोसकर कहने लगा, "तुम गाडूलियों के वश की बात हो तो मसान भी पैदल जाओ। ऐसी मूजी और गलीज जात मैंने नहीं देखी। हँगकर पीछे देखते हैं।"

मसान का नाम सुनते ही डोकरी के कानों में जैसे सुरंग छूटी। कलेजे में आरण सुलग उठा। फिर भी ठंडे सुर में बोली, "थूको अपने मुँह से। राजा करण की वेला ये क्या मुए-आखर उगल रहे हो ?"

"सच्ची बात कहने पर माँ भी नाराज होती है। थोथी हेकड़ी में कुछ नहीं धरा। खुर रगड़ते कब पींपाड़ पहुँचेगी ? बेटे से जल्दी मिलना चाहे तो बोहरे की शरण झेल ! चल, पाँच रुपए मत देना। मैंने तो मसखरी की और तू बुरा मान गई !"

गरीबी निहायत मजबूर होती है। बीमार बेटे से जल्द मिलने की खुशी में उसने आगे कोई आनाकानी नहीं की। चुपचाप मन मारकर छकड़े पर बैठ गई, मानो चिता पर बैठी हो।

उस दिन···हाँ, उस दिन भी गाड़ी पर ससुराल आई थी। छाती तक लंबा घूँघट निकाले। बाल-बनड़ी। कित्ता···कित्ता समय गुजर गया, जैसे कोई जंजाल

आया हो ! आरण की आँच में उफनता जोबन बुझ गया ! लोहे की छोटी-मोटी चीजों को घड़ने में ही कंचन-काया माटी में मिला दी। धार देते-देते ही समूचा जोबन भोथरा पड़ गया। उफ ! अब वे दिन वापस क्योंकर पकड़ में आएँ ?

डोकरी के जर्जर खयालों से बैलों का वास्ता ही क्या था ? वे तो अपनी चाल से चल रहे थे। जुता हुआ छकड़ा उसी रफ्तार से गुड़क रहा था। आखिर गुड़कते-गुड़कते बोहरे की मंजिल पास आई। पींपाड़ से कोस-भर पहले उसे नीचे उतार दिया। मालियों के कुएँ पर खरीदा हुआ जीरा भरने के लिए छकड़ा दाहिनी तरफ मुड़ गया और हंजा-माऊ कंधे पर गठरी लटकाए पींपाड़ की राह आगे बढ़ने लगी। डोकरी तो आज हुई है ! समय कब किसकी प्रतीक्षा करता है ?

चार-पाँचेक स्कूली छोकरे हाथ में बस्ता लिए उधर ही आ रहे थे कि सहसा उनके कानों में ठक-ठक की ठपकार सुनाई पड़ी। एक कुड़ी-मुड़ी बुढ़िया हाथ में लाठी थामे सामने ही आती दिखाई दी। वह कुछ पूछताछ करे, उसके पहले ही एक चंचल बालक ने मजाक करते हुए कहा, "माऊ, मसान तो उधर है, तू इधर कहाँ जा रही है ? रास्ता तो नहीं भूल गई ?"

सभी बच्चे एक साथ ठहाका मारकर हँसे। हँसने की बात पर बच्चों को खुलकर हँसी आ जाती है। सयानों की तरह वे उसे रोक नहीं पाते।

किसी एक विद्यार्थी की नजर गले की गाँठ पर पड़ी तो वह जोश के साथ बोला, "माई, तेरे गले से चिपकी हुई यह गेंद हमें इनायत कर दे। खेलते-खेलते घर जल्दी पहुँच जाएँगे। यह गेंद अब तेरे किस काम की ? हमारी तरह खेलने की इच्छा हो तो रख ले।"

हरदम 'हंजा-माऊ, हंजा-माऊ' की सुहाती टेर सुनने वाले अभ्यस्त कानों को यकायक भरोसा नहीं हुआ कि मनुष्य के जाये-जन्मे बच्चों की यह बोली है ! उसे नहीं पहचानने वाली यह दुनिया अब तक कहाँ छिपी थी ? अजाने गंडक परस्पर भौंकते जरूर हैं, पर ऐसी बेहूदी मजाक नहीं करते। मनुष्यों की इस बस्ती का यह कैसा माहौल है ? वह सबको पहचानती है और उसे सब पहचानते हैं, इतने बरस यही तो विश्वास था। इस विश्वास को भ्रम मानने की बजाय मरना बेहतर है। मुँह पर बैठी मक्खी के उनमान एक ही झपाटे में उसने इस भ्रम को उड़ा दिया। पर मक्खी भी वापस बैठे बगैर कहाँ मानती है ? उसकी जिद का भी कोई जवाब नहीं।

थर-थर काँपती लाठी के सहारे वह जस-तस आगे बढ़ी। मानो दुहरी कमर पर अचीता बोझ ढह पड़ा हो। उसी दुर्गम रास्ते पर चार-पाँचेक बच्चे और मिले।

वे कुछ मजाक करें, उसके पहले ही डोकरी ने सावधानी बरती। पूछा, "तुमने मेरे झोले को कहीं देखा है ?"

एकबारगी तो सभी बच्चे यह अचीता सवाल सुनकर भौचक्के रह गए, पर बुढ़िया का हुलिया देखकर एक साथ हामी भरी, "हाँ, देखा क्यों नहीं, थोड़ी देर पहले ही तो मिला था।"

एक ही काया में जैसे दूसरा प्राण मचल उठा हो ! अमृत-सनी वाणी में पूछा, "कहाँ, अस्पताल में ?"

"हाँ।"

"कैसा है ?"

"बिलकुल ठीक है।"

बेहद अचरज की बात कि अचीते संकट को ठेलकर वह अथाह आनंद बुढ़िया की जर्जर देह में समाया तो समाया ही कैसे ? आशीष देते हुए कहने लगी, "जुग-जुग जीओ मेरे लाड़लो, तुम्हारा राम भला करे। अब एक पल भी धीरज नहीं रख सकती, जल्दी अस्पताल का रास्ता बताओ। तुम सबको अभी टीपरी, चींपिया, कुड़ची और काँटा-कढ़ना दूँगी। तुमने मेरे बेटे के शुभ-समाचार सुनाए।"

अस्पताल की राह जानने के बाद हंजा-माऊ अतिरेक उछाह से गठरी खोलते बोली, "मेरे सयाने लाड़लो, जो इच्छा हो, आधी चीजें उठा लो। आधी झोला की सेवा करने वालों को सफाखाने में दूँगी। क्यूँ, ठीक है न ?"

"उसकी सेवा तो हमने की है। सबने मिलकर की है।" यह अतिरिक्त शुभ-समाचार सुनाने के उपरांत सभी बच्चे हड़बड़ी में गठरी पर टूट पड़े। और एक-एक करके सारी चीजें झपट लीं। गठरी का मैला कपड़ा नादान बुढ़िया के कंधे पर डालकर, जिधर उन्हें जाना था, उधर ही सरपट भागे।

मृग-छौनों के समान दौड़ते-फाँदते बच्चों की तरफ वह एकटक देखती रही, मानो उसका बाल्य-रूप भी उनके साथ हुल्लड़ मचाता दौड़ रहा हो। यह उम्र ही ऐसी है ! अभी धींगा-मस्ती नहीं करेंगे तो कब करेंगे ? डोकरी की थकी-पुरानी हड्डियों में थोड़ा जोश मचला। आशा और उछाह से प्रेरित होकर वह वापस मुड़ी और तेज कदमों से जल्दी-जल्दी फासला तय करने लगी। आजू-बाजू और सामने पक्के घर ही घर। जिधर नजर जाए, उधर मनुष्य ही मनुष्य ! अजाने और अपरिचित।...और पींपाड़ के चंद लोगों को यह पता चला कि आज एक अजनबी बुढ़िया न जाने क्या सोचकर ठक-ठक लाठी ठपकारती उनकी बस्ती में अचीती प्रकट हुई। जैसे मौत से रूठकर आई हो ! दुहरी कमर। गले पर बड़ी गाँठ। अदंत

मुँह।

अस्पताल से बाहर निकलती एक औरत को उसने भिड़ते ही पूछा, "झोला कैसा है ?"

"कौन झोला ?"

"मेरा बेटा···मेरा बेटा ! कल दुपहर को रोटी खाते ऐसा छटपटाया कि यहाँ भेजना पड़ा। सौ रुपए···पूरे सौ रुपए मोटर-भाड़े के दिए। सच्ची··· ।"

पर हंजा-माऊ के सच-झूठ से किसी का क्या सरोकार था ? वह औरत उपेक्षा से मुँह बिगाड़कर बोली, "मुझे कुछ पता नहीं, भीतर नरस-बाई से पूछ।"

तब वह लाठी ठपकारती नरस-बाई के पास आई। नरस तो वाकई सरस थी। बगुले की नाईं सफेद-बुर्राक वेश। साँवली पसम। डोकरी ने अपना बोखा मुँह उठाकर पूछा, "मेरा बेटा भला-चंगा तो है ?"

मुस्कराहट को दबाने की अकारथ चेष्टा करती नर्स ने वापस सवाल किया, "किसका बेटा ? कैसा बेटा ? यहाँ तो कई बेटे-पोते आते हैं।"

"मेरे तो एक ही बेटा है···झोला···झोला ! कल उसके पेट में ऐसी टीस उठी कि गाँव के लोगों ने जीप में डालकर यहाँ भेजा। पूरे सौ···सौ रुपए भाड़े के दिए। और मैं उसे देखने ठेठ गाँव से पींपाड़ आई। बस्ती के बाहर ही उसकी सेवा-टहल करने वाले बच्चे मुझे रास्ते में मिले। गठरी खोलते ही उन्होंने सारी चीजें झड़प लीं—कुड़ची, झर, काँटा-कढ़ने, चींपिया और मिरिया। पीछे फकत यह चिथड़ा छोड़ा। बच्चे जो ठहरे !" यह आपबीती सुनाकर कंधे पर लटकते कपड़े को नर्स के सामने करती आगे कहने लगी, "पर सोच-फिकर करने की बिलकुल जरूरत नहीं। झोला के ठीक होते ही तुम्हें ऐसा बढ़िया काँटा-कढ़ना, चिमटा··· ।"

"काँटा-कढ़ना ?" नर्स ने अचरज से पूछा, "मैं काँटे-कढ़ने का क्या करूँगी ?"

"क्या करोगी ?" वह अदंत मुस्कान छितराते हुए बोली, "मेरे काँटा-कढ़ने सारे इलाके में मशहूर हैं। कैसा भी गहरा काँटा हो, छिन-पलक में बाहर ! तुम देखती रह जाओगी !"

न नर्स की हँसी रुकी और न पास खड़ी औरतों की। पर इसमें हँसने की क्या बात ? उसने कोई झूठी तारीफ तो की नहीं। चाहे जिससे पूछ लें। फिर भी डोकरी को अटपटापन महसूस हुआ। थोड़ी देर अबोली खड़ी रही। किंतु बेटे के कुशल-क्षेम की जानकारी बिना तो साँस तक लेनी भी दूभर हो जाएगी। दुविधा-संकोच को एक तरफ झटककर मुद्दे की बात पूछी, "मेरा झोला तो ठीक है न ?"

सुई भरते-भरते ही नर्स मुस्कराकर धीरे से बोली, "कल बोरुंदा से आया, वही लुहार न ?"

"हाँ-हाँ, वही ! मेरा बेटा ही तो है–झोला···झोला। कैसा है–एकदम ठीक···?"

"डॉक्टर साहब टूर पर थे। जोधपुर भेजना पड़ा।"

चिड़िया के असहाय बच्चे की नाईं उसका दंतहीन फुँह फटा का फटा रह गया। लेकिन मौत भी शायद मुखर होती है ! जड़ता के बावजूद उसकी अपनी चेतना है ! अंतस् का लावा होंठों से फूट पड़ा, "यहाँ नहीं है वो···? बच्चे तो कह रहे थे···!"

"और मैं झूठ बोल रही हूँ ?"

"तुम क्यूँ झूठ बोलोगी ? वो···वो कोई दूसरा लुहार होगा। हम तो गाडूलिए लुहार हैं···गाडूलिए। मेरे बेटे का नाम है···झोला···झोला ! पाँच बहनों का एक ही भाई है। और मेरा नाम है–हंजा-माऊ।"

"हाँ-हाँ, वही ! कितनी बार कहने से समझेगी। माँ के नाम से हमें कोई मतलब नहीं।"

"पर वे बच्चे तो कह रहे थे कि··· ।"

"मैं कहूँ सो बात सच्ची या बच्चों की बात सच्ची। भगवान् बचाए···!"

नर्स अभी पूर्णतया मुँह-फट नहीं हुई थी। अस्पताल की नौकरी करते यह दूसरा ही साल लगा था। गँवार, मूर्ख, जाहिल या इनसे मिलता-जुलता कोई शब्द काम में लेना चाहती थी। पर न जाने क्या सोचकर बीच में रुक गई। मगर हंजा-माऊ तो वाकई गँवार थी। नर्स के चेहरे पर उभरे स्पष्ट भाव से भी वह कुछ नहीं समझी। उलटे उसके मुँह से छूटी अधूरी बात का समर्थन करते हुए बोली, "हाँ बाई जी, भगवान् तो सबको बचाता है। लेकिन गरीबों पर उसकी खास मेहर-मया रहती है, वरना उन्हें कौन बचाए ?"

"इसीलिए तो कहती हूँ कि बेटे से मिलना चाहे तो झटपट जोधपुर चली जा !"

जैसे नींद में सोती हुई का सपना झपटकर कोई चील अलंघ्य आकाश में उड़ गई हो ! कैसी अचीती विपद के भँवरजाल में फँसी ! कड़कती बिजली पड़े धुआँ उगलती इस डायन पर ! अगन-देवता इन सबको लील क्यों नहीं जाता ?

दो पाँव और लाठी के सहारे उसकी लाश जैसे-तैसे स्टेशन पहुँची। चारों तरफ मनुष्यों की भीड़। अपने अलावा किसे भी एक-दूजे की परवाह नहीं थी। फिर भी ठकाठक लाठी ठपकारती बुढ़िया का अजीबोगरीब डौल देखकर हवा में

एक फुसफुसाहट फैली। देखने वाली सभी आँखों में विस्मय तथा ठिठोलीयुक्त ऐसा तिरस्कार उमड़ रहा था, मानो इससे पहले इनसान का बुढ़ापा देखा ही न हो। या उसका निरुपाय बुढ़ापा टोहकर उन आँखों को पहली बार यह इल्म हुआ कि देर-सवेर एक दिन सभी का हुलिया ऐसा ही बिगड़ना है। उन्हें भीतर ही भीतर अपार ग्लानि की अनुभूति हुई।

इस बार हंजा-माऊ ने किसी से कुछ भी नहीं पूछा। पास खड़ी एक औरत की गोद में दूध पीते बच्चे की ओर वह एकटक देखने लगी, सो देखती ही रही। क्या सचमुच उसने भी किसी दिन इसी तरह अपनी माँ की छाती से दूध पीया था ? पुख्ता निर्णय नहीं कर सकी। किसी एक समय की असंदिग्ध सच्चाई देखते-देखते किस कदर मिथ्या साबित हो गई ! तो क्या बुढ़िया के रूप में ही वह पैदा हुई थी ? सलवटों की जाली से घिरी दंतहीन सूरत। दुहरी कमर। सफेद बाल। हो सकता है, किसी माँ की कोख से वह पैदा ही नहीं हुई हो। इसी रूप में शायद अँधेरे में ऊपर से टपक पड़ी हो। ना-ना, यह तो समय के विचित्र टोटके ने उसके साथ क्रूर खिलवाड़ किया है ! हाँ, सभी बच्चों की तरह माँ के पेट से उसका भी एक दिन जन्म हुआ था। डोकरी तो आज हुई है ! उभरती, चढ़ती, उफनती जवानी के कई बरस उपरांत। यदि किसी चमत्कारी देवता के वरदान-स्वरूप यह प्रपंची समय उलटे पाँव वापस लौटे तो एक बार गुमशुदा जवानी को अपनी आँखों से जी-भरकर निहार ले। आखिरी जुहार तो कर ले ! ज्यादा नहीं तो कम से कम दो बार बचपन और तीन बार जवानी आनी चाहिए। एक बार तो गफलत हो ही जाती है।

बच्चे के मुँह में स्तन की जगह मानो चाँद ही समा गया हो। उस अपूर्व नजारे में खोई हंजा-माऊ सब कुछ बिसर गई थी। अपने बच्चों का जन्म और उन्हें दूध पिलाना तो दूर की बात, अपने इकलौते बेटे का असह्य बिछोह और उसकी बीमारी तक उसे याद नहीं रही। अतीत, वर्तमान और भविष्य, ये तीनों ही काल एक-दूसरे में गड्ड-मड्ड हो गए थे।...सहसा दूध पिलाती माँ की नजर बुढ़िया की भीगी आँखों से टकराई तो उसकी घिन व आशंका की सीमा नहीं रही। अदेर अपने बाल-गोपाल के मुँह पर सुरंगी ओढ़नी का पल्लू डाला और पीठ फेरकर खड़ी हो गई। और उसी क्षण हंजा-माऊ का सुध-बुध बिसरा बुढ़ापा मानो बिजली की चपेट में आ गया हो। मौत भी ऐसी निर्मम नहीं होती। उसके कलेजे में कोई जलती हलवाणी आरपार हो गई हो। क्या आज उसका हुलिया इस कदर डरावना हो गया कि बुरी नजर की आशंका से घबराकर कोई माँ ऐसी सतर्कता बरते ?

समय के साथ ऐसा हुलिया तो होना ही था। संसार में वही तो पहली बार बुढ़िया नहीं हुई। फिर भी उस अप्रत्याशित चपेट से उबरने में उसे थोड़ा समय लगा। बिगड़ी बात को सँवारने की नीयत से पूछा, "बिटिया, जोधपुर कौन-सी मोटर जाएगी ?"

मगर बात तो बिगड़ती ही गई। "मुझे क्या पता, जो जाने, उससे पूछ।" इस झिड़की के साथ ही वह एक-एक कदम भरती दूर खिसकती चली गई। न जाने कहीं रुकेगी या नहीं ?

बुढ़िया की आँखों के सामने घुप्प अँधेरा छा गया। चेतना के परे ही उसके मुँह से बरबस वैसा ही सघन प्रश्न फूटा, "कौन जानता है, यह तो बता ?"

मनुष्य की दुनिया जानकारियों से अटी पड़ी है। उसके पास ही खड़ा ठेले वाला सब जानता था कि कौन-सी मोटर कब रवाना होती है ? दूसरे से पूछे गए सवाल का जवाब देने में क्या बुराई है ? हाथ का इशारा करते हुए बोला, "जोधपुर तो यह मोटर जाएगी। पर तुझे वहाँ बेकार भटकने की जरूरत क्या है ? यहाँ के मुरदे तो यहीं जलते हैं।" फिर सड़े हुए केले को ऊपर उठाकर परिहास करते हाँक लगाई, "रुपए के आठ, रुपए के आठ !"

राम जाने वह किस राकसपुरी में आ टपकी ! जमीन पर खड़े रहना उसके लिए असंभव हो गया। आखिर जोधपुर वाली मोटर में चढ़ने से ही उसकी धड़कन कुछ कम हुई। पास खड़ी अधबूढ़ औरत से इच्छा न होते हुए भी पूछ लिया, "तुम कहाँ जाओगी ?"

"जोधपुर।"

"तुम्हारा बेटा भी बीमार है क्या ?"

"कल-जीभी, थूक तेरे मुँह से। मेरा बेटा क्यूँ बीमार होने लगा ? मौत की देहरी पर आई और बोलने का भी होश नहीं तुझे।"

हंजा-माऊ के काटो तो खून नहीं। माफी माँगते हुए बोली, "बड़भागिन, नाराज मत हो। हजारी उम्र हो तेरे बेटे की। मेरा बेटा बीमार है, इसलिए नागडसी जबान काबू में नहीं रही।"

"तेरा बेटा बीमार है तो क्या सबके बेटे बीमार होंगे, यह कैसा बेहूदा हिसाब है !" पास की सीट पर बैठे बनिए से जरा भी सब्र नहीं हुआ तो उसने मिरची-बड़ा खाते-खाते कटाक्ष किया।

"खामखाह सीट खाली पड़ी और तू तकलीफ पा रही है। हमें अच्छा नहीं लगता।" मूँगफली छीलते-छीलते एक सोनार ने नेक सलाह दी, "दही की तरह जम

जा ! कोई लाट साहब भी कहे तो उठना मत।"

ड्राइवर वाली सीट की ओर इशारा करते हुए उसने बार-बार आग्रह किया तो हाथ की लाठी एक कोने में रखकर वह बेखटके उस सीट पर बैठ गई। फिर पीछे मुड़कर एहसान दरसाते हुए कहने लगी, "बेटा, तेरा राम भला करे। खड़े-खड़े कमर टूटने लगी थी। दुनिया में भले आदमियों की कोई कमी थोड़े ही है। जीते रहो बेटा, जीते रहो।"

मोटर में एक साथ कई यात्रियों का ठहाका गूँजा। एकाध तालियों की आवाज भी सुनाई पड़ी। ऐसे विरल मनोरंजन का संजोग बड़े भाग्य से हाथ लगता है। पीछे बैठे मुसाफिरों ने खड़े होकर तमाशा देखा और बेइंतहा खुश हुए। देरी की सारी झुँझलाहट मिट गई, जैसे बच्चे का मन बहलाने के लिए कोई झुनझुना मिल गया हो। क्या जवान, क्या बूढ़े, सभी यात्रियों का बच्चों के रूप में कायाकल्प हो गया।

मोटर में निरंतर भीड़ जुड़ती जा रही थी। जो भी आता उसे अभिज्ञ लोग हाथ का इशारा करके बुढ़िया की नादानी का नमूना बताते। किसी ने कुछ फबती कसी, किसी ने कुछ ताना मारा, मगर हंजा-माऊ तो नितांत अपनी ही उधेड़बुन में उलझी थी।...अब तो जोधपुर पहुँचने-भर की देर है। झोला को सीधे गाँव लाएगी। जो आफत पड़ी, वही बहुत है। यदि उस समय अबोली नहीं रहती तो यह परेशानी क्यूँ बढ़ती ? अस्पताल और डॉक्टरों से भगवान् बचाए। हत्यारी मौत की क्या बिसात कि माँ के रहते बेटे को ले जाए ! खुद के मरने पर भी नहीं ले जाने देगी। फिर आज तो वह जीवित है !

चाय-पानी और बीड़ी से फारिग होकर ड्राइवर ने फाटक खोला। उसकी सीट पर यह मरियल-सी बुढ़िया कौन बैठी है ? फाटक की खड़खड़ाहट सुनकर वह भी चौंकी। मुँह फेरकर उधर देखा। बड़ी-बड़ी गलमूँछों वाला एक भीमकाय मानुस फाटक पकड़े उसे ही घूर रहा है। गोल मुँह। मोटी आँखें। मटिया वरदी।

सूरत रोबीली होते हुए भी ड्राइवर सीधा-सयाना था। बेचारी हैरान होकर थोड़ी देर सुस्ताने बैठी तो कोई हर्ज नहीं। सीट का क्या बिगड़ता है। इस निरीह बुढ़िया में तो उसकी जाँघ जितना भी वजन नहीं है। फाटक पकड़कर ऊपर चढ़ा तो अगल-बगल के यात्री हँसे। उनकी देखादेख दूसरे लोग भी हँसे। ड्राइवर के आने पर थमे हुए हँसी-ठट्ठे में फिर से बहार आ गई। एक मुसाफिर ने कहा, "ड्राइवर मोशाय, आपकी तो अब जरूरत ही नहीं है। जैसे आए वैसे ही लौट जाओ। बुढ़िया सबको ठिकाने लगा देगी !"

"मेरा तो अभी गौना ही नहीं हुआ ! आप सब लोग ठिकाने पहुँचें, मैं तो यहीं उतर जाता हूँ।" चुँदड़ी का गोल साफा बाँधे एक युवक ने चुटकी ली।

"पर मेरी तो सगाई भी नहीं हुई। आप कहें, वैसा करूँ। बुजुर्गों का आदेश सिर-आँखों पर।" लंबे बालों वाले एक पढ़े-लिखे छैले ने विनम्रतापूर्वक कहा।

जिसने भी सुना, वह खुलकर हँसा। ड्राइवर का बुलंद ठहाका भी सुनने काबिल था, मानो सीने में छोटा-बड़ा कोई बवंडर उठा हो। गलमूँछों की स्याह छवि से दाँतों की धवल हँसी दूनी खूबसूरत लगी। उसने हँसते-हँसते अनुनय के स्वर में कहा, "माँजी, जितनी देर आराम किया, वही काफी है। अब तो बंदे की सीट खाली करो। मैं आ गया हूँ।

हंजा-माऊ ने दृढ़ निश्चय कर लिया कि अब किसी के बहकावे में हरगिज नहीं आएगी। ड्राइवर की मटिया वरदी की रंचमात्र भी परवाह न करके बोली, "तू आया तो ठीक ही आया। आखिर मुझे यह सीट तो छोड़नी ही है, पर अभी नहीं छोड़ूँगी। ठेठ जोधपुर पहुँचने पर छोड़ूँगी। मुझे गाड़ी का फेर चढ़ता है। बेकार तंग मत कर।"

"खड़ी बस में फेर चढ़ने की बात आज तेरे मुँह से ही सुनी।" गलमूँछों पर चमकते कड़े वाला हाथ फेरते ड्राइवर ने मंद-मंद मुस्कराते कहा।

"बेटा, मुझे तो कलमुँही मोटर का नाम सुनते ही फेर चढ़ता है। अपने-अपने जी की तासीर ! लेकिन सारी मोटर में तंग करने के लिए मैं ही मिली तुझे ? मेरी लाचारी और बुढ़ापे का कुछ तो खयाल कर !"

रुपए लुटाने पर भी ऐसा तमाशा कहाँ संभव है ? देरी हो तो हो। कौन-सा मुहूर्त टल रहा है ! हँसी-ठट्ठा करते मुसाफिरों को ही जब उतावली नहीं है तो ड्राइवर क्यूँ जल्दबाजी मचाए ? गाड़ी चलाते सत्रह साल हो गए, पर ऐसा तमाशा नहीं देखा। बुढ़िया को समझाने की चेष्टा करते हुए कहने लगा, "बुढ़ापे का खयाल तो रखना ही पड़ेगा। हिंदुस्तान की तहजीब का तकाजा भी यही है। पर माँजी, यह तो ड्राइवर की सीट है, खाली किए बिना मोटर चालू नहीं होगी।"

अब तो वह टस से मस होने वाली नहीं है। लिहाज रखने से पार नहीं पड़ेगा। इन मसखरे लोगों का क्या भरोसा ! उन नालायक छोकरों पर विश्वास किया तो सारी चीजें गँवा बैठी। कितना पसीना बहाया था उन्हें घड़ने में। अंदर मसूड़ों में एक टीस उठी। "तेरा मन सीधा हो तो कहीं बैठकर मोटर चला ले। क्या तू बैलगाड़ी के सागड़ी से भी गया-गुजरा है ? जरूरत पड़े तो वह किसी भी जगह बैठकर गाड़ी हाँक सकता है। मुझे छेड़ने से तुझे क्या मिलेगा ? चुपचाप गाड़ी

चलाए सो बात कर। मेरा बेटा जोधपुर अस्पताल में है। हुज्जत करने से और भी देर हो जाएगी।"

"पर यह सीट नहीं छोड़ने से तो कभी पहुँच ही नहीं सकेगी !"

तमाशबीन कंडक्टर भी टिकटों की जाँच छोड़कर पास आ गया था। बुढ़िया की तरफ हाथ बढ़ाते हुए बोला, "टिकट, अपना टिकट तो बता माई !"

उसे कुछ समझ नहीं पड़ा कि हाथ फैलाकर यह शख्स क्या माँग रहा है ? पर शेष यात्रियों के लिए सोने पे सुहागा जैसी बात हुई। कंडक्टर ने जोर देकर फिर वही तकाजा किया। तब एक अबोध बच्चे की तरह वह अचरज दरसाते हुए बोली, "टिकट ! टिकट फिर कैसा ?"

"शाबाश माई, शाबाश ! तू तो वाकई मंत्री बनने के काबिल है। टिकट ही नहीं लिया और ड्राइवर की सीट पर जम गई।"

"भला मंत्री को टिकट की क्या जरूरत !" बनिए ने हाथोहाथ खुलासा किया।

मोटर के किसी मुसाफिर को आज दिन तक ऐसा आनंद नहीं आया होगा। कितने खुशकिस्मत हैं इस बस के यात्री ! कुरते की चाल पर से मूँगफली के छिलके झटकता सोनार गँवार बुढ़िया की पैरवी करते हुए कहने लगा, "माँजी, किसी की घुड़की से यह सीट मत छोड़ना। चतुर ड्राइवर हो तो छत पर बैठकर मोटर चला ले। असली ड्राइवर की यही तो पहचान है !"

डोकरी के मतलब की बात थी। खुशी के लहजे में चहकी, "सब जानती हूँ बेटा, मुझे क्या पाटी पढ़ा रहा है ? मैंने नमक खाया उत्ता, तूने आटा भी नहीं खाया।"

"तभी तो तेरे सिवा कोई दूसरा ड्राइवर की जगह नहीं बैठा।" इंजन के पास वाली सीट पर बैठे एक मुसाफिर ने मिलती मारी।

एक रात और कुछ ही घंटों में हंजा-माऊ ने पूरी शताब्दी की पीड़ा का अनुभव कर लिया। ऐसा विरल अनुभव जो समय व शिक्षा का मोहताज नहीं होता। तुरंत जवाब दिया, "मैं अपनी मरजी से थोड़े ही बैठी। एक भले आदमी ने बार-बार कहा तो मुझे बैठना पड़ा। दूसरी ठौर खाली ही कहाँ थी, जिस पर बैठती, तू ही बता ?"

"मैंने पानी नहीं पीया, उत्ता तूने घी खाया। घी खाने से ही अकल आती है।" मौका मिलने पर सोनार कब चूकने वाला था।

हर तरफ से हँसी का फव्वारा छूटा। मनुष्य के गले में इससे ज्यादा हँसी की

गुंजाइश भी नहीं होती।···पर कित्ते ही जोर से हँसो, चाहे रोवो, हंजा-माऊ अब किसी के झाँसे में नहीं आएगी। हँसी की बाढ़ थमने पर हाथ जोड़ते हुए बोली, "तुम इत्ते सारे और मैं अकेली। कैसे मुकाबला करूँ ? मैंने तो किसी को अपनी सीट छोड़ने के लिए नहीं कहा। भले आदमियो, मैं तुम्हारी माँ के समान हूँ। कुछ तो मान रखो।"

बुढ़िया के आने से पहले सभी यात्रियों को मार उतावली थी। ड्राइवर और कंडक्टर पर मन ही मन झुँझला रहे थे। पर अब इस आनंद के प्रवाह में सारी झुँझलाहट लुप्त हो गई। मुफ्त का यह आनंद जित्ता बढ़े, उत्ता ही अच्छा है। वरना आज के निरानंद जीवन में धरा ही क्या है ? ड्राइवर ने फिर भी संयम नहीं खोया। "माँजी, मान-मरजाद का खयाल है, तभी तो तुम्हारे निहोरे कर रहा हूँ। कोई दूसरा पट्ठा तुम्हारी जगह होता तो बाँह पकड़कर नीचे फेंक देता। यकीन करो माई, यह सीट मेरी है, मेरी !"

"तू क्या रामजी के घर से लिखत करवाकर लाया ?"

"हाँ माँजी, इस सीट का तो लिखत ही समझो। खुद भगवान् भी आए तो इस पर नहीं बैठने दूँ।"

"बेटा, इत्ता गुमान मत कर ! आज दिन तक किसी की गादी अमर नहीं रही। फिर इस नाकुछ सीट की तो बिसात ही क्या ! मेरे राजा बेटे, तू कहीं और बैठकर गाड़ी हाँक ले। किसी से हुज्जत करने की मेरी सगति नहीं है।"

"हुज्जत तो तू कर रही है। ड्राइवर की सीट पर बैठे बिना मोटर चालू कैसे होगी ?"

"पर यह सीट खाली कहाँ है ? मैं बैठी तो हूँ।"

"तो तू मोटर चला ले, मुझे कोई उजर नहीं। ले, सँभाल चाबी।"

गलमूँछों वाले ड्राइवर ने बुढ़िया के सामने चाबी बढ़ाई और चारों तरफ मुस्कान उछाली। तालियों की गड़गड़ाहट के साथ फिर हँसी-का बवंडर लहराया। कहीं आँत पर आँत न चढ़ जाए ! ऐसी शानदार हँसी की चर्चा सुनना भी सौभाग्य की बात है। मगर बस के मुसाफिर तो उसके प्रत्यक्ष भागीदार थे। फिर किसे उनके भाग्य से ईर्ष्या नहीं होगी।

ड्राइवर के हाथ में थमी चाबी को उसने सूनी निगाह से देखा और आह भरकर बोली, "मुझे मोटर चलानी आती तो इत्ते ताने क्यूँ सुनती ? यदि तू ऐसा ही तीसमारखाँ है तो खड़ा-खड़ा ही मोटर चला ले !"

"यह कोई हिंयोड़ी है जो खड़े-खड़े हाँक ले !" कंडक्टर ने बगलें नचाते हुए

प्रतिवाद किया।

"तो पाजियो, ऐसा काठ-कबाड़ रखते ही क्यूँ हो ? मैं तो आज बुरी फँसी। मैंने तुम्हारा क्या बिगाड़ा ? छोटे-बड़े सबके पाँव पड़ती हूँ, आज-आज तो मेरी बात मान लो। फिर तो मरते-दम तक मोटर में नहीं बैठूँगी।"

"अर्थी पर सोने के दिन आए, फिर भी संतोष नहीं होता।" एक पंडित ने ज्ञान का अंतिम मंत्र सुनाया।

"झोले की बीमारी ने यह कहर ढाया, वरना इन कल-निसासी डायनों के पीछे सात बार धूल उछालती हूँ। कल रोटी खाने के बाद वह ऐसा निढाल हुआ कि जीप में डालकर यहाँ भेजना पड़ा। और यहाँ बात नहीं बनी तो उसे जोधपुर टरका दिया ! उससे मिले बिना पानी भी नहीं पीऊँगी। और एक तू है, जो मुझे कब से राँध रहा है !"

ड्राइवर हाथ जोड़ने का अभिनय करते हुए कहने लगा, "माँजी, मेरा विश्वास न हो तो क़िसी से भी पूछ लो। मैं इस सीट पर बैठूँगा, तभी गाड़ी चलेगी।"

हंजा-माऊ की झुँझलाहट अब फट पड़ने को थी। मसूड़ों को रगड़ते हुए बोली, "अब किसी से कुछ भी नहीं पूछूँगी। अभी-अभी तेरे सामने एक मुटियार ने कहा कि चतुर डलेवर हो तो छत पर खड़ा-खड़ा ही मोटर चला ले। सुना नहीं तूने ?"

"दादी-अम्मा, तू तो बच्चे से भी ज्यादा भोली है। ये सब तुझसे ठिठोली कर रहे हैं।"

"क्या पता कौन ठिठोली कर रहा है ? मुझे तो तू सबका सरगना मालूम पड़ता है। पिछले जनम का कोई हिसाब तो बाकी नहीं है ?"

ऐसा परम आनंद तो सोने में अजहद मिलावट करने पर भी नहीं आता। सोनार उसे फिर उकसाने की कोशिश करते हुए बोला, "माँजी, थोड़ी देर और डटे रहना। मैं तेरे साथ हूँ।"

सारे यात्री तालियाँ बजाकर जोर से हँसे। औरतें, बच्चे और बूढ़े सभी। यह रामायण तो उम्र-भर याद रहेगी। देर हुई सो ठीक ही रहा। समय पर पहुँचकर कोई हीरे-मोती तो बीनने नहीं हैं। और ये रोडवेज के उड़नखटोले चलते-चलते ही टें बोल जाते हैं।"

साथ देने की बात सुनते ही उसके अंतस् में आग-आग भभक उठी। लोगों का साथ जुड़ने से ही यह दुर्दिन देखना पड़ा। आरण का कदीमी ठिकाना छोड़कर यह तोहमत झेलनी पड़ी। मनुष्यों की जबान से साँपों के बोल सुनने पड़े। कड़कती

वाणी में बोली, "मुझे किसी के साथ-वाथ की जरूरत नहीं। तेरा जोर हो सो कर ले। अब तो मरने पर भी यह ठौर नहीं छोड़ूँगी।"

"मरने पर तो दुनिया ही छोड़नी पड़ेगी। जिंदा रहते यह सीट नहीं छोड़े तो तेरी मर्दानगी है।" बनिये ने बीड़ी की खातिर तीली सुलगाई।

बनिये के परिहास ने ड्राइवर के दिल पर सीधी चोट की। अंतिम बार चुनौती के लहजे में पूछा, "बोल डोकरी, मेरी सीट छोड़ेगी कि नहीं ?"

"नहीं, नहीं छोड़ूँगी। हरगिज नहीं छोड़ूँगी। गरीब बुढ़िया समझकर तू मेरे पीछे क्यूँ पड़ा है ? दूसरों पर जोर जताते जूड़ी बँधती है। क्यूँ ?"

यह बुढ़िया तो जबरदस्त हेकड़ीबाज निकली। समझाने से थोड़े ही मानेगी। गलमूँछों की इज्जत तो रखनी ही पड़ेगी। व्यंग्य से मुस्कराते हुए बोला, "इस बेकार की बकवास में कुछ नहीं धरा। यह सीट तुझे क्या, तेरे सात पुरखों को छोड़नी पड़ेगी !"

बुढ़िया को हाथों पर उठाया तो एकदम हलकी। कुछ भारीपन की आशा थी। ड्राइवर की ताकत को थोड़ी ठेस पहुँची। शरीर में ताकत है तो कभी न कभी काम आएगी। आज नहीं तो कल। बुढ़िया अपनी औकात के अनुसार खूब छटपटाई, बेहद गिड़गिड़ाई। पर ड्राइवर ने एक भी नहीं सुनी, जैसे नितांत बहरा हो गया हो। मरते समय क्या मौत भी इस तरह गोद में उठाती है ? अपनी ताकत आजमाती है ?

बुढ़िया को हाथों पर उठाए-उठाए वह फदाक मारकर नीचे कूदा और उसे गुड़िया की मानिंद जमीन पर खड़ा कर दिया।

"टिकट लेकर पिछली बस में आ जाना। इतनी भीड़ नहीं होगी। मगर ड्राइवर की सीट छोड़कर ध्यान से बैठना।" यह हिदायत देकर वह दूसरे ही क्षण रुआब से वापस चढ़ गया। सीट पर बैठते ही उसने धीमे से खटका दबाया। उसका अहंकार मोटर की घर्र-घर्र के बहाने चारों तरफ हुंकार मचाने लगा। पर हंजा-माऊ के लिए उस घरघराहट में दुत्कार भी कम नहीं थी।

"ओह ! बेचारी बुढ़िया की लाठी तो यहीं रह गई।" एक विधवा औरत के याद दिलाते ही ड्राइवर ने लाठी नीचे पटक दी। संज्ञाविहीन हंजा-माऊ की सुध-बुध लौटी, तब तक काला निसाँस छोड़ती मोटर तो रवाना हो चुकी थी। पाँच-सातेक अधकचरे शिक्षित छैलों ने हाथ नचा-नचाकर 'टा-टा' भी किया, लेकिन हंजा-माऊ कुछ भी पहचान न सकी कि यह किसकी बोली है ? मनुष्य की तो नहीं लगती ! वह एक ठौर पत्थर की मूरत के समान अविरल खड़ी थी।

झुकी-झुकी-सी कमर। हाथ की लाठी पाँवों से कुछ दूर पड़ी थी। हाथ में थामने के बाद फिर वही ठकाठक की ठपकार सुनाई देगी। न जाने कितनी देर बाद ? कितनी दूर तक ?...बिजली पड़े इनकी घरघराहट और काले धुएँ पर। एक डायन तो धुआँ छोड़ती उसके झोले को दूर ही दूर ले गई और दूसरी चुड़ैल उसे पीछे छोड़कर आगे रवाना हो गई। काली जहरीली साँस छोड़ती। अब इन डायन-चुड़ैलों की निर्मम गति के साथ किसी का कैसे सम्पट बैठे ? बीमार बेटे का वापस माँ से कब मिलाप होगा ? माँ के बगैर उसे कौन दुलराएगा ? मौत का सब्र हो जाता, पर दूरी का सब्र नहीं होता ! यह दूरी तो मौत से भी अधिक भयानक है !

सिकन्दर और कौआ

सिकन्दर महान् ! सिकन्दर महान् भी जब आम आदमी की तरह बुखार से उत्पीड़ित हो जाए, तब यह कैसी महानता है ? उस फुफकारते प्रश्न पर आगे सोचने की हिम्मत नहीं हुई तो उसने लेटे-लेटे ही अष्टधातु का टकोरा बजाया। उसी क्षण एक यूनानी सैनिक हाजिर। कवच और शिरस्त्राण से लैस। दाहिने हाथ में दुधारी तलवार। बाएँ हाथ में लंबा भाला। तीन बार कोरनिश करके आदेश की प्रतीक्षा में खड़ा हो गया। सिकन्दर ने आँखें तरेरकर कुछ कहना चाहा, मगर खाँसी के कारण व्यवधान उपस्थित हो गया। भरपूर कद-काठी का बलिष्ठ सैनिक कठपुतली की नाईं आगे बढ़ा। अदब के साथ झुककर चाँदी की पीकदानी उठाई और पलंग के पास खड़ा हो गया। तीन-चार बार खाँसकर सम्राट् ने पीकदानी में बलगम थूका और अशक्त की भाँति वापस लेट गया। सिकन्दर के कंठ में भी आम सैनिक-सा चिपचिपा और गंदा बलगम ! सैनिक ने होंठों पर चिपका बलगम पोंछा। चाँदी की झारी से कुल्ला कराया। छत की ओर शिथिल आँखों से देखते हुए सिकन्दर ने हुक्म सुनाया, "आज तीन दिन हो गए, एक भी यूनानी दवा कारगर साबित नहीं हुई। हकीमों के सिर तो बाद में कलम किए जाएँगे, उसके पहले पंजाब का कोना-कोना छानकर किसी अनुभवी वैद्य को लाओ। बुखार घटना तो दूर, सिरदर्द और बेचैनी ज्यादा बढ़ गई। नींद भी पूरी नहीं आती। काढ़े से रही-सही भी कम हो गई। फुर्ती करो। शाम के पहले वैद्य नहीं आया तो सबको कत्ल करवा दूँगा। मैं तो बुखार के मारे लेटा रहूँ और तुम सब स्वस्थ-दुरुस्त घूमते रहो। शर्म नहीं आती ? तुम सबके सब बेहया हो, बेहया ! जब तक मेरा बुखार न उतरे, किसी भी सैनिक ने खाना खाया तो उसकी खैर नहीं है। जाओ ! इस तरह खड़े-खड़े मेरा मुँह क्या ताक रहे हो ?"

कोई आध घड़ी या पौन घड़ी के पश्चात् सैनिक वापस आया तो सिकन्दर ने पलकें उघाड़कर पूछा, "कह दिया सबको ?"

"जरूरत ही नहीं पड़ी, गरीबपरवर !" सैनिक ने आधा झुककर जवाब दिया, "हिंदुस्तान के बहुत बड़े वैद्य अपनी इच्छा से स्वयं ही चले आए।"

सिकन्दर ने मुस्कराने की चेष्टा की, पर मुस्करा नहीं सका। विस्मय प्रकट करते हुए कहा, "बड़ा अजीब मुल्क है ! कई देश जीते, पर ऐसा मुल्क नहीं देखा !" अचानक बुखार का ध्यान आते ही पूछा, "पर वे हैं कहाँ ? साथ लेकर क्यों नहीं आए ?"

"बाहर खड़े हैं, हुजूर ! आपका आदेश हो तो अभी ले आता हूँ।"

"बकवास बंद करो।" उसने गुस्से में कहा, "इसमें भी आदेश की जरूरत है ? वक्त पर काम लेने के लिए ही अक्ल की नियामत मिली है ! समझे ? जाओ, जल्दी लेकर आओ।" वह इतने जोर से बोला कि बाहर खड़ा वैद्य बिन बुलाए ही भीतर चला आया। मुस्कराते हुए बोला, "बुलाने की जरूरत नहीं। मैंने अक्ल से काम लिया और स्वयं चला आया।"

सिकन्दर ने चौंककर देखा—साफ-शफ्फाफ सफेद दाढ़ी। सफेद ही जटा। प्रशस्त ललाट। चमकती हुई बत्तीसी। तीखी नासिका। स्नेह और माधुर्य से आप्लावित आँखें, जैसे कोई देवदूत प्रकट हुआ हो। क्षण-भर के लिए सम्राट् अपनी बीमारी भूल गया। कमरे में पर्याप्त रोशनी थी। उधर वैद्य भी बिस्तर पर लेटे बीमार की सूरत और आँखें ध्यानपूर्वक निहारता रहा--यूनानी देवता के उनमान प्रदीप्त चेहरा। आसन्न बीमारी से किंचित् क्लांत ! दर्प से उन्मत्त नयन। घनी स्याह भौंहें। पतले और गुलाबी अधर। सशक्त लंबी भुजाएँ। साँचे में ढली-सी कद्दावर देह।

सिकन्दर की आँखों में क्षण-भर के लिए गुरुवर अरस्तु की स्नेह-सिक्त निगाहें कौंध गईं। किंतु अगले ही क्षण खाँसने की भनक कानों में चुभते ही उसने नब्ज दिखाने की खातिर हाथ आगे किया। बूढ़े वैद्य ने गरदन हिलाते हुए कहा, "ना, नब्ज की बजाय सूरत और आँखों से पहले ही निदान हो गया। मियादी बुखार है—अंतर्ज्वर। सत्ताईस दिन से पहले नहीं उतरेगा।" फिर कुछ रुककर कहने लगा, "अब तक जो खाया-पीया, उसकी चर्चा करने में कोई सार नहीं। पर आज से गरिष्ठ भोजन व मांस-मदिरा सब बंद। बुखार उतरने के बाद भी पूरे एक पखवाड़े तक जैसा कहूँ, परहेज रखना पड़ेगा। वरना बीमारी उथल जाने का पूरा खतरा है।"

विश्व-विजेता भीतर ही भीतर काँप उठा। युद्ध में हजारों की नृशंस हत्या करने वाले को स्वयं अपनी मौत का बेहद डर लगा। तनिक हकलाते हुए पूछा, "खतरा ? किस बात का खतरा ? मामूली बुखार से कैसा खतरा ? तुम्हारा मतलब क्या है…? साफ-साफ बताओ ?"

"यह बुखार मामूली नहीं है। तीन दिन जो बदपरहेजी की, उसका भी बुरा

असर हुआ है। अब पूरी सावचेती बरतेंगे, तभी उपचार में हाथ डालूँगा, अन्यथा नहीं।"

वैद्य की यह बात दोनों को ही काफी नागवार महसूस हुई। सैनिक ने तलवार की मूठ कुछ कसकर पकड़ी। सिकन्दर तैश में आकर बोला, "किसी भी सम्राट् के आदेश की अवहेलना का मतलब जानते हो ? फिर मैं तो सिकन्दर हूँ, सिकन्दर ! मेरी शोहरत सुनी नहीं क्या ?"

"खूब सुनी है। आँखों से भी देखी है।" वैद्य ने अकृत्रिम भाव से कहा, "पंजाब का हिंसक संहार क्या भुलाया जा सकता है ?"

सम्राट् कुछ गहरे सोच-विचार में उलझा-सा प्रतीत हुआ। वैद्य की परिपक्व दृष्टि ने भी उसे लक्षित किया। वह आगे कुछ कहे, उसके पहले ही सिकन्दर एक उच्छ्वास भरकर बोला, "फिर भी तुम मेरे इलाज की खातिर स्वयं चलकर आए। बात कुछ समझ में नहीं बैठी।"

वृद्ध के होंठों पर एक मार्मिक मुस्कान थिरक उठी। दो-एक कदम आगे बढ़कर उसकी आँखों में गहराई से झाँकते हुए कहने लगा, "इसमें समझने लायक कुछ भेद है ही नहीं। देश के प्रति मेरी निष्ठा और रोगी के प्रति मेरा कर्तव्य, ये दो अलग-अलग मसले हैं। दोनों को साथ मिलाकर देखने से ही झमेला होता है।"

"रोगी ? क्या कहा रोगी ?" सिकन्दर के दिल पर एक असह्य चोट लगी। गर्वित स्वर में बोला, "मैं सिकन्दर हूँ ! सिकन्दर महान् ! पहला विश्व-सम्राट् ! कुछ होश भी है तुम्हें ?"

"पूरा होश है, तभी तो बिन बुलाए चला आया। कोई दूसरा होश मुझे रखना भी नहीं है। पर मेहरबानी करके अब दीगर चर्चा बंद कीजिए। बाकी सब औषधियाँ तो लाया ही हूँ। एकाध जड़ी-बूटी के लिए मुझे अरण्य में जाना पड़ेगा।"

किसी की आज्ञा लिए बिना ही वह बाहर चल दिया। सिकन्दर ने अदेर हिदायत दी, "सुनो, दो सैनिक हरदम इसके साथ रहने चाहिए।"

"जो हुक्म जहाँपनाह !"

और जहाँपनाह ने स्वयं को ही सुनाते हुए धीमे से कहा, "बड़े विचित्र लोग हैं ! क्या बच्चे, क्या बूढ़े और क्या औरतें—सभी तो दार्शनिक हैं। कहाँ मेरे गुरु अरस्तु, जो यूनानियों के अलावा सबको ही जन्मजात गुलाम समझते हैं, जिन्हें बोली लगाकर बेचना ही उचित है। हुँ, क्योंकर उचित है ? पोरस से मुकम्मिल संधि करके, बस, यहीं बस जाने की इच्छा हो रही है।"

अपने हुनर में पूर्णतया पारंगत होने पर भी बुजुर्ग वैद्य राजनीति की पेचीदगियों को अधिक समझता नहीं था, सो अरण्य से अपने आप ही काढ़ा बनाकर लाया। सीपी भरकर सिकन्दर की मनुहार करते हुए बोला, "तीन-तीन घड़ी के बाद मैं खुद अपनी निगरानी में आपको यह आसव पिलाऊँगा।"

सम्राट् मना करे उसके पहले ही सैनिक ने लपककर सीपी छीन ली। रुआब से बोला, "पहली खुराक आपको पीनी पड़ेगी। यही शाही कायदा है।"

अपनी कमजोरी को छिपाने की मंशा से सिकन्दर तत्काल उठ बैठा। एक अबोध बच्चे की नाईं वृद्ध की दाढ़ी निहारते हुए कहने लगा, "कहीं इसमें प्राणघातक जहर मिला हुआ न हो।" और दूसरे ही क्षण उसके होंठों पर एक अलौकिक मुस्कान दीप्त हो उठी। "मगर आपके हाथ से तो जहर भी पीने को तैयार हूँ। माँ ओलम्पियास ठेठ बचपन में इसी तरह दवा पिलाती थी। बिलकुल ऐसी ही सीपी में।" इतना कहकर उसने अदेर एक शिशु की नाईं अपना मुँह खोला और वृद्ध ने सीपी का आसव उसे पिला दिया। बेहद आश्चर्य कि युवा सम्राट् एक ही जीवन में दुबारा वैसा ही शिशु बन गया। सहज हाव-भाव से सीपी झपटकर उसे चाटने लगा। फिर चंचल आँखें घुमाते हुए जूठी सीपी सैनिक के हाथ में थमा दी। बड़ी से बड़ी दिग्विजय के बर्बर परितोष की अपेक्षा एक सात्त्विक आनंद की उदात्त अनुभूति से उसका अंतस् छलछला उठा। लेटने की इच्छा होते हुए भी वह लेटा नहीं। कुछ देर तक बैठा रहा। फिर अपनी बाल्य-जिज्ञासा प्रकट करते हुए पूछा, "आपको मेरी बीमारी का पता क्योंकर चला ? न तो आपने किसी से पूछा और न किसी ने आपको कुछ बताया !"

"जिस तरह दूर-दराज के पक्षियों को पानी का पता चलता है। भँवरों को फूलों का और मधुमक्खियों को पराग का पता चलता है।" फिर बुजुर्ग वैद्य ने तनिक मुस्कराते हुए कहा, "जिस तरह गिद्ध-कौवों को मरणासन्न पशुओं का पता चलता है !"

प्रतिवाद की कोई गुंजाइश नजर नहीं आई तो वह वैद्य की दाढ़ी के रुपहले बाल टुकुर-टुकुर देखता रहा।

दूसरे दिन अल्ल-सवेरे वैद्य ने दवा पिलाते समय सिकन्दर को आगाह किया, "करीब पचासी घड़ियों तक सीने में जलन, सारे शरीर में टूटन, सिर में दर्द, जी में घबराहट और बेचैनी रहेगी। किसी तरह की चिंता न करके, मामूली हिम्मत से काम लें। फिलहाल नदी के चमकते बालू-कणों का उबला पानी, अध-सिंकी जेठी बाजरी का दलिया व बकरी का दूध ही एकमात्र पथ्य है। तीन दिन बाद गाय के

दूध में उबली हुई अंजीरों का सेवन मुफीद रहेगा। मुझे पूरी आशा है कि आप पहले से अधिक तंदुरुस्त हो जाएँगे।"

अनुभवी वैद्य ने जैसा कहा, वैसा ही हुआ। सम्राट् की हालत धीरे-धीरे बिगड़ती गई, सो पचासी घड़ियों तक बिगड़ती ही रही। विश्व-विजेता का बुरा हाल ! उसकी सेना में हजारों बहादुर सैनिक थे। पसीने की जगह खून बहाने वाले। पूरे वफादार। पर कोई भी उसकी बीमारी बाँट नहीं सका। उसे अकेले ही जस-तस भोगनी पड़ी। सीने के भीतर मानो आँच सुलग रही हो। हथेलियों में जलन। पाँवों में जलन। ओझरी और अँतड़ियों में कुलबुलाहट। विश्व-सम्राट् एक बच्चे की नाईं छटपटा रहा था। अर्द्ध-विमूर्च्छित अवस्था में नितांत नई-नई अनुभूतियों से उसका साक्षात्कार हो रहा था। वाणी और शब्दों से सर्वथा परे। यूनान और मेसेडानिया की शान व प्रतिष्ठा को कुछ समय के लिए वह भूल चुका था। जिसकी विजय दुंदुभि परसिया, मिस्र, सीरिया, अफ्रीका, मध्य-एशिया तक निर्बाध गूँजती रही, वह रोग-शैया पर अकेला लेटा है। खामोश। पत्नी रोकसाना भी साथ नहीं दे सकी। थेबिस के निवासियों ने जब दासता स्वीकार करने से मना कर दिया तो भयंकर भूचाल की नाईं उसने सारे शहर को ही नेस्तनाबूद कर दिया। छह हजार बाशिंदे, जो कुछ समय पहले जीवित थे, हँसते-मुस्कराते थे, सपने देखते थे—उन्हें मौत के घाट उतार दिया। निःस्वप्न बना दिया। हजारों बच्चों एवं हजारों औरतों को गुलाम बनाकर बेच डाला। आज वे सभी अपनी साँसों का लेखा-जोखा उससे माँग रहे हैं। सत्तर नए शहर बसाने वाला एक छोटे-से कमरे में बेबस की नाईं पड़ा है। न हीरे-मोतियों से उसकी बीमारी कम हुई, न बेशुमार सोने-चाँदी से। रह-रहकर उसकी आँखों के सामने आलोक एवं अँधियारा बुझता और दमकता।

लेकिन पचासी घड़ियाँ गुजरते ही मानो किसी दुःस्वप्न का अभिशाप आँख खुलते ही मिट गया हो। सिकन्दर को पहली चेतना तो यह हुई कि वह मरते-मरते बच गया। यूनानी हकीमों के भरोसे तो कुछ उम्मीद रखना ही बेकार था। सम्राट् ने वैद्य की ओर कृतज्ञता-भरी आँखों से देखा और वैद्य ने वात्सल्य भाव से अपने रोगी को निहारा। मौन की वाणी क्षण-भर में ही बहुत कुछ व्यक्त कर जाती है, जो थूक-सनी जिह्वा से संभव नहीं।

बीमारी भुगतने पर ही अजेय सम्राट् को स्वस्थ जीवन की अहमियत समझ में आई। जिस प्रकार सूरज दिन में एक बार ही उगता है, उसी प्रकार प्रत्येक मनुष्य को जीने के निमित्त फकत एक ही जिंदगी मिलती है। कोई भी मनुष्य एक ही जीवन में दो बार नहीं जी सकता। मगर सिकन्दर ने कभी इस सच्चाई पर गौर

नहीं किया। एक के बाद एक युद्ध की सफलताओं और नरसंहार के दौरान उसे यह सोचने का वक्त ही नहीं मिला कि वह स्वयं नश्वर है ! उसके दिवंगत होने के बाद भी यह दुनिया इसी तरह मजे में आबाद रहेगी—क्षण-भर के लिए भी उसे यह परम सत्य महसूस नहीं हुआ। बलवती महत्त्वाकांक्षाओं के प्रति ऐसा उदासीन तो वह कभी नहीं रहा ! स्वयं किसी निश्चित निर्णय पर नहीं पहुँच सका तो उसने वयोवृद्ध वैद्य से पूछना ही उचित समझा। उस पर सम्राट् का विश्वास कुछ बढ़ता जा रहा था। गरदन खुजलाते हुए शंका प्रकट की, "यदि संयोग से आप मेरा उपचार नहीं करते तो सच बताइए, क्या मैं मर जाता ?"

वैद्य इसी अवसर की प्रतीक्षा में था। दृढ़ निश्चयात्मक स्वर में कहा, "नहीं, अभी तुम्हारी उम्र शेष है।"

"कितनी ? कितनी उम्र शेष है ? बताइए कितनी ?" सिकन्दर ने अत्यधिक व्यग्रता से पूछा।

"क्यों जानना चाहते हो ? न जानना ही श्रेयस्कर है। राजा के लिए भी और रंक के लिए भी।"

"मेरे न रहने पर दुनिया के असंख्य बाशिंदे जिंदा रहें, मैं यह बर्दाश्त नहीं कर सकता। मेरे मौजूद न रहने पर भी सूरज-चाँद उगें, फूल खिलें, लोग सुहागरात मनाएँ, जच्चा के गीत गाएँ और बरसात में नहाएँ, मैं हरगिज, हरगिज नहीं चाहता। एक अदना आदमी जिंदा रहे, हँसता-मुस्कराता रहे और सिकन्दर कूच कर जाए, ऐसा नहीं हो सकता।"

"ऐसा ही होता है।" वैद्य ने धीमे पर दृढ़ स्वर में कहा, "आपके पिताश्री प्रयाण कर गए और दुनिया जीवित है। ऐसा ही होता है, होता रहेगा !"

"नहीं, वे मरे नहीं, उनकी तो हत्या हुई थी।"

"मौत अपने जिम्मे कुछ नहीं लेती। उसे तो फकत बहाना-भर चाहिए। समय पर जो भी बहाना मिल जाए, बस, इतना ही पर्याप्त है उसके लिए।"

"पर मेरे लिए एक भी बहाना उसे नहीं मिलेगा।"

"बहाने तो अपने आप उद्घाटित होते रहते हैं, वह कहीं खोजने नहीं जाती।" फिर उसने तनिक गंभीर स्वर में कहा, "क्या तुम सचमुच अमर होना चाहते हो ? मैं तो नहीं चाहता !"

सिकन्दर ने बेबाक उत्तर दिया, "आप किस प्रलोभन की खातिर अमर होना चाहेंगे, भला ? मेरे पास तो अनेक प्रलोभन हैं—कई विजित साम्राज्य, हजारों गुलाम, बेशुमार दौलत, अनगिनत हीरे-मोती और बेइंतहा सोना-चाँदी। मुझसे पहले

संसार में ऐसा कोई सम्राट् नहीं हुआ, जिसके पास इतना बड़ा साम्राज्य और इतनी माया हो ! क्या एक दिन अचीता मर जाने के लिए मैंने इतना खून बहाया ?"

वैद्य ने कुछ सोच-विचारकर कहा, "यदि तुम्हारी ऐसी ही प्रचंड कामना है तो तुम्हें अमर होने का उपाय भी बताऊँगा। मेरे सिवाय कोई नहीं जानता। वचन दो कि तुम किसी को भी नहीं बताओगे।"

सिकन्दर की खुशी का पार नहीं रहा, जैसे तारों-भरा आकाश उसकी मुट्ठी में समा गया हो। उसके शरीर में और भी दस-बीस जिह्वाएँ होतीं तो सभी से एक साथ कहता, किंतु विश्व-विजेता होने पर भी उसके मुँह में मात्र एक ही जीभ थी। बोला, "नहीं, हरगिज नहीं बताऊँगा। रोकसाना को भी नहीं, जिसे मैं बहुत चाहता हूँ। औरतों को तो अमर होने की जरूरत ही नहीं है ! उन्हें तो बीस बरस की उम्र में ही मर जाना चाहिए। बस, एक बात और कि मैं समय के साथ बूढ़ा भी नहीं होना चाहता, जैसा आज हूँ, वैसा ही बना रहूँ।"

बूढ़ा वैद्य दार्शनिक मुद्रा में कुछ देर तक सोचता रहा। फिर अकस्मात् इस तरह धीर-गंभीर स्वर में कहने लगा, मानो सिकन्दर के कमरे की स्तब्ध हवा से वे बोल बरस रहे हों। "कामना करता हूँ कि परमेश्वर तुम्हें सुमति प्रदान करे। क्या तुम्हें यह भी याद दिलाना पड़ेगा कि अपने जन्म की वेला तुम उतने ही असहाय, निरीह और अशक्त थे, जितने कि अन्य शिशु होते हैं। समय पाकर ही तुम धीरे-धीरे बड़े हुए हो। जवान हुए हो। समय के साथ ही नश्वर प्राणियों की नाईं तुम्हें भी बुढ़ापा निर्बल, निर्वीर्य और जर्जर कर देगा। अकाल मृत्यु की बात छोड़ भी दूँ, तब भी तुम्हें समझाना चाहूँगा कि मरण के चिर-वरदान की वजह से ही जीवन की महिमा है। पर तुमने यमराज की जिम्मेवारी हाथ में लेकर हजारों निर्दोष व्यक्तियों का अकाल संहार किया है। फिर भी तुम अमर होना चाहते हो ? बोलो क्यों ? क्यों ?"

जीवन में पहली बार सिकन्दर को अपनी इच्छा के विरुद्ध प्रतिवाद के कड़वे बोल सुनने पड़े, तब भी उसने आपा नहीं खोया। इसलिए कि वह अमर होना चाहता था और जिसका उपाय सिर्फ उस बूढ़े वैद्य के पास ही था। और उसी ने सिकन्दर को जीवनदान दिया था। अपनी सफाई के पहलू से आश्वस्त नहीं होते हुए उसने ऊपरी मन से कहा, "इसलिए कि मुझसे पहले इतने बड़े साम्राज्य का सम्राट् और इतनी दौलत का दावेदार समूचे विश्व में कोई नहीं हुआ। इस प्रलोभन को मैं जीत नहीं सकता। मुझे अमरत्व का वरदान चाहिए ही चाहिए।"

इस बार धवल बत्तीसी और होंठों के साथ-साथ बूढ़े वैद्य की दाढ़ी का

बाल-बाल एक अलौकिक मुस्कान से दीप्त हो उठा। स्वीकृति के आशय से गरदन हिलाते कहने लगा, "अब मुझे कुछ भी नहीं कहना है। जाने क्यों, मुझे आशा थी कि अरस्तु जैसे महान् गुरु के शिष्य में कुछ तो वैसी समझ होगी। खैर, तुम्हारी यही अंतिम इच्छा है तो उसे अधूरी नहीं रखना चाहूँगा। इस बार जुदा होने के पश्चात् तुमसे मेरी मुलाकात नहीं होगी। पर मेरी मंगलकामना सदैव तुम्हारे साथ रहेगी। आश्रम में लौटते ही अपने शिष्यों को अंतिम प्रवचन सुनाकर, अपनी स्वेच्छा से मृत्यु का वरण करूँगा।···तो अब ध्यानपूर्वक सुनो। सुमेरु पर्वत की पश्चिम दिशा में एक लंबी गुफा है, जिसके मुँह पर एक प्रचंड शिला युगों से रखी हुई है। विश्वस्त सैनिकों से हटवाकर तुम अकेले ही उसके भीतर आगे बढ़ते रहना। निःशंक और निःशस्त्र। उस अछूती जमीन पर पहली बार तुम्हारे ही पदचिह्न अंकित होंगे।"

सिकन्दर की सुगठित देह के भीतर और बाहर आलोड़ित भावों को कुछ देर परिलक्षित करने के पश्चात् वैद्य आगे कहने लगा, "काफी दूर चलने पर एक झरने का पानी एक तलैया में समाहित होते हुए तुम्हें साफ दिखलाई पड़ेगा। वह अद्‌भुत तलैया न कभी खाली होती है और न कभी पूरमपूर भरी होती है। वहीं पीपल के पेड़ पर एक कौआ हरदम चिल्लाता रहता है—क्राँव ! क्राँव ! क्राँव ! इस सृष्टि में फकत वही अमर है, जो अपने अमरत्व की प्रतिक्षण उद्‌घोषणा करता रहता है। झरने के निःशेष होते प्रवाह से तुम सात अंजलि पानी पी लेना। फिर तुम्हारे शाश्वत जीवन को चुनौती देने वाला कोई नहीं है—न देवता, न असुर, न मनुष्य। केवल इक्कीस विश्वस्त सैनिकों को साथ ले जाओ। उन्हें गुफा से तीन हजार कदम दूर रखना। इसी शुक्ल पक्ष की नवमी को प्रस्थान करना। तुम्हारी मनोकामना पूर्ण होगी।"

तत्पश्चात् स्वस्थ-दुरुस्त सिकन्दर के लिए कैसी ढील ? सुहाने सपने की नाईं वह इक्कीस सशस्त्र सैनिकों के साथ हवा से बातें करता हुआ सुमेरु पर्वत की उस निर्देशित गुफा के पास पहुँचा। बलिष्ठ सैनिकों की बेजोड़ ताकत के बावजूद वह भरकम शिला बड़ी मुश्किल से दूर खिसक पाई। गुफा के भीतर प्रवेश करते हुए सिकन्दर का माथा ठनका। भीतर छिपे हुए पोरस के सैनिकों ने हमला कर दिया तो वह अकेला निःशस्त्र हाथों से क्योंकर उनका सामना कर सकेगा ? मौत के मर्मांतक भय की उसे पहली बार दुर्दांत अनुभूति हुई ! कायर की भाँति वापस लौटने की प्रबल इच्छा के बावजूद उसने मौत के भय को तत्काल झटक दिया। नहीं-नहीं, भारतवर्ष का वह निश्छल देवदूत अपने दुश्मन के साथ भी विश्वासघात

नहीं कर सकता। बर्फ की नाईं दमकती उस धवल दाढ़ी का बाल-बाल उसे आश्वस्त करता रहा और वह बेधड़क आगे बढ़ता रहा।…सचमुच, गहर-घुमेर पीपल की डाल पर बैठा कौआ अपने अमरत्व की अविराम रट लगा रहा था—क्राँव ! क्राँव ! क्राँव ! और पास की कल-कल की सुमधुर ध्वनि झंकृत करता हुआ स्वच्छ झरना अविरल बह रहा था। सिकन्दर के आश्चर्य और आनंद की सीमा नहीं रही कि इतनी दूर गुफा के भीतर यह मद्धिम-मद्धिम आलोक कहाँ से आ रहा है ? उसने विस्फारित आँखों से एकटक देखा कि ठौर-ठौर बेशकीमती हीरे बिखरे पड़े हैं ! जिनकी किरणों से जो अप्रतिम द्युति झिलमिला रही है, वह पूनम की चाँदनी और सूर्योदय के उजाले से सर्वथा भिन्न है ! कौए के अलावा कहीं कोई प्राणी उसे नजर नहीं आया। तो क्या यह कौआ ही इस अकूत खजाने का मालिक है ? क्या उसे एहसास भी है अपने इस अपरिमित वैभव का ? झरने का पानी पीकर वह गुफा के तमाम नगीने हथियाने की तजबीज सोचेगा। सिकन्दर के लिए कुछ भी असंभव नहीं !

हठात् कौए की अविराम क्राँव-क्राँव बंद हो गई। सिकन्दर ने चौंककर उधर देखा। पीपल की शाख पर बैठा कौआ पूर्ण सतर्क होकर उसे ही एकटक घूर रहा है ! कहीं उसके प्रच्छन्न प्रलोभन का आभास तो नहीं हो गया उसे ? सहसा झरने की अविरल पुकार भी शांत हो गई, जैसे किसी अदीठ खूनी पंजों ने उसे दबोच लिया हो ! उस असह्य शांति का नीरव कोलाहल उसके कानों को बेधने लगा।…यदि यह आलोक भी इसी तरह अचानक बुझ गया तो वह न झरने के पास पहुँच सकेगा और न गुफा से बाहर निकल सकेगा। तब इस अनादि और अनंत अंधकार में एक ही ठौर खड़ा-खड़ा वह निश्चित रूप से सूख जाएगा। सिकन्दर की आँखों के सामने निर्धूम कोहरा-सा छाने लगा तो चेतना के परे ही उसके पाँव झरने की ओर स्वतः बढ़ चले, मानो मस्तिष्क की बजाय उसके पाँवों ने यह बात सोची हो।

अमर होने की लालसा के वशीभूत उसके हाथ पानी की ओर बढ़े ही थे कि कौए की ललकार सुनकर, वे जहाँ थे, वहीं रुक गए—“जरा ठहरो सिकन्दर ! मेरी स्वीकृति के बिना इस झरने की एक बूँद भी चख ली तो यहीं ढेर हो जाओगे। जिस भूल के कारण मैं हजारों-हजार बरस से अमरता का यह अभिशाप भोग रहा हूँ, तू सपने में भी यह गलती मत करना। मैं इस शाश्वत जिंदगी से तंग आ गया हूँ। जाने कितनी शताब्दियों से मरना चाहता हूँ, लेकिन मर नहीं सकता। निरंतर क्राँव-क्राँव के रुदन से मेरे कान सर्वथा संवेदन-शून्य हो चुके हैं। और जिस माया के प्रति तेरी चाह जागी, मैं ही उसका एकच्छत्र स्वामी हूँ। यदि तू मृत्यु के देवता

यमराज के पास जाकर मेरे लिए मरने का नुस्खा ले आए तो यह समूची संपदा तेरे हवाले कर दूँगा। मुझे तो यह फूटी आँखों भी नहीं सुहाती। मेरी मृत्यु के बाद जितनी इच्छा हो, इस झरने का पानी पीते रहना। ना रे ना, जिस तलवार से तूने हजारों व्यक्तियों को मौत के घाट उतारा, मैं उससे मरने वाला नहीं हूँ। न अग्नि में जलकर, न पानी में डूबकर और न कैसा भी हलाल विष खाकर मैं आत्महत्या कर सकता हूँ। भगवान् भले ही मर जाए, मैं नहीं मर सकता। जीने का सुख और आनंद तभी है, जब मरने का संयोग उसके साथ जुड़े। मृत्युविहीन अमरता से बड़ा अभिशाप और कुछ भी नहीं है। मेरा चिर-दुर्भाग्य कि मैं वही त्रासदी भुगत रहा हूँ। अरे ! तू किस चिंता में डूब गया ? तेरे हाथ से मरे हुए एक व्यक्ति या गुलाम के रूप में बेचे हुए एक बच्चे की जीवंत साँसों की तुलना में इन अगणित हीरों का मूल्य एक कानी कौड़ी भी नहीं है। कौए की योनि पाकर जो बात मेरी समझ में आ गई और एक मानुस होकर भी तेरी समझ में नहीं आई, फिर बुद्धि का मायना क्या है ? उसकी सार्थकता क्या है ? क्राँव ! क्राँव ! क्राँव !"

अपनी ख्याति के चढ़ते दौर में, विश्व-विजेता की सर्वोच्च प्रतिष्ठा के बावजूद सिकन्दर एक कौए से पराजित होकर उलटे पाँव वापस लौट पड़ा। तब उन दोनों में कौन महान् है—सिकन्दर या कौआ ? उस चिर-ज्वलंत प्रश्न का उत्तर आज भी शेष है।

राजीनामा

बढ़ती उम्र के साथ-साथ जिंदगी की घटनाएँ समय की राख तले दबती जाती हैं, पर कभी-कभी ठेठ बचपन की कोई बात सारी उम्र नहीं बुझती, राख के नीचे ज्यों की त्यों जगमग करती मिल जाती है। आज तो मैं एक लेखक की मर्यादा निभा रहा हूँ, पर उन दिनों कोरा-मोरा एक पाठक ही था। पढ़ने लायक कोई किताब हाथ लगी नहीं कि गटगट आँखों से पी जाता। शायद, नौवीं कक्षा में पढ़ता होऊँगा, तब की बात है। मैं खुद तो घर पर ही रहता था, पर संगी-साथियों से मिलने की उमंग में दूसरे-तीसरे दिन चारण हॉस्टल का चक्कर काट आता। स्वभाव तो सभी लड़कों का अलग-अलग होता है, पर बासनी गाँव का रामकरण एक बेढब स्वभाव तथा निराली सूरत का लड़का था। मतीरे की तरह गोल सफाचट खोपड़ी। लंबी चोटी। थुल-थुल शरीर। कील-मुँहासों से भरा गोल चेहरा। मिची-मिची आँखें, मानो उस्तरे से चीरा देकर अंदर बिठाई गई हों। किसी से भी अधिक मेल-मुलाकात नहीं--एकलखोरा। बतलाने पर भी मुश्किल से बोलता। अपने ही दंद-फंद में उलझा हुआ। मन करता तभी एक चमचमाता काँच लेकर मुँह के सामने रख लेता और हाथों से इशारे करते हुए अपने प्रतिबिंब से देर तक बातें करता रहता। संगी-साथी जब-तब चिढ़ाते, पर वो किसी की कोई परवाह ही नहीं करता, मानो पत्थर से कहा गया हो। मन ही मन मंद-मंद मुस्कराता रहता।

सभी कमरों में अकसर उसकी चर्चा चलती रहती थी। सुनते-सुनते मेरे पास काफी मजेदार मसाला इकट्ठा होता गया। काँच में टुकुर-टुकुर इस प्रकार अपनी सूरत देखता मानो वो कोई दूसरा ही लड़का हो और इस तरह निःशंक बातें करता, गोया किसी मित्र से बातें कर रहा हो।

एक दफा फटी हुई चुनरी के चिथड़े से रंजी झाड़कर टेबल पर काँच रखा। सामने कुर्सी पर बैठकर कुछ देर अपना प्रतिबिंब निहारता रहा।

फिर होंठ मुलमुलाते हुए पूछा, "बता, इस बार तिमाही में फेल कैसे हुआ ?"

मुँह उतारकर धीरे से जवाब दिया, "मैं अकेला ही तो फेल नहीं हुआ। कक्षा में आधे से ज्यादा लड़के फेल हुए हैं।" उसने आँखें तरेरकर तीखे स्वर में फटकार

बताई, "दूसरे गए भाड़ में, तुझे उनसे क्या लेना-देना ? अपनी हैसियत के अनुसार चलना चाहिए। तुझे मालूम नहीं, घर में कितनी तंगी है। भरपेट खाना न खाकर घरवाले तुझे पढ़ाते हैं। और जनाब को कोई परवाह ही नहीं।"

"परचे बहुत कठिन आए।"

"क्या तेरे अकेले के लिए ही कठिन आए ? बाकी लड़के कैसे पास हुए ?"

"मेहनत तो काफी करता हूँ। इम्तहान के नाम से ही जूड़ी चढ़ती है। जो आता है, वह भी भूल जाता हूँ।"

"शहर में आकर बातें बनाना तो खूब सीख गया। ढंग से मन लगाकर पढ़ाई करेगा तो तू ही सुख पाएगा। कान खोलकर साफ सुन ले, आगे कोई गलती की तो तू तेरी जाने।"

एक बार वो दो-तीन घड़ी दिन-चढ़े देर से उठा तो उसे बहुत बुरा लगा। जल्दी-जल्दी बिना साफ किए ही काँच सामने रखा और दाँत पीसते हुए पूछा, "रात को इतनी देर से क्यूँ आया ? जरूर सिनेमा देखने गया होगा !"

"जरा देर से आया नहीं कि आपको झट सिनेमा का शक होता है।"

"तो सच बता, तू कहाँ गया था ?"

माथे में बल डाले कुछ देर सोचता रहा। फिर बोला, "घोड़ों के चौक मौसीजी से साँझ को मिलने गया था। मैं तो खूब इंकार करता रहा, पर उन्होंने बिना ब्यालू किए आने ही नहीं दिया। फिर मुझे थोड़ी ऊँघ आ गई। जगते ही सीधा हॉस्टल की तरफ भागा। विश्वास न हो तो...!"

"तुझ पर और विश्वास ! मैंने सब पता कर लिया है। करणीदान और रामबख्श के साथ हजरत चारभुजा टाकीज में पधारे थे। तुझे कितनी बार समझाया, इन लफंगों का साथ मत किया कर ! मेरे सामने झूठ सँवारना चाहता है ? तू कहे तो उन्हें रूबरू बुलाकर पूछूँ !"

यह बात सुनते ही काँच वाली छाया का मुँह उतर गया। आँखें नीची करके इधर-उधर झाँकने लगा। फिर दोनों हाथों से कान पकड़कर कहने लगा, "कल भारी भूल हो गई। अब कभी गलती नहीं होगी। आज माफ कर दो !"

"माफ करने पर तो उलटा और ज्यादा बिगड़ेगा। एक बार ठीक से मरम्मत हो जाए तो फिर कई दिनों तक निश्चिंत। निर्लज्ज को लाज-शर्म से वास्ता ही नहीं। गाँव के सगे-संबंधी दुश्मनों से भी बदतर हैं। उनका वश चले तो गाँव ही छुड़ा दें। घरवालों की सब आस तुझ पर टिकी है। ज्यों-त्यों वकालत पास कर ले तो घरवालों की तकलीफें सार्थक हों। वरना सबकी आस पर पाला पड़ेगा सो तो

पड़ेगा ही, पर तेरी गत भी कम नहीं बिगड़ेगी। वो ही हँसिया, वही घास। वही कुल्हाड़ी, वही लकड़ी। वो ही हल, वही धूप। वो ही पसीना, वही लू और वही झोंपड़ी। ठीक मन लगाकर नहीं पढ़ा तो तेरे काँटे तेरे ही चुभेंगे।"

फिर मिची आँखें फाड़कर काँच के सामने देखता, "भला, इसमें मुँह फुलाने की क्या बात है ? भलाई की बात भी कड़वी लगती है। ये दिन तो कुलाँचें भरते निकल जाएँगे। फिर बेहद मुसीबतें उठानी पड़ेंगी।"

अरे ! काँच में यह गधे का चेहरा कहाँ से उभर आया ? कहीं पीछे कोई गधा तो नहीं खड़ा है ? उसने झिझककर पीछे देखा—कुछ भी तो नहीं। फिर सामने मुँह करने पर अपना ही चेहरा साफ दिखता। जगह-जगह कीलें ही कीलें। ओह ! कुत्ते की तरह ये कान इतने लंबे कैसे हो गए ? आँखें बंद करके वापस खोलता तो कान फिर वैसे ही हो जाते। कान की लौ पकड़कर बार-बार जोर से खींचता। चिट्टी अंगुली से कान का मैल निकालता।

एक बार देशी ठर्रा पीने से मिचरी आँखों में भी रंग आ गया। काँच में देखा तो शक्ल अनजानी-सी लगी। नजर गड़ाकर पूछा, "तू कौन है भाई ?"

"तू है, वो ही मैं हूँ।"

"मैं हूँ, वो ही तू है ?"

"हाँ।"

"फिर मैंने पहचाना क्यूँ नहीं ?"

"वो तो तू जाने। शायद दारू पीने से आँखों की रंगत बदल गई हो !"

"क्या तूने फिर दारू पी ?"

"मैंने नहीं पी, तूने पी !"

उसके बाद दोनों हाथों से सिर पकड़े वो थोड़ी देर बैठा रहा। फिर मुश्किल से हिम्मत करके उसने काँच की तरफ देखा। सिर पर ये दो सींग कैसे उग आए ? आगे देखने की हिम्मत नहीं हुई। कुर्सी पर से झट उठ खड़ा हुआ। अपने हाथ से छुपाई हुई बीड़ी-माचिस लाकर वापस कुर्सी पर बैठ गया। उलटी बीड़ी सुलगाकर लगते ही दो-तीन कश खींचे। धुएँ के छल्लों से काँच की चमक धुँधली पड़ गई। इस बार काँच में बकरे का चेहरा नजर आया। लटकते हुए कान। सिर पर दो नुकीले सींग। कहीं इस काँच की रंगत तो नहीं बदल गई ? वो झुँझलाकर खाट पर लेट गया। फिर उसने काफी दिनों तक काँच नहीं देखा।

एक बार गुस्से में तमतमाकर उसने कमरे का ताला खोला। ठोकर से दरवाजा उघाड़, बस्ते को खाट पर पटक दिया। काँच सीधा करके सामने कुर्सी पर

बैठ गया। काँच पर गर्द ही गर्द जमी थी। अकस्मात् उस गर्द के भीतर से एक चेहरा प्रकट हुआ। उस पर नजर पड़ते ही वो कहने लगा, "आजकल साहबजादे छोकरियों के पीछे भटकने लगे हैं। अब तो पूरी बात ही बिगड़ गई। जो भी बात हो, मुझे साफ-साफ बता दे, वरना आज तेरी शामत है।"

"सरकारी सड़क मेरे अकेले के पट्टे नहीं है। बहुत-से आदमी इधर-उधर चलते रहते हैं। मैं किस-किसका ध्यान रखूँ ?"

"तूने खास ध्यान रखकर पीछा किया, तभी मुझे इतना गुस्सा आया। पहले तो कभी मैंने ऐसा उलाहना नहीं दिया। बेशर्म, तूने यह नई विद्या कब सीखी ? घरवालों ने कुछ भरोसा करके यहाँ भेजा और तूने ये गुल खिलाए ! हरामखोर, अब भी तू मुझे मुँह दिखाता है ?"

"ऐसी बात है तो आप मुँह देखते ही क्यूँ हैं ? मैं तो डर के मारे सामने ही नहीं आना चाहता, पर आप न मानें तो मैं क्या कर सकता हूँ ?"

"मुँहजोर कहीं का ! मेरे सामने जबान चलाता है ! खबरदार, ज्यादा बकवास की तो जबान खींच लूँगा !"

यह बात कहकर वो गुस्से से होंठ चबाने लगा। फिर दो-तीन मर्तबा गमछा झटककर काँच की धूल झाड़ी। चेहरा मानो उलटा उसे ही आँखें दिखाने लगा हो। चोरी और सीनाजोरी !

"थोड़ी-बहुत भी शर्म-हया हो तो चुल्लू-भर पानी में डूब मर ! घरवाले तो छाछ-दलिया खाकर जैसे-तैसे जून पूरी करते हैं। जनाब के लिए घी भेजते हैं ! गोंद के लड्डू भेजते हैं ! उनके सपनों के साथ दगा करके तू छोकरियों के पीछे डोलता फिरता है ?"

"मेरे भी तो कुछ सपने होंगे ?"

"तेरे कैसे, क्या सपने हैं ?"

"सपनों जैसे सपने। मेरी उम्र के मुताबिक सपने।"

"फिर घरवालों के सपनों का क्या होगा ?"

"घरवाले जानें।"

"तू कुछ नहीं जानता ?"

"नहीं, मैं तो अपने सपनों के अलावा दूसरी कोई बात नहीं जानता।"

"चंडाल, तू इतनी बातें कब सीख गया ?"

"ये बातें आप ही आती हैं, कहीं सीखने की जरूरत नहीं।"

"बकवास बंद करता है कि लगाऊँ दो-चार झापड़ !"

यह बात कहते ही उसे गुस्सा आ गया। तड़ातड़ पाँच-सातेक लाफे रसीद कर दिए। गाल लाल हो गए। आँखें छलछला आईं। आगे शक्ल देखने का साहस नहीं हुआ। थोड़ी देर सिर झुकाकर बैठा रहा। फिर गर्दन उठाकर मिची-मिची आँखों से काँच की ओर देखा। अभी तक गाल लाल थे। तीन-चारेक कीलें फूट गई थीं। आखिर हिम्मत हारते हुए अंतिम धमकी दी—"अब कभी छोकरियों के पीछे डोलते देखा तो गर्दन मरोड़ दूँगा।"

कुछ उत्तर नहीं मिला।

आँखों में आँखें डालकर वो अपना प्रतिबिंब तब तक देखता रहा, जब तक कि शीशेवाला चेहरा धीरे-धीरे लुप्त नहीं हो गया।

कि अचानक वो झिझककर खड़ा हो गया। बड़बड़ाते हुए कहने लगा, "यह कैसी अनहोनी बात हुई ? काँच में अपना चेहरा ही नहीं दिखाई देता !"

फिर वो बावले की तरह दौड़ता हुआ हॉस्टल के बाहर गया। हलवाई की दुकान से एक दही-थड़ी और एक लड्डू लाया।

वापस कुर्सी पर बैठ काँच में देखा तो चेहरा साफ दिखाई दिया। गालों की ललाई काफी कम हो गई थी।

"अब रिसाना छोड़ ! ले, यह मिठाई खा ले !"

"मैं कुछ नहीं खाऊँगा, मुझे मारा क्यूँ ?"

"अभी कहाँ मारा है, बदमाशी करेगा तो और मारूँगा।"

"फिर यह झूठा दुलार क्यूँ ? हाथ न थके तब तक मारे जाओ।"

"ले, खा ले ! ज्यादा जिद मत कर, नहीं तो और मार पड़ेगी।"

काँच वाला प्रतिबिंब मुँह फुलाकर बोला, "हरगिज नहीं खाऊँगा। जो करना हो सो कर लो।"

"अरे, मूर्खों के बादशाह, मैं तेरे भले की खातिर ही इतनी मगजमारी कर रहा हूँ।"

"तेरा-मेरा भला कौन-सा अलग है ?"

"क्या, तू मुझसे अलग नहीं है ?"

"नहीं, अपन दोनों एक ही हैं। फकत यह शीशा ही मुसीबत की जड़ है। मेरा कहा मान, मैं तुझे खुश करने के लिए ही यह मिठाई लाया हूँ। ले, खा ले !"

"पहले इस काँच के टुकड़े-टुकड़े करके बाहर फेंक दीजिए, फिर मैं आपका कहा कभी नहीं टालूँगा।"

"वचन देता है ?"

"हाँ, वचन देता हूँ।"

फिर राम जाने उसके सिर पर क्या खब्त सवार हुई कि कपड़े धोने की मोगरी से उस काँच के टुकड़े-टुकड़े कर दिए और गली में फेंककर खुशी-खुशी वह मिठाई खा ली। उसके बाद जब कभी मिठाई खाने का मौका आया, उसने कभी हील-हुज्जत नहीं की। उसी दिन से दोनों के बीच एक ऐसा ही पुख्ता राजीनामा हो गया था।

और आज उसी राजीनामे का यह करिश्मा है कि एक अकिंचन थानेदार होते हुए भी लोग-बाग उसके पास पाँच लाख रुपए की पूँजी कूतते हैं।

रैनादे का रूसना

तमाम दुनिया को आलोकित करने वाला सूर्य रैनादे के रंगमहल में कदम रखते ही धीमा पड़ जाता है। अपने तप-तेज की गुरुता अपनी रानी को क्या दिखाए और रानी भी रानियों जैसी। लाखों में एक। धरती तक लहराते अनंत साँवले केश। बाल-बाल में अनगिनत मोती पिरोए हुए। असीम ब्रह्मांड में फरफराता सुरमई चीर। शाम को प्रियतम रंगमहल में पधारें तो गुलाल की वर्षा। भोर में रंगमहल से सिधाएँ तो गुलाल की वर्षा। देर-सवेर सहवास की वेला चाँद का चिराग जलाती। प्रियतम के वियोग में नित रूठने का पूरा आदी। रूठी रानी उसे ज्यादा लुभावनी लगती।

रोज की मानिंद आज फिर वही दिनचर्या। प्रीत के गुलाल में सना हुलसित सूर्य रंगमहल में आया तो दरवाजा जड़ा हुआ था। चिड़ियों की चहचहाट के बहाने कुंडी झनझनाई। रूठी रानी ने काफी देर से दरवाजा खोला। चिकने गेसुओं पर हाथ फिराते हुए प्रियतम बोला, "फिर वही बात ! बेचारे चिराग का क्या कसूर ? उसे तो जलाना था।"

"मुझे कहने की जरूरत नहीं। गरज हो तो खुद जला लो।"

"मैं जलाना नहीं जानता, तभी तुम्हारे इतने निहोरे कर रहा हूँ। चिराग के उजाले में तुम्हारा रिसाया रूप निहारता हूँ तो मेरी सारी जलन मिट जाती है।"

प्रियतम का हाथ झटकते रैनादे बोली, "मैं तुम्हारे सारे लच्छन जानती हूँ। क्या ये ढोंग सीखने के लिए ही सारे दिन डोलते फिरते हो ? रात को गरज थी, तब कहा कि अभी चक्कर लगाकर घड़ी-आध घड़ी में वापस आया। अगर वक्त पर ही आना था तो मुझे झूठा दिलासा क्यूँ दिया ?"

हँसी के बहाने चमचमाता सूर्य कहने लगा, "मेरी रानी, मुझे सारी दुनिया का खयाल रखना पड़ता है। सारे प्राणियों को मैं भूखा जगाता हूँ, लेकिन भूखा सुलाता नहीं। फकत मेरा ही उन्हें भरोसा है। मैं नियम भंग करता हूँ तो उनका विश्वास टूटता है। तमाम प्राणियों के लिए दिन और तुम्हारी खातिर सारी रात। फिर भी तू रूसना करती है ! हरेक की सार-सँभाल करते-करते मुझे एक पल भी चैन नहीं

मिलता।"

रैनादे का रूसना अब थोड़ा निथरने लगा। बोली, "तो क्या तुम खुद सारे उद्यम व प्रपंच करते हो ?"

"मेरे अकेले के उद्यम और प्रपंच करने से पार नहीं पड़ता। इस खातिर मैं हर प्राणी को जरूरत मुताबिक हौसला व ताकत सौंपता हूँ।"

"मुझे तो तुम्हारी सौंपी हुई ताकत में कोई दम नजर नहीं आता। जो हाली-मजूर तुम्हारी धूप तले आठों पहर हड्डी-तोड़ मेहनत करते हैं, पसीना बहाते हैं, उन्हें सूखे-बासी टुकड़े मुश्किल से हाथ लगते हैं। और जो अमीर-उमराव गद्दों पर पसरे पड़े रहते हैं, तुम्हारे तप-तेज के पास भी नहीं फटकते, वे मौज उड़ाते हैं, ऐश करते हैं।"

सूर्य कुछ धीमा पड़ता हुआ झीने सुर में बोला, "इंसान से तंग आकर मैंने उसकी सार-सँभाल छोड़ दी है। उसकी आकांक्षाएँ बहुत बढ़ गईं। अपने ज्ञान के अहंकार में डूबा, अब वो मेरे वश में नहीं रहा। जो पंछी-डंगर फकत मेरे विश्वास पर जीते हैं, मैं उनकी ही आस पूरता हूँ।"

रैनादे बीच ही में उलाहना देते हुए बोली, "अच्छी आस पूरते हो ! जीव, जीव का भक्षण करता है। आज ही मैंने झरोखे से देखा कि एक शेर एक गर्भवती हिरणी को दहाड़ता हुआ डकार गया। बेचारी अपने बच्चों की खातिर खूब रोई, मिन्नतें कीं, लेकिन हत्यारे शेर के मन में कुछ भी दया नहीं आई।"

"यह काम कुदरत का है। कुदरत जीवन-मरण में फर्क नहीं मानती। जीना सो मरना, मरना सो जीना। मैं प्राणियों के स्वभाव पालता हूँ, बदलता नहीं।"

"जहाँ वश नहीं चलता, वहाँ यूँ ही बात सँवारकर संतोष करना पड़ता है। क्या वाकई कोई नाचीज प्राणी भी तुम्हारी सार-सँभाल से नहीं बचता ?"

सूर्य सिर हिलाते हुए कहने लगा, "ऊँ हूँ, कोई नहीं बचता। इन प्राणियों की खातिर ही मैं तुम्हारी जुदाई बरदाश्त करता हूँ।"

रैनादे शर्त बदती हुई-सी बोली, "और अगर कोई प्राणी तुम्हारी सार-सँभाल से बच गया तो ?"

"तो मैं रनिवास के बाहर मुँह भी नहीं निकालूँगा।"

"इतने फैलो मत ! तुम्हारे वादे की औकात मैं जानती हूँ।"

रानी को बाँहों में भरते हुए प्रियतम बोला, "तुम नहीं जानोगी तो कौन जानेगा ? मेरी दाझ-जलन की तुम्हीं एकमात्र छाँव हो।"

मोतियों से जड़ी माँग सँभालते हुए रैनादे बोली, "इस खोखले प्यार के पीछे

मेरे अमोलक मोती मत बिखेरो।"

"मेरी प्रीत के पीछे ही इन मोतियों का मोल है।"

"हाँ, यह बात तो सही है !"

फिर तो मोतियों के बिखरने का हिसाब किसी ने नहीं रखा। तड़के सूर्य ने रंगमहल से बाहर जाने की आतुरता दरसाई, तब प्रियतम के गालों पर चुंबन देती रैनादे बोली, "एक दिन तो मेरे कहने से रुक जाओ। मर गई तो मन में रह जाएगी।"

सूर्य आलिंगन छुड़ाते हुए कहने लगा, "हम दोनों ही अमर हैं। हमारे मर जाने से तो सारी दुनिया ही मर जाएगी।"

"फकत घड़ी-आध घड़ी तो और ठहर जाते। क्या मेरे प्रेम की इतनी भी मर्यादा नहीं रखोगे ?"

"मर्यादा रखता हूँ, तभी तो समय पर जाना जरूरी है। एक क्षण की भी देरी होने से समूची दुनिया में हाय-तोबा मच जाएगी !"

रैनादे को बेमन से गुलाल की वर्षा करनी पड़ी। सूर्य मुस्कराता हुआ बाहर निकला और उसके मुस्कराते ही चारों ओर उजियारा ही उजियारा फैल गया।

रूठी रानी ने एक झटके से बचे हुए सारे मोती उतार दिए। अब तो प्रियतम की सही परख करने पर ही उसे चैन मिलेगा। शर्त जीतने के बाद उसे कभी रनिवास के बाहर नहीं जाने देगी। देखूँ तो सबकी सार-सँभाल लेने वाले ऐसे महाबली को !

थोड़ी ही देर में उसने एक बढ़िया तदबीर सोच ली। कुंकुम की डिबिया में एक चींटी डालकर चोली में छिपा ली।

पल-पल के इंतजार में दिन बेहद लंबा हो गया। आज वह किसी भी कीमत पर नहीं मानेगी। जानबूझकर इतनी देर की !

रंगमहल की साँकल बजा-बजाकर सूर्य पूरा तंग आ गया। तब कहीं उसने मुश्किल से दरवाजा खोला। आमना-सामना होते ही उलाहना जताते हुए बोली, "आज इतनी देर कैसे हुई ?"

"मैं तो वक्त पर ही आया, लेकिन मेरी रूठी रानी को तो देरी महसूस होगी ही।"

रैनादे आवाज कसते हुए बोली, "किसी प्राणी की सार-सँभाल में कसर तो नहीं रही ?"

सूर्य गुमान से बोला, "कसर रहने पर मेरे तप-तेज को कौन मानेगा ?"

"बहुत देखा तुम्हारा तप-तेज ! क्यूँ फिजूल की हाँक रहे हो !"

फिर वापस आकर उसने चोली से सोने की डिबिया निकालकर पूछा, "इस चींटी की सार-सँभाल ले ली ?"

सूर्य मुस्कराते हुए बोला, "तुम्हें वहम हो तो डिबिया खोलकर देख लो। अपने हाथ से आधा चावल डाला था। कुतरने के बाद अब भी थोड़ा बचा हुआ है।"

रैनादे को तब भी विश्वास नहीं हुआ। तुरंत डिबिया खोलकर देखा, सचमुच चींटी के पास चावल का कण पड़ा था !

उसके आश्चर्य और खुशी का पार नहीं रहा। प्रियतम पर गुलाल उछालते हुए बोली, "अब तो मेरे सारे मोती बिखर जाएँ, तब भी परवाह नहीं।"

प्यार-भरी इस वाणी के साथ ही उसने अपने प्रियतम को बाँहों में भर लिया। फिर तो सारी रात मोती दर मोती बिखरते ही रहे; बिखरते ही रहे !

अनेकों हिटलर

वे पाँचों ही इंसान थे। कोई उम्र में छोटा, कोई बड़ा। सब तीस और पचास के बीच में थे। सबसे बड़े के बालों में कहीं-कहीं सफेदी झाँकने लगी थी। बाकी सभी के बाल एकदम काले थे। चेहरे इंसान जैसे ही थे। आँखों की जगह आँखें। नाक की जगह नाक। दाँतों की जगह दाँत। हाथ-पैरों की जगह हाथ-पैर। ताँबई रंग। सबके सफेद पगड़ियाँ। कोई नई। कोई पुरानी। लट्ठे के सफेद चोले और सफेद ही धोतियाँ। कानों में सोने की साँकलियाँ और मुरकियाँ। तीन के गले में काले डोरे से बँधी सोने की मूरतें। सभी इंसान की बोली बोलते थे और इंसान की ही चाल चलते थे।

वे सभी खेतिहर थे। खेतों में मेहनत करते थे और फसलें लेते थे। गेहूँ, जीरा, राई, सौंफ या मेथी वगैरह के जरिए सूखी धरती की कोख सब्ज करते थे। देश की आजादी के बाद बड़े किसानों के पौबारह हो गए हैं। आँखें मूँदकर धूल में बीज डालते हैं और दोनों हाथों से कमाई बीनते हैं।

उन पाँचों के हुलिए से ऐसा लगता था, जैसे उन्होंने किसी औरत की कोख से जनम न लेकर धरती की कोख से जनम लिया हो। करील, आक, खेजड़ी और बबूल की तरह धीरे-धीरे बढ़े और फले हों। जैसे कुदरत की वन-पाती ही उनकी बिरादरी हो।

वे पाँचों चचेरे भाई थे। साझे में ट्रैक्टर खरीदने के लिए गाँव से जोधपुर जा रहे थे। चोले के नीचे बंडियों की जेबों में नोट भरे हुए थे। सबके चेहरों पर उनकी गर्मी साफ दिख रही थी। दौलत की जड़ें वैसे तो कलेजे की गहराई में होती हैं, पर उसके अदीठ फलों की आब चेहरों पर झलकती है।

बस से उतरते ही वे जेबों पर हाथ फेरते हुए सीधे ट्रैक्टर की तयशुदा दुकान की ओर तेज कदमों से चल पड़े। सड़क पर पाँव पड़ते ही अदेर वापस उठ जाते। उनके वश में होता तो वे काली-कलूटी सड़क पर पाँव रखते ही नहीं।

पहली सीढ़ी चढ़ते ही काँच के पार दुकान के मालिक का सिर दिख पड़ा। चमकती चाँद पर नजर पड़ते ही सभी एक साथ चहके, "किस्मत की बात ! खुद

ओमजी यहाँ मौजूद हैं।"

दरवाजा उघाड़ते ही बर्फ-सी ठंडी हवा का झोंका आया। पाँचों ने एक साथ गहरी आहें भरी। एक बोला, "स्वर्ग के मजे तो ये ले रहे हैं ! हम तो जानवरों की जिंदगी गुजारते हैं।"

ओमजी मुस्कराते हुए पतले और रस-भीने सुर में बोले, "तुम्हारी खेती-बाड़ी से मेरी दुकान की अदल-बदल करना चाहो तो मेरी मनाही नहीं है।"

"देखो, पछताओगे।"

"देखी जाएगी।"

बड़ा भाई बोला, "शुरू में ही क्या पछतावे की बात लेकर बैठ गए ! यह तो अपने-अपने करम और अपने-अपने काम हैं और उन्हीं को शोभा देते हैं।"

गद्दीदार कुर्सियों पर बैठने पर उन्हें ऐसा लगा, जैसे वे बैठे ही न हों। यकीन करने के लिए गद्दियों को तीन-चार बार हाथों से दबाकर देखा, तब कहीं इत्मीनान हुआ। फिर कुर्सियों के हत्थों पर कुहनियाँ टेककर आराम से बैठ गए।

दुआ-सलाम के बाद एक भाई बोला, "आखिर जैसे-तैसे हमारा भी नंबर आया। आज ही ट्रैक्टर दे दो। बढ़िया महूरत देखकर घर से चले हैं। दिन-ढले वापस गाँव पहुँचना है। हम समझेंगे कि ट्रैक्टर आपने इनायत ही किया।"

"यहाँ तो हर कोई इसी तरह ताकीद करता हुआ आता है। दो बरस बारी का इंतजार किया तो अब दो दिन भी सब्र नहीं कर सकते ?"

छोटा भाई बोला, "दो दिन तो बहुत, अब तो दो घड़ी भी सब्र नहीं होता। औरतें तो हमारे घर से निकलते ही ट्रैक्टर बधाने के लिए दरवाजे पर खड़ी हो गई होंगी। सौ-दो सौ चाहे ज्यादा लग जाएँ, पर ट्रैक्टर तो आपको आज ही देना पड़ेगा।"

उनकी उतावली देखकर ओमजी मुस्कराए। कहने लगे, "मैं तुम गाँववालों की आदत जानता हूँ। ट्रैक्टर कल ही तैयार कर दिया था। जब मरजी हो, ले जाओ।"

पाँचों की खुशी और आनंद का ओर-छोर न रहा। जैसे सारी दुनिया का राज्य हाथ लग गया हो। मझला भाई ओमजी की चमकती चाँद की ओर देखकर बोला, "बड़भागी के हाथ-भर का ललाट है, फिर कैसी ढील ? जीते रहो !"

सब भाई ओमजी को पहचानते थे। अपनी बारी की पूछताछ के लिए वे दो-दो तीन-तीन मर्तबा यहाँ आ चुके थे। धंधे की जरूरत मुताबिक अच्छी-खासी पहचान थी। सरल स्वभाव। मीठी बोली। हँसमुख चेहरा। अंगों की बनावट से ऐसा

लगता था, गोया ट्रैक्टर के पुरजों की नाईं वे भी किसी कारखाने में बनाए गए हों। मशीनों की तरह उनका शरीर तराशा गया हो। चाँद की जगह चाँद। जिसके तीन ओर खिचड़ी बालों की झालर। गले की जगह गला। जरूरत-माफिक मुस्कान।

सामने बैठे पाँचों भाइयों के चेहरे देखते हुए बोले, "अब तो तसल्ली हुई ! बस के धक्के खाते आए हो, कुछ सुस्ता लो। आराम करो। ठंडा पानी पीओ।"

इस मान-मनुहार के साथ ही उन्होंने घंटी बजाई। अदेर एक आदमी भीतर आया। लस्सी लाने का आदेश दिया। उसके बाहर निकलने पर ओमजी ने कहा, "तुम्हारे घर के दूध-दही का मुकाबला तो नहीं कर सकते, पर और मनुहार भी क्या करें ! पानी जैसा दूध। मिचलाता दही। यहाँ तो फकत ठंडी हवा, ठंडा पानी, नरम गद्दियाँ और बिजली की चकाचौंध है। मिलावट के ठाट-बाट और नकल की धूम है। पैसों के बदले भी न अनाज मिलता है, न मसाले। खाने-पीने की मनुहार करते भी शर्म आती है।"

एक भाई हँसकर बोला, "अगर सच्चे मन से मनुहार करना चाहें तो बहुत-सी बढ़िया-बढ़िया चीजें हैं। स्वर्ग के देवताओं को डाह हो जैसी। वरना लस्सी से तो कलेजा ठंडा करना है ही।"

इशारा एकदम साफ था। ओमजी जोर से हँसते हुए बोले, "यहाँ दुकान पर यह सब नहीं चलता। शाम तक ठहरो तो घर पर खातिर कर सकता हूँ।"

"आपके कहते ही हमारी खातिर तो हो गई। इतनी मेहर ही काफी है। ट्रैक्टर कहाँ है, जरा देख तो लें !"

"लस्सी आने दो। पीकर चलते हैं।"

"लस्सी भागी थोड़े ही जाती है ! ट्रैक्टर देखने के बाद कलेजा ज्यादा ठंडा होगा। ज्यादा मीठी लगेगी।"

ओमजी खुद साथ चले। वर्कशॉप में ट्रैक्टर तैयार खड़ा था। लाल सुर्ख 'मैसी फरगुसन' ट्रैक्टर। जैसे बीर-बहूटियों का ढेर लगा हो। उस पर नजर पड़ते ही पाँचों का अंतस् रँग गया।

ट्रैक्टर पर हाथ फेर, अच्छी तरह देख-दाखकर सब वापस दफ्तर में आए। लस्सी के गिलास मेज पर ढके हुए रखे थे।

कुर्सी पर बैठकर ओमजी ने कहा, "जमाना कितना बदल गया ! पहले तो गाँव में एक ही ठाकुर होता था, पर अब तो तुम जैसे सभी बड़े किसान ठाकुर हो गए। आजादी की सारी मौज तुम्हीं लूट रहे हो। जहाँ पहले लोग छाछ को भी तरसते थे, वहाँ अब 'बढ़िया-बढ़िया चीजें' पानी की तरह बरती जाती हैं। हल और

फावड़ा तक खरीदना मुश्किल था, वहाँ अब हजारों रुपयों का ट्रैक्टर लेते वक्त सोचते ही नहीं ! यारो, आजादी का मजा जितना लेना हो, ले लेना। मन में मत रखना।"

चौथा भाई बीच में ही बोला, "क्या खाक मजे हैं ! अनाज खाकर बड़ी मुश्किल से पेट भरते हैं। हजारों पीढ़ियों तक मुसीबत और तंगी सही है। आज तुम्हें कानी का काजल भी नहीं सुहाता ! भला हो गाँधी बाबा का, जो हमें भी इंसान की जिंदगी मिली। वरना गाँवों में बिजली की मोटर, ट्रैक्टर और रेडियो का क्या काम ?"

"पर हमें तो अब कागज के नोट खाकर पेट भरना पड़ेगा। चंद ही दिनों में हमें अनाज मिलना दूभर हो जाएगा।"

"आप हमें ट्रैक्टर दिए जाओ, हम आपको अनाज दिए जाएँगे। चाहो तो सही करा लो।"

बड़ा भाई बोला, "कोई किसी को कुछ नहीं देता। भैंस अपने पेट के लिए चारा खाती है। तमाम माथापच्चियाँ अपनी-अपनी गरज के लिए हैं। कोई अपने मतलब से ट्रैक्टर बेचता है और कोई अपने मतलब से ट्रैक्टर खरीदता है।"

अपने कानों से अपने ही बोल सुनकर बड़े भाई को लगा कि बात कुछ उलटी पड़ गई। वापस सँवारने की चेष्टा करते हुए कहने लगा, "फिर भी, आपने बात तो ठीक कही। बापू की मेहरबानी से आजादी के बाद हमें भी थोड़ा सुख मिला। घर-घर अनाज के ढेर, दूध-दही की इफरात…।"

बीच ही में खल्वाट हिलाते ओमजी बोले, "ना, घर-घर की बात झूठी। हाँ, तुम जैसे इने-गिने बड़े किसानों की जरूर मनचाही हुई है।"

छोटा भाई कुछ पढ़ा-लिखा था। बोला, "मनचाही तो क्या हुई, पर दुःख का फंदा कुछ ढीला हुआ। उससे जरा आराम का साँस आया। सुख तो चाँद की तरह अभी बहुत दूर है।"

मझला भाई बेकार की बकवास खत्म करते हुए कहने लगा, "चाँद के लिए तरसने से क्या फायदा ! मतलब की बात करो। जेबों से नोट निकालकर ओमजी को दो और अपनी चीजें देख-भालकर काबिज करो। वक्त तो बातों में भी बीतता है।"

जैसे अचानक कोई भूली बात याद आ गई हो। अदेर जेबों में हाथ घुसे। मेज पर नोटों का ढेर लग गया। पचास घोड़ों की ताकत के विलायती ट्रैक्टर के साथ ट्रॉली, तवियाँ, हल और हेरा। साठ हजार का सौदा था।

इधर ओमजी ने नोट गिन-गिनाकर दराज के हवाले किए और उधर पाँचों भाई एक साथ उठे और अपनी चीजें काबिज करने के लिए वर्कशॉप की ओर चल पड़े। बड़े भाई के कहने पर छोटा भाई मालाएँ, गुलाल, गुड़ और रम लेने के लिए बाजार की तरफ रवाना हुआ। फिर चारों भाई जुटे, सो हमालों के साथ मिलकर फटाफट ट्रॉली भर ली। वे अपने काम से फारिग हुए, तब तक छोटा भाई भी आ गया। खुशी-खुशी गुड़ बाँटा। मालाओं से ट्रैक्टर का सिंगार किया। सामने बीचोबीच स्वस्तिक चितेरा। तीनों छोटे भाई अच्छे ड्राइवर थे।

जल्दी मचाते हुए भी काफी दिन ढल गया था। सूरज पश्चिम की ओट में छुपने की तैयारी करने लगा था। अजमेर-जयपुर सड़क के चुंगी-नाके से आगे सड़क खाली थी। खूब चौड़ी। फरफराती मालाओं से सजा ट्रैक्टर धरर-धरर चल रहा था। उस पर बैठे पाँचों भाइयों को ऐसा लगा, जैसे सड़क की जगह आकाश उनके ट्रैक्टर तले बिछ गया हो। और सामने क्षितिज तक फैली धरती उन्हें नारियल से भी छोटी लगी—एकदम छोटी। डूबता सूरज उनके ट्रैक्टर को देखने के लिए जैसे एक ठौर रुक गया हो। सर्र-सर्र करती हवाएँ मानो उनकी बलैयाँ ले रही हों। सारी दुनिया का आनंद उनके दिल में हिलोरें भरने लगा। सोने की मूरतों का परस पाकर ढलते सूरज की किरणें निहाल हो गईं। जब दरख्तों और झाड़ियों में दुबके परिंदे ट्रैक्टर की धरधराहट सुनकर इधर-उधर उड़ते, तब उन्हें ऐसा लगता, गोया उनके अंतस् का आनंद इन पँखेरुओं के बहाने इधर-उधर उड़ रहा हो।

कि सहसा सूँ-सूँ की तीखी आवाज उनके कानों में पड़ी। चौंककर देखा। फैले डैनों को स्थिर किए एक बाज नीचे उतरा और देखते-देखते झाड़ी की ओट में दुबके एक खरगोश के बच्चे को अपने पंजों में दबोचकर वापस उड़ गया। पाँचों भाइयों ने मुस्कराकर एक-दूसरे की ओर देखा। बड़ा भाई बोला, "लेख हरगिज नहीं टलते। इसी झाड़ी के पास, इसी बाज के पंजों से इसकी मौत लिखी हुई थी।"

बाज के अदीठ होने तक वे उसे देखते रहे। ट्रैक्टर की धरधराहट जारी थी। उस समय ट्रैक्टर एक पुल के बीच से गुजर रहा था। चौथा भाई बोला, "जल्दी करते-करते भी काफी देर हो गई। फिर भी शुभ-महूरत का योग अच्छा रहा। गाँव से चलते समय शकुन भी बढ़िया हुए थे।"

सामने कुछ चढ़ाई थी। उसे पार करने पर उन्हें दो-एक खेत दूर एक साइकिल-सवार जाता हुआ नजर आया। और उधर उस साइकिल-सवार को कुछ धरधराहट सुनाई दी तो उसने पीछे देखा—ट्रैक्टर आ रहा है। उसने फौरन वापस मुड़कर तेज पैडल मारे। ट्रैक्टर वालों से भी उसकी वह तेजी छुपी न रही। दूरी

बढ़ते ही वे इसे ताड़ गए। ट्रैक्टर चलाता भाई बोला, "पागल कहीं का ! पैडल तेज मारने से क्या होगा ? ट्रैक्टर से आगे कहाँ जाएगा !"

उसने रफ्तार कुछ तेज कर दी। ट्रैक्टर की धरधराहट भी बढ़ गई। साइकिल-सवार भी इसे जान गया। उसने और जल्दी-जल्दी पैडल मारे। कुछ दूरी और बढ़ गई।

दोनों के बीच बढ़ती हुई दूरी ट्रैक्टर चलाने वाले से बर्दाश्त नहीं हुई। उसने रफ्तार थोड़ी और बढ़ा दी। बोला, "माँ का खसम, आखिर तो थकेगा। थोड़ी देर खुश होता है तो होने दो।"

मझला भाई बोला, "ये नंगे सिरवाले छोकरे होते ही उलटी खोपड़ी के हैं।"

धरधराता ट्रैक्टर सड़क को समेटते दौड़ रहा था। रंग-बिरंगी मालाएँ और तेजी से फरफराने लगीं। बड़ा भाई बोला, "आप ही थक जाएगा। बेकार रेस क्यूँ खींचता है ? ट्रैक्टर के सामने बेचारी साइकिल की क्या औकात ?"

चीं-चीं की एक तीखी आवाज उनके कानों में पड़ी। बिल में घुसते हुए एक चूहे को चील ने झपट लिया। वह चींचाहट उस मरते हुए चूहे की थी। थोड़ी ही देर में वह चींचाहट इस दुनिया से लोप हो गई।

सूरज आधा डूब गया था। अब वो भी रात-भर के लिए ओझल हो जाएगा। डूबते सूरज के चारों ओर गुलाल ही गुलाल फैल गया। गोया वो ट्रैक्टर की सुर्खी का ही अक्स हो।

चारों ने डूबते सूरज से नजर हटाकर सामने देखा–"अरे, दूरी तो बढ़ती ही जा रही है !" सभी के मन में एक साथ एक बात खटकी–दो सौ रुपल्ली की साइकिल और साठ हजार का ट्रैक्टर ! यह भी कोई होड़ है ! चूहा हाथी से भिड़ने चला है !

दूसरा भाई बोला, "फेफड़े फटने से मर गया तो घरवालों से भी दूरी पड़ जाएगी।"

चौथा भाई बोला, "घरवालों से राम जाने कब दूरी पड़ेगी, पर हमारे ट्रैक्टर से तो दूरी बढ़ती ही जा रही है।"

छोटे भाई ने थोड़ी रफ्तार और बढ़ा दी। ट्रैक्टर नया है। पूरी रेस खींचना ठीक नहीं।

साइकिल वाले ने पीछे मुड़कर देखा। सचमुच वो काफी आगे निकल आया था। जोश में और तेजी से पैडल मारे। पैर फिरकी की तरह घूमने लगे। पहाड़ से उतरती नदी की तरह साइकिल सड़क पर फिसल रही थी। जैसे कोई बवंडर

साइकिल में बदल गया हो या वो व्यक्ति बवंडर पर सवार हो गया हो।

ट्रैक्टर पर बैठे सभी भाइयों ने गौर से देखा। वाकई, दूरी काफी बढ़ गई थी। और रफ्ता-रफ्ता बढ़ती ही जा रही थी। मालाओं से सजा विलायती ट्रैक्टर ! साठ हजार की कीमत का ! और यह दो कौड़ी की साइकिल ! और यह कॉलेज का छोरा ! नंगे सिर ! निकर पहने !

हवा का एक तेज थपेड़ा लगा तो एक माला का धागा टूट गया। वह चौतरफ फरफराने लगी। कभी दुहरी हो जाती, कभी सीधी। एक माला और टूट गई।

ट्रैक्टर चलाते छोटे भाई को फरफराती मालाएँ ऐसी लगीं, गोया उसके कलेजे पर कँटीली बेंतें पड़ रही हों। उसने दाँत पीसकर पूरी रेस खींच दी। तोप से छूटे गोले की तरह ट्रैक्टर दौड़ने लगा। हवा में चारों ओर धरधराहट गूँजने लगी। ट्रैक्टर तले बिछा आकाश ऊपर, और ऊपर उठ गया।

फासला कुछ कम हुआ। और कम हुआ। हाँ, अब तो काफी कम हो गया।

नारियल की तरह छोटी दिखती दुनिया अब फकत दो बिंदुओं में सिमट गई थी। ट्रैक्टर और साइकिल के अलावा उन्हें दुनिया की किसी चीज का खयाल नहीं था। साठ हजार का ट्रैक्टर और यह दो कौड़ी का चरखा !

इत्तफाक की बात कि एक साथ दो फौजी गाड़ियाँ सामने से आईं तो ट्रैक्टर की रफ्तार कम करनी पड़ी। साइकिल-सवार मौका देखकर काफी आगे निकल गया।

मझला भाई बोला, “ये शहरी छोकरे कितने नालायक होते हैं ! गाड़ियों का फायदा उठाकर फौरन आगे निकल गया।”

बड़ा भाई बोला, “बेचारा थोड़ी देर गुमान करता है तो करने दो। आखिर कहाँ तक जाएगा ! कभी तो दम फूलेगा ! पगला, बेकार अपनी जवानी गँवा रहा है। नसें ढीली पड़ गईं तो औरत के काम का भी नहीं रहेगा। जवानी कहीं साइकिल पर उतारने के लिए होती है !”

सड़क खाली मिलते ही छोटे भाई ने फिर पूरी रेस खींच दी। गोया बारूद को पलीता दिखाया हो। हवा को पकड़ने की चेष्टा में ट्रैक्टर आँधी बन गया था। रफ्ता-रफ्ता फासला घटता गया।

ट्रैक्टर की धरधराहट नजदीक सुनी तो उसने पीछे मुड़कर देखा। गुस्से से झट वापस मुड़ा। फिरकी की तरह उसके पैर तेजी से घूमने लगे। वे गति में बदल गए थे। वहाँ गति थी—सिर्फ गति !

अब उसे कुछ पसीना आने लगा था। वो राजस्थान का सबसे तेज साइकिल चलाने वाला था। हाँ, वो भी एक इंसान था। बाँहों की जगह बाँहें। पैरों की जगह पैर। साँसों की जगह साँस। सपनों की जगह सपने।

पिछले दो महीनों से वो रोजाना साठ-सत्तर मील साइकिल चलाने का रियाज कर रहा था। अगले महीने अखिल भारतीय साइकिल दौड़ में अगवानी रहा तो शायद पेरिस जाने की बारी आ सकती है। आज इस होड़ में उसके दम-खम का पता चल जाएगा। उसने दाँत भींचकर अपनी ताकत से भी ज्यादा पैडल मारे।

साइकिल चलाने की लकब और तर्ज देखकर उसके साथ पढ़ती एक लड़की ने खुद उसके सामने ब्याह का प्रस्ताव रखा, पर उससे जाहिराना तौर पर 'हाँ' या 'ना' कोई जवाब देते नहीं बना था। कुछ दिन मिलते रहने, बातचीत करने और एक-दूसरे के अंतस् को अच्छी तरह पहचानने के बाद आप ही सारी बातें साफ हो गईं। अखिल भारतीय साइकिल दौड़ से फारिग होने पर ब्याह करने का वादा कर लिया। वो तंगी में पला था। वह भरे-पूरे घर में बड़ी हुई थी। पर दोनों एक-दूसरे पर जान देते थे। एक दाँत रोटी टूटती थी। ब्याह की अनमोल रात उनकी सेज पर चाँद उतरेगा !

सहसा प्रियतमा का चेहरा उसकी आँखों के आगे झलका। जैसे वह हवा बनकर आज की यह होड़ देख रही हो। उसकी ताकत दस गुना बढ़ गई। पाँवों के पंख लग गए। भला प्रियतमा की अदीठ नजर से ज्यादा इस बेजान ट्रैक्टर की क्या हस्ती ? फासला बढ़ने लगा सो बढ़ता ही गया। बढ़ता ही गया। देखते-देखते फासला पहले से भी डेढ़ा हो गया।

ट्रैक्टर की रेस पूरी खींची हुई थी। इससे ज्यादा उनका कोई वश नहीं था। उनका मन ऐंठने लगा। चौतरफा सरसराती हवा धरधराहट के चक्कर में फँस गई। सारी दुनिया का राज्य देखते-देखते छिन गया।

तोप के गोले की नाईं ट्रैक्टर दौड़ रहा था। नंगे सिर वाले साइकिल-सवार के पाँवों में जैसे बवंडर ने शरण ले ली हो। प्रियतमा का चेहरा उसकी आँखों के आगे जगमगा रहा था। फासला बढ़ता गया। न उसके फेफड़े फटे और न उसकी साँस टूटी।

आधी मालाएँ टूटकर नीचे गिर गईं। पर वे कर ही क्या सकते थे ?

पर अदीठ के जोर और जोग का किसी को कोई इल्म नहीं था। बवंडर की गति बने पाँव अचानक खाली घूमने लगे। साइकिल की चेन उतर गई थी। फिर भी वो घबराया नहीं। ट्रैक्टर की रफ्तार का कूता उसके पाँवों ने आप ही कर लिया

था। प्रियतमा के चेहरे चौतरफ दिप-दिप कर रहे थे। इस ताकत से बढ़कर दुनिया की कोई ताकत नहीं है। वो फौरन साइकिल रोक, लपककर नीचे उतरा। साइकिल स्टैंड पर खड़ी करके इतमीनान से चेन चढ़ाने लगा।

धीरे-धीरे दूरी कम होती गई। ट्रैक्टर की धरधराहट और पाँचों भाइयों की खुशी हवा में समा नहीं रही थी। भला, जोग के जोर का मुकाबला कौन कर सकता है ? साठ हजार रुपयों की लाज जैसे-तैसे बच गई। इस तरह के झूठे संतोष से कोई अपने मन को बहलाए तो भला उसे कौन रोक सकता है ?

ट्रैक्टर की धरधराहट एकदम नजदीक आ गई। चेन चढ़ाने की हड़बड़ाहट में उलटे अधिक देर हो रही थी। देखते-देखते ट्रैक्टर बिलकुल करीब आ गया। पर उसे अपनी ताकत और प्रियतमा के अदीठ चेहरे का पूरा भरोसा था।

धरधराता ट्रैक्टर पास आकर आगे निकल गया। पाँचों ही भाई इंसान की बोली में एक साथ कुछ चिल्लाए। उस वक्त कौवों का एक झुंड काँव-काँव करते सिर से गुजर गया। ट्रैक्टर की धरधराहट और कौवों की काँव-काँव के दरमियान इंसान की बोली ठीक से सुनाई नहीं पड़ी।

वो चेन चढ़ाकर साइकिल पर सवार हुआ तब तक ट्रैक्टर दो-एक खेत आगे निकल गया था। चारों भाइयों ने पीछे मुड़कर देखा। सोचने लगे कि साला चेन चढ़ाने का बहाना कर रहा था ! शायद होड़ करने का हौसला अब नहीं रहा।

पर वो साइकिल पर चढ़ते ही फिर बवंडर बन गया। और फासला रफ्ता-रफ्ता कम होने लगा, सो होता ही गया।

हलके-हलके अँधेरे में कुदरत दफ्न होने लगी थी। चारों भाई आँखें फाड़-फाड़कर देखने लगे। यह तो फिर आगे निकल जाएगा !

रेस पूरी खींची हुई थी। ट्रैक्टर की गति से ज्यादा उनका कोई जोर नहीं था। वे दाँत पीसने लगे।

ट्रैक्टर की सुर्खी में साँवली झाँईं घुलने लगी थी। छोटे भाई ने पूछा, "वो हरामी कहाँ आ रहा है ?"

चारों भाई दाँत पीसते हुए बोले, "लगता है, वो फिर आगे निकल जाएगा।"

"अब तो इसका बाप भी नहीं निकल सकता।" फिर बात कहते ही छोटे भाई के कानों में बाज की सूँ-सूँ और चूहे की चीं-चीं बारी-बारी से गूँजने लगी। कुछ देर बाद एक कान में चींचाहट और दूसरे कान में सूँसाहट की आवाज आने लगी, सो रुकी ही नहीं। लगता है, समूचा ब्रह्मांड इस गूँज से चिर जाएगा। ट्रैक्टर की धरधराहट भी उस गूँज में डूब गई।

और उधर उस साइकिल-सवार शहरी छोकरे की आँखों के सामने एक दूसरा ही ब्रह्मांड जगमगा रहा था। ठौर-ठौर प्रियतमा के चेहरे झिलमिलाने लगे—इने-गिने तारों में, दरख्तों और झाड़ियों में, टीलों में, सामने जा रहे ट्रैक्टर में, ट्रॉली में। आज उसकी परख हो जानी है। अगर ट्रैक्टर से आगे निकल गया तो जल्दी ही ब्याह कर लेगा। वह मान जाए तो कल। नहीं तो परसों। तरसों। जब भी वह चाहे।

अब आगे निकलने में देर ही क्या है ? तमाम दुनिया उसके हथलेवे की मुट्ठी में समा जाएगी। आँखों के आगे सुनहरे सपनों का ताना-बाना बुना जाने लगा।

और उधर बाज की सूँसाहट और चूहे की चींचाहट में हवा के रेशे-रेशे का दम घुटने लगा था।

चारों भाई दाँत किटकिटाते हुए बोले, "इस नंगे सिर वाले दोगले ने तो आज अपनी पगड़ियों को धूल चटा दी।"

फिर उन्होंने छोटे भाई को एक नई जुगत बताई, "पास आते ही ट्रैक्टर उसकी ओर घुमा देना। वो हरामी भी क्या सोचेगा कि···!"

बाज की सूँसाहट और चूहे की चींचाहट को इंसान की जबान मिल गई।

और उधर उसकी प्रियतमा के चेहरों का उजाला भी काफी बढ़ गया था। एक-एक चेहरा स्पष्ट दिखने लगा।

अब तो ट्रॉली के बराबर पहुँच गया। बाज की सूँसाहट और चूहे की चींचाहट ने ड्राइवर के सिर में दुबककर खामोशी अख्तियार कर ली।

बवंडर के वेग से दौड़ती साइकिल सहसा ट्रैक्टर से टकराई। आँखों के सामने बिजली कौंधी। फिर दिप-दिप करता एक-एक चेहरा बुझने लगा। ट्रैक्टर के पिछले टायर ने नंगे सिर का कचूमर निकाल दिया। तमाम चेहरे एक साथ बुझ गए।

हवा में फिर इंसान की बोली खदबदाई, "माँ का खसम, ट्रैक्टर से आगे निकलने की जुर्रत कर रहा था !"

छोटा भाई पढ़ा-लिखा था। फौरन एक तदबीर सोच ली। कुछ आगे जाकर ट्रैक्टर रोका। थैले से बोतल निकालते हुए बोला, "बेचारे को थोड़ी रम तो पिलाएँ !"

फिर इंसान के कदमों से आगे बढ़ा। साइकिल वाले के पास जाकर बोतल का ढक्कन खोला। उसके मुँह में आधी बोतल दारू उड़ेली। फिर उसके सिर के पास बोतल फोड़कर वह दौड़ता हुआ ट्रैक्टर पर चढ़ गया। धरधराता ट्रैक्टर आगे बढ़ गया। दरवाजे पर खड़ी औरतें बाट जोह रही होंगी। घर पहुँचने पर वे कितनी

खुश होंगी !

हवा में इंसान की हँसी का ठहाका गूँजा।

और उधर सड़क पर एक चित्र किसी ऊँचे पारखी की बाट जोह रहा था। लाल खून के बीच सफेद मगज। बोतल के टुकड़े। एक आदमी की लाश। सफेद निकर। फीरोजी बनियान। ठौर-ठौर खून के धब्बे। सपनों का कचूमर। मोह-प्रीत के रेले। चित्र कोई बुरा नहीं था !

पर···पर दोनों महायुद्धों के चित्र, हिरोशिमा-नागासाकी के चित्र, वियतनाम के चित्र, बंगलादेश के चित्र···इस नाकुछ चित्र से बहुत-बहुत बड़े थे। बहुत-बहुत मोहक। दिलकश। यह चित्र उनका मुकाबला तो नहीं कर सकता, पर गँवार हाथों से बना यह चित्र भी कोई खास बुरा नहीं था !

हाँ, वे पाँचों ही इंसान थे। इंसान की बोली बोलते थे और इंसान की ही चाल चलते थे।

हाथी-कांड

यह बात, पेट जित्ती पुरानी और भूख जित्ती नई है; पानी जित्ती पुरानी और प्यास जित्ती नई है; आँख जित्ती पुरानी और आँसू जित्ती नई है; नींद जित्ती पुरानी और सपने जित्ती नई है; धूल जित्ती पुरानी और आँधी जित्ती नई है; पहाड़ जित्ती पुरानी और झरने जित्ती नई है। यह बात रात जित्ती पुरानी और हुँकारा जित्ती नई है कि चाँद और नव-लख तारों की छत्रछाया के नीचे एक अद्‌भुत रजवाड़ा था—पोलमपुर। तीनों लोक की तुलना में न तो वैसा कोई विराट् राज्य स्थापित हुआ और न होगा। न राजेश्वरी पोपाँबाई के उनमान किसी रानी ने अवतार लिया और न कोई अवतार लेगी। उसके बेजोड़ दिल में फकत कैसी भी अच्छी-बुरी सनक जमनी चाहिए थी, फिर तो माथा कटने के उपरांत भी उसकी सनक डगमगाती नहीं थी।

राज-राजेश्वरी पोपाँबाई को सफेद हाथियों की सवारी का हद-कमाल शौक था। साथ ही साथ इंद्र भगवान् से डाह भी कम नहीं थी। बेचारे इंद्र भगवान् का पुण्य तो फकत एक बूढ़े-ठाड़े ऐरावत के साथ ही चुक गया, मगर पोपाँबाई के दरबार में एक से एक बेहतर पूरे तीस ऐरावत थे। नित्य नई तिथि के शुभागमन पर वह नए हाथी की सवारी करती। राज-दुलारे हाथियों की हवाई बीमारियों के खयाल-खयाल में उसने हजारों मन मेवा-मिष्ठान्न अग्नि-देवता की ज्वाला में होम दिया। यदि होम की बजाय उतना मेवा हाथियों को खिलाया जाता तो पाँच बरस के लिए काफी था।

सफेद हाथियों की सवारी के उछाह में वह सफेद लिबास के साथ वैसा ही सिंगार सजती। चाँदी की अंबाड़ी, चाँदी का अंकुश, चाँदी के आभूषण, मोतियों का हार, हाथी-दाँत के कंगन और धरती तक चमचमाती झूल—सब कुछ बर्फ की नाईं बुर्राक। मानो हिमालय से छिटके किसी हिमखंड को पाँवों पर चलने का वरदान फला हो।

पोपाँबाई के अतुल्य दरबार में पंडित-ज्ञानियों की क्या कमी ? पूरे इक्कीस महा-रत्न थे। पर वह न तो किसी से कुछ पूछती और न किसी की कुछ सुनती। यदि भूल-चूक से भी किसी में उतनी समझ होती तो वह पोलमपुर जैसे अपूर्व

रजवाड़े का राजा नहीं हो जाता ? काश ! पोपाँबाई को वाजिब सलाह देने की कोई हिम्मत कर सकता ! कोरी-मोरी हाँजी-हाँजी के गरणे से सबकी बुद्धि छन जाती थी।

इंद्र भगवान् और पोपाँबाई में पूरमपूर ठनी हुई थी। और तब तक ठनी रहेगी, जब तक कड़कती गाज के कारण उसका टूटा हुआ अधूरा सपना वापस उसी क्रम से आगे न बढ़े। फिर तो उसका विखंडित स्वप्न साकार होगा ही। किसी की हरी-भरी प्रीत को सुखाने का अधिकार उन्हें किसने दिया ? भगवान् हैं तो अपने घर में हैं।…सात बरस पहले सुहाने सपने के बहाने प्रीत का पवित्र स्वाद चखने की खातिर पहली बार उसके रेशमी अधर लालायित हुए थे कि इंद्र भगवान् ने अपनी डरावनी गर्जना के साथ चिनगारियों-सी दहकती बूँदें बरसाकर उसके अधरों का अमृत-पान अदेर छीन लिया। ऐसे निर्मम जल्लाद का लिहाज भला वह क्योंकर रख पाती ? राज के खैर-ख्वाह तो ऐसे ही सुनहरे अवसर की प्रतीक्षा में थे। हाथियों की बीमारी व उनकी खुराक, यज्ञ, हवन इत्यादि से सब दरबारियों का पेट नहीं भरता था। जलती आग में घास पर घास डाला, फिर इंद्र भगवान् के उमराव क्यों पीछे रहते ? उन्होंने भी एक की इक्कीस भिड़ाई। अपनी-अपनी मान-मर्यादा किसे प्यारी नहीं होती ?

इंद्र भगवान् रूठे तो फिर कौन तूठे ? अकाल दर अकाल पड़ने लगे। मानो रात पर रात उलट पड़ी हो। यज्ञ और हवन की लपटों में सैकड़ों मन घी की बारिश होने पर भी इंद्र भगवान् ने पोलमपुर राज्य की सीमा में एक बूँद के भी दर्शन नहीं कराए। इंद्र भगवान् के चहेते कजरारे बादलों का हिया नहीं पसीजा सो नहीं पसीजा।

राजेश्वरी पोपाँबाई का कैसा भी हुक्म बजाने में सर्वाधिक चतुर और विश्वासपात्र था—एक खवास ठाकुर। इंद्र भगवान् से झगड़ा छिड़ने के तुरंत बाद महारानी का आदेश मिलते ही उसने पोलमपुर राज्य की सीमा के चारों ओर इंद्रधनुष व बिजलियों की हदबंदी खिंचवा दी। खुली आँखों से दिख जाए तो वह हदबंदी ही क्या ? मगर आँखें मूँदने पर खवास ठाकुर की मंडली की वह हदबंदी साफ-साफ नजर आती थी। ईश्वर की तरह कई चीजों का स्वरूप फकत आँखों के भरोसे नहीं होता ! उस हदबंदी के प्रताप से दुश्मनों की फौजें उसे लाँघने का हौसला नहीं जुटा पाती थीं। खवास ठाकुर के माकूल इंतजाम में किसी तरह की कोई कसर नहीं रहती थी।

यदि राज्य के इने-गिने स्वामीभक्त कभी-कभार साहस जुटाकर चुगली-चकारी

करते कि जिंदा मक्खी तो एक की बजाय इक्यावन डकार लें, मगर जिंदा अजगर क्योंकर निगलें ? तब राजेश्वरी पोपाँबाई उलटे उन्हीं को लताड़ती कि उन्हें निगलने की खातिर कौन मनुहार करने बैठा है ? हजम न हो तो मत निगलो। उसका दरबार मूर्खों के भरोसे नहीं है। बेचारे खवास ठाकुर की तो बिसात ही क्या, खुद भगवान् भी चाहे तो उसे ठग नहीं सकता। ओछे मानुस हमेशा बड़े आदमियों से ईर्ष्या रखते हैं, इसमें कोई नई बात नहीं। मनुष्य का भेद तो दरकिनार, पत्थर की नीयत भी उससे छिप नहीं सकती। फिर उसे बहकाने की चेष्टा करना सरासर बेवकूफी है। कहीं जरूरत से ज्यादा होशियार दीवान ने तो उन्हें पाटी पढ़ाकर नहीं भेजा ?

रानी ने सच्चाई भाँप ली, तब वे क्या जवाब देते ? उनका दिल और जोर से धड़कने लगा। हकलाते हुए बड़ी मुश्किल से अपना पीछा छुड़ाया, "जी...जी गरीबनवाज ! ना...ना दीनदयाल !"

"चुप रहो ! तुम्हारे जी-जी, ना-ना की दाल यहाँ नहीं गलेगी। दादा दीवान को जल्दी भेजो कि वह पीठ पीछे छौंक न लगाकर, जो भी कहना हो, सामने आकर कहे। चोर से मगजमारी न करके चोर की माँ को ही समझाना बेहतर है। राजनीति के ये झीने गुर तुम नहीं जानते। फिर क्यों बेकार सिर खपाते हो ! दिमाग की नसें तड़क गईं तो बच्चे तकलीफ पाएँगे।"

"जय हो, अन्नदाता की जय हो ! आपके रहते हमें बच्चों की क्या चिंता ?"

"उनकी खातिर ही तो तुम पर दया कर रही हूँ। यहाँ ठूँठ की तरह खड़े-खड़े मेरा मुँह क्या देख रहे हो ? ताली की आवाज के साथ दीवान को हाजिर करो !" यह हुक्म सुनाते ही राजेश्वरी ने दो तालियाँ बजाईं और दीवान हाजिर, जैसे रानी की चपल नजर से ही प्रकट हुआ हो। उसके जुड़े हुए हाथों की कँपकँपी देखकर रानी के रेशमी होंठों पर मुस्कान थिरक उठी, "दीवानजी, बिच्छू डंक मारना छोड़े तो तुम्हारे लच्छन छूटें। अपने राज्य के चारों ओर इंद्रधनुष और बिजलियों की नाकेबंदी के कारण पड़ोसी राजाओं की तो औकात ही क्या, खुद इंद्र भी चाहे तो पोलमपुर की ओर आँखें उठाकर नहीं देख सकता। तुम्हारा ऐसा ठस मगज तो नहीं जाना था कि ईश्वर की तरह यह अदीठ नाकेबंदी फकत तुम्हें ही नजर नहीं आती ? कितनी बार समझाया कि सूरज के उजाले की बजाय अँधेरा ज्यादा बेहतर है, क्योंकि वह आँखें बंद करने पर भी दिखता है, पर मरदुए सूरज का उजाला तो आँखें बंद करते ही ओझल !"

ये सब तो खवास ठाकुर के रटाए गुर हैं। दीवान ने खास परवाह नहीं की।

आज तो वह दृढ़ निश्चय करके आया था कि निपट स्वार्थी खवास ठाकुर की पोल खोलकर ही रहेगा। रानी साहिबा जब भी मौके पर मुआयना करने पधारेंगी तो उसी वक्त सारा घपला समझ में आ जाएगा। जुड़े हाथों को और अधिक कँपाते हुए अरदास की, "कोई माई का लाल इंद्रधनुष और बिजलियों की चार अंगुल भी नाकाबंदी करके तो बताए ! आपको तकलीफ तो होगी, सोलह घोड़ों का सोनल रथ जुतवाकर आप जरा जाँच तो फरमाएँ—कहाँ इंद्रधनुष, कहाँ बिजलियाँ और कैसी नाकेबंदी ! स्वयं इंद्र भगवान् भी लाख कोशिश करे…!"

"फिर वही बकवास !" रानी ने बीच में टोकते हुए कहा, "हजार दफा मना किया कि इस कलमुँहे का नाम सुनते ही मेरे आग-आग लग जाती है, इसे मरने दो। क्या इंद्रधनुष और बिजली की नाकेबंदी देखने के लिए मुझे मौके पर जाना होगा ? खवास ठाकुर की तरह तुम इतना भी नहीं जानते कि जब मुझे आकाश दिखता है, चाँद-तारे दिखते हैं, तो क्या यह नाकुछ इंद्रधनुष नहीं दिखेगा ? ऊँचे आकाश में चमकने वाली चंचल बिजलियाँ धरती पर बिछी हुई नजर नहीं आएँगी ? चाँद को देखने के लिए क्या चाँद के पास पहुँचना जरूरी है ? कुछ तो मगज लड़ाओ ?"

"लड़ाऊँगा अन्नदाता, आपका हुक्म हुआ तो जरूर लड़ाऊँगा।"

"राम जाने तुम्हें कब पता चलेगा कि मुझे सूरज से भी ज्यादा दिखता है।"

"हाँ, यह बात तो एकदम सही फरमाई अन्नदाता ! बेचारे सूरज को तो जन्म से ही रतौंधी का रोग है। पर आपको तो बंद आँखों से भी सपने साफ दिखते हैं।"

"तो फिर ?"

"गलती हो गई अन्नदाता, बड़ी भारी गलती हो गई।"

"गलती, गलती, हमेशा गलती। समझ नहीं पड़ता कि खवास ठाकुर के उनमान तुम सबकी अक्ल काम क्यों नहीं देती ? शायद वैद्यराज के साथ तुम्हें भी सवा मन बादाम खाने की जरूरत है ! तभी मेरा सिर चाटना तुम बंद करोगे ! सीधे बड़े महावत के पास जाओ और फीलखाने के कोठार से बादाम की बोरी घर ले पधारो। सातवें दिन यह बोरी चट करनी है, वरना इतने ही बादाम और खाने पड़ेंगे, समझ गए।"

"समझ गया अन्नदाता !" दीवान ने जोर से हामी भरते हुए कहा, "आपके समझाने पर कौन नहीं समझेगा ? आइंदा कभी गलती नहीं होगी।"

"और सुनो, अब किसी को भी चुगली-चकारी के लिए यहाँ नहीं भेजोगे।"

"नहीं अन्नदाता, हर्गिज नहीं। यदि भेजूँ तो आपकी मोचड़ी और मेरा सिर।"

"मेरी मोचड़ी इतनी मजबूत नहीं है। फट जाएगी।" राजेश्वरी पोपाँबाई मंद-मंद मुस्कराते हुए कहने लगी, "मेरे राज्य के दीवान होकर इतनी देर से समझते हो। जाओ, मिलजुलकर काम करो, तभी एकता की ताकत का तुम्हें अंदाज होगा।"

"तब तो अन्नदाता, एक छोटी-सी अरदास और ! यदि इंद्र भगवान् और आप दोनों में मेलजोल हो जाए तो पोलमपुर के कण-कण में नौबत-नगाड़े बजने लगें। वह एकता—धरती और आकाश की एकता होगी !"

"खामोश !" राजेश्वरी तैश में आकर बोली, "तुमसे बुद्धि की आशा रखना तो बैल के सींगों से दूध निकालने जैसा है। राज्य के दरबारियों का काम है—सीख सुनना ! और तुम मुझे सीख देने की गुस्ताखी कर रहे हो ! एक तुतलाते बच्चे में भी तुमसे ज्यादा समझ होती है ! क्यों, होती है कि नहीं ?"

"होती है अन्नदाता, जब आप फरमा रहे हैं तो जरूर होती होगी।"

"उम्र में पहली बार तुमने समझदारी की बात कही। जाओ, माफ किया। वरना गुस्सा तो ऐसा आया कि···!"

"जय हो, अन्नदाता की जय हो।" दीवान बीच में ही उतावली दरसाते हुए कहने लगा, "चींटी के लिए तो पेशाब की धार ही बहुत है, गरीब-नवाज ! सूरज भगवान् से भी आपका तप ज्यादा तेज है। पीठ फिराने के बाद भी आँखें चौंधियाती हैं।"

"तो अब जल्दी खिसको, वरना अंधे हो गए तो ठौर-कुठौर टक्कर खाओगे ! अक्ल की बात सुनते ही मेरा गुस्सा अपने आप निथर जाता है। देखो, बादामों वाली वह हिदायत भूलना मत।"

"नहीं भूलूँगा अन्नदाता, आपका आदेश सिर-आँखों पर। मेरी सात पीढ़ियाँ याद रखेंगी।"

दीवान भी धीरे-धीरे समझने लगा था कि दुनिया में सर्वोपरि पंथ स्वार्थ का ही है, जिस पर चलने से कभी जोखिम नहीं होती। पर इस पंथ पर चलने वाले एक-दूसरे को धक्का मारते हैं। किंतु इतनी कशमकश तो बर्दाश्त करनी ही होगी। तिस पर अकाल की मार !

एक के बाद एक सात साल तक निरंतर इंद्र भगवान् के कोप से पोलमपुर के राज्य में दाँत कुचरने के लिए तिनका भी नहीं बचा। तिस पर हाथियों की बेइंतहा खुराक ! अकाल का हाहाकार सुनते-सुनते उनकी खुराक भी दुगनी बढ़ गई। यदि हाथी घास के बदले मोहरें खाते तो राजेश्वरी की रंचमात्र भी मनाही नहीं

थी। मगर हाथी तो मोहरें सूँघते तक नहीं। जैसी थुल-थुल देह, वैसी ही मोटी अक्ल।

एक दिवस पोपाँबाई को गधे का रेंकना सुनकर ऐसी अनोखी बात उपजी कि राज्य के तीस बड़े ठाकुरों को तीसरे दिन ही दरबार में हाजिर होने का आदेश दे डाला। किसी को कानोकान भनक तक नहीं पड़ने दी कि उन्हें किसलिए बुलाया है। महारानी के निर्मल अंतस् में अनोखी बातें सूझने के निमित्त मनवांछित संयोग हर बार जुड़ जाते। कभी उसे छिपकली के औंधे गिरने से बातें सूझतीं, तो कभी दूध का उफान देखने पर। गधे जैसे सीधे जानवर का तो नाम ही उसे बहुत प्यारा लगता। पोलमपुर के राज्य में हुक्म-अदूली सबसे बड़ा जुर्म था। जैसा जुर्म वैसा ही जुर्माना। मनुष्य की हत्या कोई खास अपराध नहीं था। देर-सवेर हर प्राणी की मौत तो निश्चित है। भगवान् और पोपाँबाई के टालने से भी टलने वाली नहीं। या तो कुछ जल्दी या कुछ देरी से।

भरे दरबार में कोहनी तक हाथ जोड़े उमरावों का कलेजा धुक-धुक करने लगा। राजेश्वरी के सामने आँखें खोलकर देखना पूर्णतया निषिद्ध था। यदि भूल-चूक से वैसी गफलत हो जाती तो आँखों की ठंडक के लिए नमक, मिर्च और लहसुन का सुरमा पास ही तैयार रहता था। सभी सरदार सिर झुकाए कठपुतलियों की मानिंद चुपचाप खड़े थे कि पोपाँबाई का संकेत मिलते ही दीवान ने फरमान सुनाया कि जब तक राज्य में मूसलाधार बारिश की झड़ी न लगे, तब तक महारानी साहिबा हाथी की सवारी नहीं करेंगी। हाथियों की चिंघाड़ सुनने पर उनका मन सवारी के लिए छटपटाएगा। बरसों पुरानी आदत आसानी से पिंड नहीं छोड़ती। इसलिए सभी सिरायत एक-एक हाथी चुन लें और सार-सँभाल रखें। यदि किसी भी हाथी का वजन बताशे-भर भी कम हो गया तो उसकी खैर नहीं है। राज्य के दंड का ब्योरा तो किसी से भी छिपा नहीं है। जिसकी जो इच्छा हो, वही दंड कबूल कर ले।

सभी ने सिर झुकाए-झुकाए ही प्रार्थना की, "अन्नदाता, चुग्गे-पानी के अभाव में चिड़ियों तक ने यह राज्य छोड़ दिया, फिर हाथियों का पेट क्योंकर भरेगा ? इसलिए घरवालों समेत हम सबको हाथियों के सामने फिंकवाने की मेहरबानी हो जाए। उनकी कुछ तो भूख मिटेगी।"

बात इक्कीस आने सही थी, फिर भी गुस्से का दिखावा जरूरी था। राज्य की नींव झूठ, पाखंड, छल-कपट और भय के सहारे टिकी रहती है। राजेश्वरी आँखों में रंग लाकर बोली, "यदि तुम सभी इसी ज़िद पर आमादा हो तो मुझे कोई

एतराज नहीं ! घर-घर में तुम्हीं लोगों ने मेरी यह बदनामी फैलाई है कि मैं किसी की कोई बात नहीं सुनती। इससे ज्यादा और क्या सुनूँगी ? महावतों को बस हुक्म देने की देर कि वे हाथियों को शराब पिलाकर मदहोश कर डालें। फिर जिसकी जो पसंद हो, उसी हाथी के सामने खड़ा हो जाए। जिस हाथी की जैसी इच्छा होगी, उसी तरह रौंदेगा, पछाड़ेगा, मारेगा। मैं कुछ भी पंचायती नहीं करूँगी।"

"जो आज्ञा अन्नदाता, हम सभी मरने को तैयार हैं। हो जाए महावतों को आदेश, गरीब-परवर !"

ठाकुरों का यह हौसला देखा तो महारानी असमंजस में पड़ गई। धीमे से बोली, "कुछ भी हो, मैंने एक बार आदेश कर दिया, सो कर दिया। तुम्हारी तरह मेरा मुँह उधार लिया हुआ नहीं है। अभी इसी वक्त हाथियों को अपने साथ ले जाना पड़ेगा।"

"किंतु गरीब-नवाज, इन्हें खिलाएँगे क्या ? घास और भगवान् के दर्शन सपने में भी हो जाएँ तो गनीमत है। राज्य का आदेश मरकर भी नहीं टालते। मगर यह घास वाली गुत्थी कैसे सुलझाएँ ! आप ही कुछ उपाय फरमाएँ अन्नदाता !"

उपाय फरमाना तो अन्नदाता के दाहिने हाथ का खेल था। हाथ झटकते बोली, "वह तुम जानो। मैं बीच में रोड़ा नहीं अटकाऊँगी। तुम्हारी इच्छा हो सो खिलाओ—हलुआ, लापसी, खीर-मालपूए, नुक्ती, घेवर या जलेबी—जो तुम्हारी मरजी हो ! मुझे पूछने की भी जरूरत नहीं।" फिर दूसरे ही क्षण रोष में कहने लगी, "इन छोटी-मोटी बातों में सिर खपाऊँ तो राज्य के बड़े-बड़े काम धरे नहीं रह जाएँगे ? तुम्हारी बुद्धि कहीं जंगल में चरने तो नहीं चली गई ?"

राजेश्वरी पोपाँबाई पहले धारोष्ण दूध व केशर से नहाती, फिर गुनगुने गुलाब-जल से। रंग गोरा-निछोर। जैसे गुलाब के फूलों ने उसी की आभा चुराई हो। क्रोध की लाली से उसकी छवि में और निखार आ गया। नयनों की लालिमा सवाई बढ़ गई।

मजबूरी का दूसरा नाम ही वीरता है। ठाकुर हिम्मत करके बोले, "गरीब-परवर, सौ ही गुनाह माफी बख्शाएँ कि जो बात सबसे पहले बतानी थी, वही आपके डर से भूल गए। कुएँ-बावड़ियों और तालाबों में पानी की बात तो दूर, गीली मिट्टी तक नहीं है, फिर इन्हें पिलाएँगे क्या ? हमारी आँखों के पानी से तो एक बुलबुल की चोंच भी मुश्किल से भरेगी !"

"कोई बात नहीं, मेरे हाथियों को दूध और शहद पिला दो, मजे से पिएँगे। ऐसा सीधा 'मानुस' तो मैंने देखा ही नहीं। पानी न हो तो न सही। अब तो कोई

गुत्थी-वुत्थी नहीं बची ? यदि हो तो झटपट सुलझा दूँ। पर बोलकर कुछ कहो तो पता चले।"

आकड़ों का दूध सूखे पाँच बरस हो गए थे। राम जाने पोलमपुर की महारानी को इसकी जानकारी थी या नहीं ? फिर भी कौन क्या प्रतिवाद करता ? उसने तो एकदम सीधा-सरल उपाय बताकर चारों तरफ गर्व-गुमान की दृष्टि से पड़ताल की। उसके अभिमान का पार नहीं था। और उधर सबके सब शूरवीरों की आँखें और उनकी बाँकी गलमूँछें नीचे झुकी हुई थीं, मानो मरने से पहले वे अब कभी भी अपना मुँह ऊँचा नहीं करेंगे।

रणबाँकुरे मर्दों की बजाय सारी शक्ति और वीरता, राज्य-सत्ता में समाहित रहती है। फिर भी ये नीची निगाहों वाले निरीह जन गाय के समान सीधी अपनी लुगाइयों को सताने में जाने-अजाने कुछ भी कसर नहीं छोड़ते।

"शाबाश रे बंदो, शाबाश !" राजेश्वरी खिलखिल हँसते हुए बोली, जैसे किसी ने गुदगुदी की हो। "एक पते की बात बताऊँ तो मानोगे ? ऐसी मूँछों को सफाचट करवा लो तो अच्छा है। न किसी काम की, न किसी धाम की। शायद माटी के दीये में बाट की कमी पूरी करें तो करें। जब तुम्हारी इच्छा हो, प्रयोग कर लेना। तुम्हारी मूँछें हैं, तुम जानो। सुना था कि बाँकी मूँछों वाले बाँकुरे तो किसी काम के लिए मना नहीं करते। अपने हाथ से अपना सिर काट लेते हैं !"

"इसमें क्या बड़ी बात, अन्नदाता ! तीस थाल मँगवाने का आदेश फरमाएँ। अभी आपके सामने देखते-देखते तीस के तीस मुंड चरणों में चढ़ा देंगे। यदि मुँह से आह तक निकल जाए तो उस मुंड को ठोकर से उछालकर कुत्तों के सामने फिंकवा दें।"

"जिससे मेरी मोतियों-जड़ी मोचड़ी लहू से लिथड़ जाए। ऐसी नादानी भूलकर भी मत करना। जब जिंदा रहते भी तुममें लेशमात्र भी समझ नहीं है तो सिर कटने के बाद तो ठूँठ से भी गए-गुजरे हो जाओगे। बढ़-बढ़कर ज्यादा डींग मत मारो। इन मूँछों के बल पर तो मुँह पर बैठी मक्खी भी नहीं उड़ाई जा सकती। तुम्हारी बाँकी मूँछों की बजाय तो ढोर-डांगरों की पूँछें बेहतर हैं। बताओ क्यों ?"

बाकी सब सवालों के धारदार जवाब तो उनके म्यान में मौजूद थे, पर इस सवाल का जवाब न किसी के कंठ में था, न किसी अंट में और न किसी म्यान में। राज्य-सत्ता का दबदबा ऐसा ही होता है। कैसी भी दुधारी तलवार को भोथरी बना देता है। किसी भी सरदार या शूरवीर की मूँछ का एक भी सफेद या काला बाल नहीं फड़का। प्रत्येक उमराव के पोले पेट की अँतड़ियाँ परस्पर उलझी हुई

थीं। चतुर सुजान खवास ठाकुर जाने कब से इसी शुभ घड़ी के इंतजार में था। समय पर बोए बीज ही मोतियों के उनमान दमकते हैं। हाथ जोड़कर अरदास की, "मुझ जैसे नाकुछ ठाकुर की बिसात ही क्या, पर जीते-जी अन्नदाता का आदेश टाल नहीं सकता। ये सभी हाथी मैं ले जाना चाहता हूँ। यदि किसी उमराव को एतराज हो तो⋯।"

ऐसे अचीते सहयोग के लिए किसी को क्या एतराज हो सकता था ? सभी उमरावों ने एक साथ आशा-भरी निगाहों से उसकी तरफ आड़ा-तिरछा झाँका। क्या हमेशा की तरह आज भी यही सबको उबारेगा ? मगर हाथियों की सार-सँभाल का यह काम बेहद कठिन है। कैसे पार पटकेगा ? इसके करतब यही जाने ! पोपाँबाई को भी आधा-अधूरा विश्वास हो गया। किंतु दीवान के कानों में उन शब्दों के बहाने जैसे कोई सुरंग छूटी हो। फटी-फटी आँखों से खवास ठाकुर की ओर देखा। अचरज और संशय के सुर में कहा, "तीस के तीस हाथी ?"

खवास ठाकुर हामी भरे, उसके पहले ही महारानी ने व्यंग्य के लहजे में पूछा, "क्यों, आधे तुम ले जाना चाहते हो ?"

"मेरा ऐसा बूता ही कहाँ, अन्नदाता !"

"तो फिर चुप क्यों नहीं रहते ? न खुद कोई जिम्मेवारी लेना चाहते हो और न किसी दूजे को लेने देते हो। ऐसी नागडसी आदत को आग लगाओ।"

"चूक हो गई गरीब-परवर, माफी बख्शाएँ !" दीवान दुहरा होकर पछतावे का भाव दरसाते फीका तो अवश्य पड़ा, पर मन ही मन काफी खुश हुआ कि इस बार हजरत की कलई खुलने पर बचने की कहीं कोई गुंजाइश नहीं मिलेगी। नालायक में लच्छन मुजब कुछ बीते तो शांति मिले। सौ वेला चोर की तो एक वेला साहूकार के निमित्त आती ही है। न इन भरकम हाथियों को कहीं छिपाया जा सकता है, न इनकी चिंघाड़ किसी देवता के रोकने से भी रुक सकेगी। आसोज की गर्मी में पसीने की तरह हरामी की अक्ल भी आखिर चूकर रहेगी। उसने खवास ठाकुर की तरफ चुनौती के बहाने उधर देखा तो उसकी जीभ और भी खिल उठी। पोपाँबाई के स्वभाव की चाशनी के तार जिस तरह उसने पहचाने, उस तरह किसी ने भी नहीं पहचाने। स्वयं महारानी को भी अपने स्वभाव की ऐसी जानकारी नहीं थी। सिंहासन की मान-मर्यादा रखने का कौशल उसमें जरूरत से ज्यादा था। उस पर बिराजी अधिष्ठात्री की तरफ देखकर उसने अत्यधिक विनम्रता के स्वर में कहा, "छोटे मुँह बड़ी बात शोभा नहीं देती। मगर हाथियों की तीमारदारी में तिनके बराबर भी कमी रह जाए तो सिर कलम करवाने को तैयार हूँ। कीड़ी को कण और

हाथी को मण पूरने वाले परमेश्वर की पेढ़ी कभी अकाल नहीं पड़ता। उसी हजार हाथों के स्वामी की मेहरबानी के भरोसे हाथी ले जाने की आज्ञा फरमाएँ अन्नदाता। राज के साथ रमैया भी मेरी लाज रखेगा।"

महारानी को उसकी सूझ-बूझ पर पूरमपूर विश्वास था। तभी तो रीझ के वशीभूत उसे सत्रह गाँव इनायत किए थे। तीर-तलवारों के अलावा फतह के कई झीने कुरुक्षेत्र होते हैं। खवास ठाकुर उसी झीने कुरुक्षेत्र का योद्धा था। उसकी बात पर यकीन होते ही राजेश्वरी के मानिक-मुँह से हाथी ले जाने का आदेश हो गया। पोलमपुर के दरबार में ढील का क्या काम ? जैसा बेजोड़ राज्य वैसी ही अतुल्य राजेश्वरी। यदि उसका वश चलता तो नौ महीनों की बजाय नौ दिन में प्रसव होने का फरमान निकलवा देती। विधात्री की इसी नादानी से खीजकर उसने सपने में भी आजीवन विवाह न करने का प्रण किया था। बाग-बगीचियों के फूलों ने, फूलों पर मँडराती तितलियों ने, गगन के चाँद-सितारों ने, कोयल के पंचम-स्वरों ने, बरसात की झड़ी और बिजलियों की चमक-दमक ने उसे बरगलाने के न जाने कितने प्रपंच किए, मगर पोपाँबाई ने तो किसी की कुछ परवाह नहीं की। कौन नौ महीने कोख की आशा को अपने अंतस् में सँजोकर रखे ? बुद्धि की कोख में बेशुमार हर्ष-उछाह की किलकारियाँ मचलती हैं। कुशलतापूर्वक राज्य चलाने की खातिर नींद में भी सतर्क रहना जरूरी है। चूके और गए बेपींदे के गर्त में !

अक्ल की दरियाव पोलमपुर की महारानी ने जिस मकसद से दरबार लगाया, वह उसी मान-मर्यादा के अनुरूप ठाट से संपन्न हुआ।

अपने साथ महावत ले जाने के लिए दीवान खवास ठाकुर को किसी भी तरह राजी नहीं कर सका। जब वह अकेला ही ऐसे सौ हाथियों की सार-सँभाल मजे में कर सकता है, तब बेकार खर्च बढ़ाने में क्या तुक ? इन हाथियों को सवाया करके न सँभलाए, उसे एक पल भी चैन नहीं पड़ेगा। पोलमपुर राज्य के तमाम मर्दों की 'भरतार' पोपाँबाई के अलावा वह तो भगवान् का हुक्म भी मानने को तैयार नहीं।

महारानी ने हाथ के इशारे से खवास ठाकुर को अपने पास बुलाया और उसकी पीठ थपथपाई। दोनों में कौन अधिक खुश था, इसका कूता करना इतना आसान नहीं है।

हाथियों की चिंघाड़, उनकी गुमानी चाल और सवारी की मादक स्मृतियों के कारण पोपाँबाई को नौ दिन तक अच्छी तरह नींद नहीं आई। जब कभी पलक झपकती, उसे सफेद हाथियों के जंजाल आते। एक सूँड़ से दूसरी सूँड़ के झूले पर वह अधर झूलती। उनकी अंबाड़ियों पर नाचती। जगने पर उनके विछोह में आहें

भरती। उसे अपने ऐरावतों से ऐसा ही अखूट स्नेह था। मगर समय जैसी अचूक औषधि धन्वंतरी के पास भी कहाँ ? धीरे-धीरे विछोह का दर्द निथरने लगा।

खवास ठाकुर हर पूनम की साँझ 'रतन-राईका' के साथ क्षेम-कुशल के समाचार पहुँचाता। सुनकर राजेश्वरी बहुत खुश होती। इस बार तो उसे सोलह और सोलह बत्तीस गाँव बख्शीश करेगी। एक नाकुछ बकरी की सार-सँभाल भी जहाँ दूभर थी, वहाँ निरंतर सात अकालों की विभीषिका के बावजूद कोई एक-दो नहीं, पूरे तीस हाथियों की तीमारदारी कोई मामूली चमत्कार नहीं था। मनुष्यों की दुनिया का कैसा भी दुष्कर काम उसके बाएँ हाथ का खेल था। राजेश्वरी का आदेश हो तो वह इंद्र भगवान् से भी भिड़ जाए और उसे परास्त करके ही माने। अगली बार इसकी आजमाइश भी करनी होगी। क्या राधिका के कृष्ण-कन्हाई का ऐसा ही मोहन रूप था ?

इंद्र भगवान् तो और भी कई बरसों तक उसी तरह अड़े रहते, पर मरती गायों की छटपटाहट और बछड़ों की दर्दीली फरियाद के प्रति कब तक कानों में तेल डाले रहते। उनका हृदय करुणा से विगलित हो उठा। चातक, मोर व कबूतरों के रक्त-रंजित आँसुओं से कब तक नजर चुराते ? ना, वे इस तरह निपट अंधे और बहरे नहीं हो सकते कि एक अध-बौराई कुंठित रानी की सनक के कारण सारे राज्य का सफाया कर दें। किलकारियाँ भरते भोले-भाले बच्चे मेह-बाबा को चितारते हुए तालियाँ बजाकर नाचने लगे तो इंद्र भगवान् ने लाचार होकर अपनी हार मंजूर कर ली। और यही उनकी सर्वोपरि विजय थी। फिर तो इस कदर मेहरबान होकर बरसे कि वापस थमना ही भूल गए। मेह की लड़ियों के बहाने मानो मोतियों की अखंडित झड़ी लगी हो। आधे असाढ़ मेह बरसा तो ऐसा बरसा कि जैसे समंदर ही उलट पड़ा हो। बादल भी बरस-बरसकर तंग आ गए। अपने अंतस् के ऐसे अथाह पानी का उन्हें भी अंदाज नहीं था। सात बरस से प्यासी धरती अपनी तृप्ति का एहसास ही भूल गई थी। पोलमपुर के चप्पे-चप्पे पर पानी लहराने लगा। दमकती बिजलियाँ पानी में ठौर-ठौर अपनी सुनहरी छवि निहारकर अलमस्ती में इस तरह नाचने लगीं कि फिर तो इंद्र भगवान् के मना करने पर भी नहीं रुकीं। लगातार सात युग से वे भीतर ही भीतर सुलग रही थीं। अगाढ़ ऊँघ में सोए वनस्पति के बीजों ने लोरी की टेर सुनी तो उन्होंने चौंककर अपनी पलकें उघाड़ीं। फिर तो अलमस्ती के अखूट आलम की ताल पर झूम-झूमकर वे उजास, चाँदनी और हवा से होड़ करने लगे। जब सूरज ने अपनी सहस्र किरणों से उन्हें बार-बार चूमा तो वे खुशी के मारे फूलने लगे। सूखी धरती पर देखते-देखते

हरियाली का साम्राज्य छा गया। रेत के कण-कण पर उसकी छाप अंकित हो गई।

महारानी के हृदय में हर्ष की बिजलियाँ चमकने लगीं। उसने अंतस् की गहराई से अपने हाथियों का सुमिरन किया ही था कि खवास ठाकुर मीठे सपने के उनमान दरबार में हाजिर हुआ, मानो इसी घड़ी का इंतजार कर रहा हो। उसके पीछे बैलगाड़ियों की लंबी कतार। हर गाड़ी पर सुरंगे लिबास में ठसा हुआ एक-एक सागड़ी। तीस गाड़ियों पर तीस ही चूहों के पिंजरे। जिनमें एक-एक सफेद चूहा। सभी पिंजरे रेशमी फूँदों से लड़ाझूम। और उनके भीतर बुर्राक चूहे—घी, मिस्री व दूध से बने पराँठे कुतरने में ऐसे मगन थे कि उन्हें न तो राजेश्वरी का ध्यान था और न राजदरबार का। पोपाँबाई के उमगते आनंद पर जैसे गाज गिरी हो। दुलारे हाथियों को निहारने का उछाह उन गलीज चूहों से कब पूरा होता ? हृदय की पुलकित कोंपलें एक साथ मुरझा गईं। एक ही मुख से मानो दस मुँह जितनी मर्मांतक आवाज सुनाई पड़ी, "मेरे लाड़ले हाथी कहाँ हैं ?"

सारे दरबार में उसकी अनुगूँज उफन पड़ी। दीवान के साथ-साथ तमाम दरबारियों की आँखें छलकती खुशी को दबाने की व्यर्थ चेष्टा करती हुई खवास ठाकुर के चेहरे की रंगत देखने के लिए मचल उठीं। किंतु खवास ठाकुर पर उस प्रश्न का रंचमात्र भी प्रभाव नहीं पड़ा, मानो राजेश्वरी ने उसे शाबाशी दी हो। सहज भाव से बोला, "इन पिंजरों में अन्नदाता, इन पिंजरों में !"

पोपाँबाई ने अपने कानों की ऐसी अविश्वसनीय तासीर नहीं जानी थी। पहले तो भरोसा ही नहीं हुआ। ऐसा हलाहल झूठ उन्होंने सुना ही क्योंकर ! नागडसे नापित की जीभ कोढ़ से सड़कर नीचे गिर क्यूँ नहीं गई ? दीवान ने बड़ी मुश्किल से अपने छलकते आनंद पर खाम लगाई। अब तो इस चांडाल को सूली पर छटपटाता देख लें तो आँखों की जोत सार्थक हो। पोपाँबाई के कलेजे में भट्ठी-सी भभक उठी। अपनी चेतना के परे सिंहासन से उठकर उसने बिजली की तरह कड़ककर पूछा, "इन नाकुछ चूहेदानियों में मेरे हाथी ? हरामी, तूने अपने हाथ से मौत को न्योता दिया है।"

खवास ठाकुर की मौत का फरमान सुनकर, जिन श्रीमंतों के लिए उछाह का पार नहीं था, वे भी राजेश्वरी की धमकी से घबरा उठे। पर जिस हतभागे को अपनी मौत के डर से मूर्च्छित हो जाना चाहिए था, उसने तो उसकी बिलकुल ही परवाह नहीं की। कोहनियों तक हाथ जोड़कर निःशंक भाव से कहने लगा, "मैं तो मरने की पूरी तैयारी करके आया हूँ, अन्नदाता ! इस झोली में कफन तक साथ लाया हूँ। आपके अलावा इस अनहोनी बात पर भला कौन विश्वास करता ? और

यह बेहूदी बात विश्वास करने जैसी है ही कहाँ ? केवल आपकी समझ के भरोसे मैंने यहाँ जिंदा आने की हिमाकत की है। आपके श्रीमुख से मौत का वरदान सुन लूँ तो मेरे सातों जनम सुधर जाएँ।"

कजरारी घटा के बदले जब आकाश में झीनी बदरिया की मलमल बिछने लगती है तो उससे छन-छनकर झरती चाँदनी अपना जादू मनाकर ही छोड़ती है, उसी तरह पोपाँबाई की खीझ का घूँघट अजाने ही थोड़ा खिसका तो उस सूरत की नैसर्गिक आभा स्वतः चमकने लगी। आखिर तो सच्ची बात सुनने पर ही निपटारा होगा। पोपाँबाई ने उसे धीरज बँधाते हुए कहा, "डरने-घबराने से बात नहीं बनेगी। जो कुछ भी हुआ, साफ-साफ बता ? यदि तिल-भर भी झूठ बोलने की गुस्ताखी की तो चमड़ी में नमक भरवाकर, ऊपर कुत्ते छुड़वा दूँगी, याद रखना।"

"यह कोई भूले जैसी बात हैं, अन्नदाता ! आपके सामने झूठ बोलते यमराज की जबान भी लड़खड़ाती है। नौ हत्था नाहर और कंस तक डर के मारे काँप उठते हैं, फिर मेरी तो बिसात ही क्या गरीब-परवर ! इस पाप की बजाय तो मरना बेहतर है। पर मेरी ऐसी तकदीर कहाँ ? साँच को आँच भी तो नहीं लगती !"

पोलमपुर के दरबारी पूर्णतया आश्वस्त थे कि खवास ठाकुर चाहे जितनी सिल्ली घिसे, आज इसकी मौत नहीं टल सकती। चाहे जितने छौंक लगाए, ये चूहे हाथी नहीं बन सकते।

जाने क्या सोचकर रानी निथरी हुई वाणी में कहने लगी, "हाँ, तेरी यह बात सोलह आने सही है कि नौ हत्था नाहर, कंस या यमराज भी मेरे सामने झूठ बोलने की हिम्मत नहीं जुटा पाते। मगर यह पहेली मेरी समझ में नहीं आई कि इन छोटे-छोटे पिंजरों में मेरे हाथी समाए तो समाए क्योंकर ?"

उसने दोनों कान पकड़कर अरदास की, "मेरी ऐसी औकात कहाँ जो आपको समझाने का वहम रखूँ। आप तो सांप्रत परमेश्वर हैं। बिना सुने ही सबका भेद जानने वाली हैं। धरती तो धरती, आपसे तो ब्रह्मांड का भी मर्म छिपा नहीं है। आपके अमृत-मुँह से सूली का दंड सुन लूँ तो मुझे शांति मिले।"

मरने के लिए आतुर उस निर्भय बंदे की तरफ पोपाँबाई बिना पलक झपकाए एकटक देखने लगी। फिर सिंहासन पर आसीन होते हुए विदग्ध स्वर में पूछा, "क्या किसी मायावी ने मेरे हाथियों पर कोई टोना-टोटका तो नहीं कर दिया···?" रानी की उस रिरियाती वाणी में हलाल होते बछड़े की प्रत्यक्ष पीड़ा घुली थी।

"आप जानें या परमेश्वर जानें, गरीब-परवर !" राजेश्वरी के चरणों की ओर हाथ बढ़ाते हुए वह कहने लगा, "क्या अरज करूँ, कैसे अरज करूँ, माई-बाप ?

गाँव के लोग तो निपट गँवार होते हैं। एकदम अबूझ ! हाथी के दरसन तो बड़ी बात, उसका नाम भी नहीं सुना था। फिर इन भोले कबूतरों में दोष निकालना बिरथा है। कोई एक-दो नहीं, पूरे तीस हाथी अपने विकराल डौल से धरती को कँपाते हुए अंधड़ के उनमान गाँव में आते दिखे तो आँखों से पहले उनकी अक्ल चकरा गई। सूँड़, दाँत, पूँछ और पेट का बार-बार परस करने के उपरांत भी उनकी कुछ समझ में नहीं आया कि यह क्या बला है ? रात के सन्नाटे में उनकी चिंघाड़ सुनकर दूर-दराज के गाँवों से उमड़ी भीड़ इत्ती इकट्ठी हुई कि मेरी नजर फटने लगी। ऐसा माहौल तो मैंने कभी नहीं देखा गरीब-नवाज ! मैं मना करूँ कि न करूँ, तब तक तो चंचल बच्चे हाथियों पर हाथ फिराने लगे, सो रुके ही नहीं। फिर तो न कोई बूढ़ा-ठाड़ा पीछे रहा, न मर्द-मुटियार और न कोई लुगाई ! राज का डर भी बताया, पर किसी ने परवाह नहीं की। क्या पता ऐसी अनगिनत भीड़ इस तरह बहरी, अंधी और बावरी कैसे हो जाती है ? मेरी भी बुद्धि मारी गई कि मैंने सोचा कि हाथ फिराने से हाथियों का क्या बिगड़ता है ? और यही मेरी सबसे बड़ी भूल थी। अपराध ही समझिए अन्नदाता ! मौत से भी बड़ा दंड मिले तब भी कम है। उन अनगिन असंख्य हाथों की रगड़ से हाथी घिसीजने लगे तो घिसीजते ही गए। पागल की नाईं मैं कभी तो आँखें मींचता और कभी खोलता। मैं भी तो उन गँवारों की तरह निपट नाँढ़ हूँ। क्या अरज करूँ, कैसे अरज करूँ अन्नदाता कि मेरे देखते-देखते आखिर उन भरकम हाथियों का यह हाल हुआ !"

एक जलता उसाँस भरकर पोपाँबाई बड़ी मुश्किल से बोली, "यह हाल तो होना ही था। कोमल रस्सी की करामात देखी नहीं क्या ? कैसे भी सख्त पत्थर को घिस डालती है। फिर मेरे हाथी तो रेशम की तरह मुलायम थे। यह रगड़ की मार बहुत झीनी होती है…!"

"आपसे क्या छिपा है, अन्नदाता ! आप तो सर्वज्ञ हैं। एक बार गुस्सा तो ऐसा आया कि उन हरामियों के हाथ काट डालूँ।"

"फिर काटे क्यों नहीं ? मेरे हाथियों की यह दुर्गति तो नहीं होती !"

"मैं अकेला कितने हाथ काटता, दीनदयाल ! वे तो लाखों-लाख हाथ थे। यदि यह हादसा देखने के पहले मेरी आँखें फूट जातीं, तो मुझे कितनी खुशी होती। पर मेरी ऐसी किस्मत कहाँ ? न मौत आने से पहले मरा और न ये बेहया आँखें ही फूटीं। भीतर ही भीतर खून के आँसू बहाने के अलावा मेरा कुछ भी जोर नहीं चला, अन्नदाता !"

खवास ठाकुर ने गर्दन घुमाकर चारों तरफ देखा। संज्ञाविहीन दरबारियों को

थूक निगलने के अलावा दूसरा कोई होश नहीं था। पोपाँबाई किसी दूसरे ही सोच-विचार में डूबी चुपचाप बैठी थी। किसी भी चेहरे पर कोई दमखम नहीं था। छली व धूर्त दीवान के होंठों में दबी मुस्कान बाहर छिटक पड़ने की खातिर कसमसा रही थी। निपट स्वार्थी कायर मनुष्य मौका मिलने पर विश्वासघात कर सकता है, पर उसमें जोखिम उठाने की क्षमता नहीं होती। राजेश्वरी का रुख अच्छी तरह जानने के बाद ही कोई मुँह खोलने का साहस करे तो करे ! पेट की बंदगी परमेश्वर की पूजा से ज्यादा उपादेय होती है। खवास ठाकुर के लिए यही अमोघ मंत्र था। किसी के होंठों पर कोई मामूली-सी हरकत भी नजर नहीं आई तो वह आगे कहने लगा, "आपके सिवाय आँखों-देखी इस अनहोनी बात पर कौन भरोसा करता कि आपने तो मुझे मस्ती में झूमते हाथी सौंपे और मैं उन्हें पिंजरों में डालकर लाया। सफेद रंग तो वैसा ही कायम है, पर टीलों जैसी भरकम देह मुट्ठी में समाए जित्ती रह गई। यदि पाँच-सात महीने वे लाखों-लाख हाथ उस तरह फिरने लगें तो आबू पहाड़ तक सपाट हो जाए। आपसे ज्यादा इस बात को और कौन जानता है ? फिर मैं मूढ़ जड़मति खवास सूरज को दीये की लौ का क्या रोब बताऊँ ? आप आदेश फरमाएँ तो बाकी तमाम गँवारों को घेरकर यहाँ ले आऊँ। इन तीस को तो फुसलाकर लाया ही हूँ। सबके साथ मुझे भी सूली की सजा मिले तो इस पछतावे से मेरा पीछा छूटे।" भीगी पलकों से वह महारानी की सूरत इस तरह निहारने लगा, जैसे मौत की भीख माँग रहा हो।

सबसे आगे वाला गाड़ीवान सिर झुकाकर ज़ोर से बोला, "अंधा और अनजान बराबर होता है, अन्नदाता ! आए तो इनाम के लोभ से थे, पर सारी बातें सुनकर हम भी मरने को तैयार हैं। हमारे ठाकुर सा'ब ने तो बार-बार मना किया, पर हम गँवार लोग ही नहीं माने।"

उफ, यह हरामी तो फिर बाजी मार ले जाएगा ! दीवान की आँखों के सामने धरती डोलने लगी। यदि उस दिन कुछ भी भनक पड़ जाती तो तीस हाथी वह स्वयं माँग लेता। पर चूहे जैसे छोटे दिल वाले हाथी को नहीं हथिया सकते। अब तो इस रजवाड़े का अंत अवश्यंभावी है। इसका सर्वनाश सुनिश्चित है। स्वयं भगवान् भी चाहे तो इसे बचा नहीं सकता। फिर खवास ठाकुर उसके रहते पोलमपुर राज्य के तीस सफेद हाथी डकार न जाए, इस मंशा से प्रतिवाद की खातिर मुँह खोला ही था कि पोपाँबाई उसे अदेर टोकते हुए बोली, "हम दोनों के बीच तुम्हें मगज लड़ाने की जरूरत नहीं। अपनी बुद्धि का बघार न लगाकर, फकत चुपचाप सुनते रहो, देखते रहो।"

पोपाँबाई की पैनी नजर पाताल में पड़ी चीज भी साफ देख लेती थी, फिर खवास ठाकुर तो सांप्रत उसके सामने खड़ा था—जिंदा, आकाश की ओर सिर ताने, सीधा-सतर। उसका पछतावा मिटाने की खातिर तेजी से बोली, "नहीं-नहीं, इसमें किसी का कोई कसूर नहीं। मैं बिना बात सूली या फाँसी का दंड तो दरकिनार, चाबुक की फटकार भी न मारने दूँ। तीन लोक में मेरे न्याय का डंका यूँ ही नहीं बजता ! यदि तू मेरे रूबरू झूठ बोलने की हिम्मत करता तो तेरी खैर नहीं थी। मगर सच्ची बात पर मुझे कभी गुस्सा नहीं आता। समझ नहीं पड़ता कि गणेश भगवान् चूहे की सवारी कैसे करते हैं ? मैं भी इसके लिए पूरी कोशिश करूँगी। यदि चूहे की सवारी सीख गई तो मेरा नाम भी अमर हो जाएगा।"

"जरूर होगा अन्नदाता। आप गणेश भगवान् से कम थोड़े ही हैं। वे तो सचमुच चूहे की सवारी करते हैं, पर ये तो हाथी हैं, हाथी, गरीबनवाज !"

अब पोपाँबाई की स्मृति से धीरे-धीरे हाथियों का भरकम डौल विस्मृत होने लगा था। उसकी करुणामयी समदृष्टि के सामने चूहे अब उतने तुच्छ नहीं रह गए थे। कुदरत और पोपाँबाई की नजर में कौन छोटा और कौन बड़ा ? क्या खवास ठाकुर इस मर्म को समझ सकेगा ? उसके मन को उकेरने की नीयत से कहा, "पर हैं तो चूहे जितने छोटे ही !"

"इससे क्या फर्क पड़ता है, माई-बाप !" खवास ठाकुर घेवर से पहले घी पीने वाला था। पंडित-ज्ञानियों के लहजे में कहने लगा, "बरगद का बीज कित्ता छोटा होता है—राई से भी छोटा। पर बरगद का पेड़ कितना बड़ा और गहर-घुमेर होता है। कुदरत भी आँखें फाड़कर निहारे, तब भी उसे भरोसा न हो कि इत्ते छोटे बीज में बरगद का यह विराट् रूप कहाँ छिपा रहता है ?"

बेचारे दीवान का बुरा हाल था। न बोलते बनता और न चुप रहते सरता। अभी कुछ देर पहले ही तो राजेश्वरी ने उसे लताड़ा था। जिंदा मक्खी या मेंढ़क निगलने की बात तो अनसुनी कर सकता है, पर यह मक्कार तो जिंदा हाथी निगल रहा है। और वे भी एक-दो नहीं, पूरे तीस ! और उसका हिस्सा तो लीद में भी नहीं। अपने-अपने पासे और अपने-अपने दाँव ! खवास ठाकुर की स्वार्थ-सिद्धि से उसका पेट तो भरने से रहा ! उसके गले उतरे सो उसके पेट में जाएगा। हर कोई अपनी नींद सोता है, जागता है। खवास ठाकुर के सोने से उसकी नींद पूरी कैसे होगी ? यह चुप रहने का वक्त नहीं है। यदि भगवान् कायरों को जबान नहीं देता तो कितना अच्छा रहता।

राजेश्वरी पोपाँबाई को सच्चाई के अलावा और कुछ भी नजर नहीं आता

था। चमकते ललाट पर अंकित नैसर्गिक त्रिशूल तानकर उसने दीवान की ओर देखा और गंभीर स्वर में पूछा, "यदि इन नन्हे-मुन्ने हाथियों को पिंजरों से निकालकर राज के बगीचे की माटी में बीज की तरह बोएँ तो क्या ये पहले जैसे प्रचंड हो जाएँगे ?"

यदि महारानी के अलावा कोई दूसरा वैसा बेहूदा सवाल करता तो उसकी मिट्टी पलीद करने में कुछ भी समय नहीं लगता। पर महारानी की खातिर उसे कुछ भी जवाब नहीं सूझा। माथे में जैसे काँटे ही काँटे चुभ रहे हों। राजदरबार की धरती तो कैसे भी सूरमा की पूरी ताकत ही निचोड़ लेती है। उसने अदेर महारानी की ओर से आँखें चुराकर खवास ठाकुर की तरफ कातर निगाह से देखा। उसे तो ऐसी बातों के जवाब सोचने के पहले ही सूझ जाते थे। दृढ़ आश्वस्त भाव से बोला, "जरूर हो जाएँगे अन्नदाता—पहले से भी ज्यादा प्रचंड। मगर पूरी सार-सँभाल रखनी पड़ेगी। कहीं ऐसा न हो कि ये बरगद से भी ऊँचे बढ़ जाएँ। फिर आपको सवारी करने में बड़ा कष्ट होगा। खेजड़ी की तरह हाथियों की काट-छाँट तो होती नहीं अन्नदाता !"

बेचारे साँच की सीमा तो पाँच कदम या सात कदम। पर झूठ की सीमा का तो कुछ पार ही नहीं ! सूरज और झूठ के बिना दुनिया का काम नहीं चल सकता। साँच तो कुछेक सिरफिरे लोगों के शौक की चीज है। यदि ऐसा ही माहौल चलता रहा तो मनुष्य की जबान अमृत की तरह साँच का स्वाद भी बिसर जाएगी। क्या बिना हाड़ की जिह्वा का कोई वर्चस्व ही नहीं ? जब चाहे उधर ही लचक जाती है ? शायद गिरगिट को भी ऐसी ही जीभ मिली है। दीवान मन ही मन सोचने लगा—क्या मनुष्य की नजर दूसरों के गुण और अपने अवगुण देखने के लिए निपट अंधी होती है ? किसी भी नए आत्मबोध का महात्म्य राज्य के खजाने की माया से कम होता है या बेशी ? दीवान के माथे में जैसे किसी वातचक्र ने शरण झेली हो।

और उधर रानी का विवेक निरंतर ऊँची उड़ान भरने लगा। बोली, "अक्ल से काम लेने पर कुछ न कुछ उपाय तो अपने आप सूझता है।" खवास ठाकुर को हिदायत देते हुए कहने लगी, "यह अगला काम भी तुम सँभालो ! तुम्हारे सिवाय मुझे किसी पर एतबार नहीं। तुमने मेरे हाथियों की विशेष सार-सँभाल की, जिसके लिए हाथी-सिरोपाव के साथ बत्तीस गाँव तो देने ही हैं। और यदि बीजों की तरह मिट्टी में बोने से वे पहले जैसे विशाल हो गए तो चौंसठ गाँव और इनायत करूँगी। यदि राजा-रानी के अलावा किसी नीमपागल के गले से सपने में भी ऐसे बोल

फिसल पड़ें तो उसकी जीभ तुरंत तालू से चिपक जाए। पर राजा-रानी का प्रतिवाद करते समय तो स्वयं परमेश्वर को भी अपना भला-बुरा सोचना पड़ता है। फिर बेचारे पालतू दरबारियों की तो औकात ही क्या ?

उस अचीती मेहर-मया की घोषणा के उपरांत भी पोपाँबाई को मनवांछित संतोष नहीं हुआ। अपने अंतस् के किसी अदृष्ट कोने में दुबके गहरे रहस्य को झीनी मुस्कान के बहाने व्यक्त करने की चेष्टा करते हुए बोली, "यह तो फकत शुरुआत है !···ध्यान से सुन रहे हो न ?"

खवास ठाकुर सिर झुकाकर बोला, "आपके हाथ से जहर का प्याला भी इनायत हो तो हँसते-हँसते पी लूँ। मेरे सिर पर तो आपके लंबे हाथों की आसीस भर चाहिए, इसके अलावा मुझे कोई दूसरी चाह नहीं है।···भगवान् को किसने देखा ? मेरे लिए तो आप ही सांप्रत भगवान् हैं। एक छोटी-सी अरदास के लिए माफी बख्शाएँ ! आपकी आज्ञा हो तो निवेदन करूँ।"

"आज्ञा ? मुझे कहीं से मोल या उधार तो लानी नहीं है। अब तुम्हारे लिए सदैव आज्ञा ही है। कहो, निःशंक कहो।" पोपाँबाई ने अपना बायाँ हाथ इस मुद्रा में ऊपर उठाया, मानो खवास ठाकुर का सिर उसके नीचे हो और वह उसे आशीर्वाद दे रही हो। रेशमी मुस्कान छितराकर कहने लगी, "अब मुझसे डरने की तुम्हें कतई जरूरत नहीं। तुम्हारी बात सपने में भी नहीं टालूँगी। जो कहोगे, मानूँगी।···समझ गए ?"

"समझ गया अन्नदाता !"

"क्या समझे ?"

"सब कुछ समझ गया, गरीब-परवर !"

"फिर मुझसे कैसा संकोच, बेहिचक बताओ ?"

खवास ठाकुर तो बिना कहे ही समझने वाला था। पर राजदरबार में जानकर अजान बनना ज्यादा श्रेयस्कर है। राजा-रानियों के सम्मुख मूढ़ बनकर जीना ही एकमात्र समझदारी है। राजा में तो भगवान् से भी अधिक अक्ल होती है, क्योंकि वह खजाने का मालिक है। और भगवान् के खजाने का किसने हिसाब-किताब देखा, जबकि वह तो स्वयं अगोचर है। पर पीढ़ियों से संचित इस राज्य का खजाना तो दो आँखों से शायद ही नजर आए।···लेकिन आज महारानी इस तरह तुष्टमान होगी, अपनी समझ पर पूरा विश्वास होते हुए भी, उसे ऐसी आशा नहीं थी। ये चूहे तो हाथियों से भी कहीं बड़ा करिश्मा कर दिखाएँगे। बोलने की अपेक्षा सुनना ज्यादा लाभप्रद है। वह गर्दन झुकाए जमीन की तरफ चुपचाप देखने लगा।

छोटा-मोटा कैसा भी जवाब नहीं मिला तो उस मौन के मर्म से पोपाँबाई की मुस्कान और अधिक खिल उठी। उसका मन टोहते हुए कहने लगी, "सबके सामने कहने की हिम्मत न हो तो मुझे एकांत में बता देना। मैं किसी का रुतबा नहीं मानती। डरने की रात तो मेरा जन्म ही नहीं हुआ।...हाँ, वह छोटी-सी अरदास क्या थी, जिसे कहने में संकोच हो रहा है। यही समझ लो कि तुम्हारे सामने सिंहासन पर मेरी जगह कोई मिट्टी की मूरत बैठी है। कहो, बेधड़क कहो ना ! सौ ही गुनाह माफ हैं। अब तुम पर गुस्सा करना मुझे शोभा नहीं देता। बुद्धि के सामने तो मुझे झुकना ही पड़ता है।"

उस अभय-वचन के बाद भी वह अपना संकोच बरकरार रखना चाहता था। औरत और फिर महारानी ! संयम और संकोच रखने पर ही पीछे फिरेगी। जो पंछी स्वयं अपनी मरजी से फँसे, उसके लिए जाल बिछाने में तुक ही क्या ? उसी तरह सिर झुकाए कहने लगा, "अन्नदाता, आपका कलेजा तो मक्खन से भी ज्यादा कोमल है। दरबार में नन्हे-मुन्ने हाथियों को बोते देखकर न तो आपको नींद आएगी, न चैन पड़ेगा। कबूतर का कलेजा भी आपसे ज्यादा मजबूत होता है ? आप तो जानती ही हैं कि मिट्टी में नष्ट होने पर ही बीज अंकुरित होता है, फैलता और फलता है। इन्हें मुझ गरीब की बाड़ी में बोने का आदेश मिल जाए तो बाकी सब जिम्मा मेरा। यदि वे पहले जैसे प्रचंड न हो जाएँ तो अपना सिर कलम करवा दूँ।"

"एक ही सिर को कितनी बार कलम करवाओगे ?" इस बार मौके पर प्रतिवाद करने में दीवान ने एक पल भी ढील नहीं की। यह धूर्तराज सबकी आँखों में सरासर धूल झोंक रहा है। दीवान के पद की मर्यादा रखते हुए जोर से बोला, "नहीं-नहीं, इन चूहों को राज्य के बगीचे में बोना ही ठीक रहेगा। मैं हरदम चौकसी रखूँगा। देखता हूँ, वे किस तरह प्रचंड हाथी बनते हैं ?...क्या तुम्हारे और मेरे सिर पर हाथ फिराने से हम चींटी या मकोड़े जितने...?"

"खबरदार ! हमारी बातों के बीच अड़ंगा लगाया तो !" रानी को खवास ठाकुर के मुँह से किसी दूसरे ही गहरे मर्म की बात सुनने की प्रबल उत्कंठा थी। जिसके लिए प्रत्येक औरत का अंतस् पुरुष के होंठों की तरफ कान लगाए रहता है। लेकिन खवास ठाकुर तो जागते हुए भी खर्राटे भर रहा था। जब वह औरतों से अधिक लाज-मर्यादा बरतने लगा तो रानी को मजबूर होकर पुरुष की रूह धारण करनी पड़ी। दीवान का प्रतिरोध सुनकर उसकी अनुपम आभा पर रोष की लाली छा गई। उसकी ओर क्रुद्ध निगाह से देखकर बोली, "तुम फकत अपनी ही